KB068561

이런
마당극을

보셨나요

이런
마당극을
보셨나요

김강호 지음

산마루를 비추는 석양의 노을빛은
사람을 감동시키는 신비가 담겨 있었다.
-「심원암에서 보낸 여름」中

**여행에서 보고 느낀 것들을 훗날의 기억을 위해
간략히 메모로 남기고자 한다.**

여행은 타인을 보는 새로운 시각을 제공해 주면서 자신의 내면을
바라볼 수 있는 기회도 마련해 준다.

바른북스

죽기 전에 꼭 한 번쯤은 해보고 싶은 것들을 정리한 목록을 흔히
버킷 리스트(Bucket List), 우리말로는 '소망 목록'이라 한다. 사람에
따라 차이는 물론 있겠지만, 이 목록의 첫 번째 항목에 오르는 것이
대개 여행이다. 여행 가운데서도 해외여행이 아닐까 한다.

한번은 90대 중반의 나이임에도 유복하고 건강하게 살아가고 있
는 삼촌에게 해외여행을 하지 못한 것이 혹시 후회되지 않으시냐고
물은 적이 있다. 별로 그런 생각이 들지 않는다는 대답이 돌아왔다.

인생살이 그 자체가 하나의 기다란 여행일진데 꼭 버킷 리스트
첫 줄에 들어가는 여행목록 그 자체라야만 여행이라고 단정할 수는
없겠지만 미지의 세계, 소문으로만 듣던 세계에 대한 동경심은 인간
이라면 누구나 공유하는 것이 아닐 수 없을 것이다.

나 자신이 그런 나이가 됐을 때 버킷 리스트에 오른 것들 중에 적

어도 여행, 특히 해외여행 같은 목록이 줄어들기를 바라는 마음에서 형편이 되는 한 해외여행을 하려고 하고 있다. 지금도 서유럽이나 남미 같은 여행지를 버킷 리스트에 올려놓고 있다.

1부에서는 해외기행에서 보고 들은 세상살이를 나름대로 묘사해 보았다. 미국, 이탈리아, 그리스, 동유럽 그리고 러시아 등이 우선 여행기를 적을 수 있는 나라들이었고 호주, 일본, 중국 그리고 북유럽 등을 비롯한 여타의 나라들은 여행 시 남긴 메모가 없어 안타깝게도 여행기를 적을 수 없었다.

2부에서는 유년 시절에 썼던 조각글들이다. 「유년 시절로의 여행」은 필자의 생장기의 모습을 축약한 것이라면, 「꽃처럼 아름다운 이름 금낭 숙모님」은 금낭 숙모님의 고희 기념집에 조카로서 쓴 글이고, 「이런 마당극을 보셨나요」는 할아버지와 손자 단둘이 배우와 관객이 되어 고향 집 타작마당에서 다음 해 풍요롭게 대추가 열리기를 기원하던 동종주술의 마당놀이 장면을 그린 것이다. 「심원암에서 보낸 여름」은 필자의 암울했던 젊은 시절 산사에서의 짧은 생활을 그린 것이다.

3부는 고교 동기생 부부들이 해마다 다녔던 문화기행에서 필자가 주로 대하소설 박경리의 『토지』, 최명희의 『혼불』, 김주영의 『객주』 등을 중심으로 한두 시간 달리는 버스 속에서 특강했던 것을 모은 것이다. 그밖에 강진 문화기행 시의 정약용의 삶 특강과 화순 문화기행 시의 동양 고전문학 서장 특강 및 경북 의성 문중 여행길 등에서 버스특강 한 것들이다.

목차　• 머리말

1부

해외기행

2부

유년 시절로의 여행

3부

문화기행 버스특강

1부

해외기행

드디어 미국 땅

해외여행은 관찰자의 입장에서 타인을 보는 새로운 시각을 제공해 주면서 자신의 내면을 바라볼 수 있는 기회도 마련해 준다. 그 결과 타인에 대한 이해와 배려로 세계 시민으로 부상하여 지구공동체의 건강한 시민으로 성숙해져 가는 좋은 기회이기도 하다.

작게는 소망해 왔던 미국행 여행을 하면서 가족 간의 정도 북돋우는 좋은 계기가 되었다. 그간의 일정에서 보고 느낀 것들을 훗날의 기억을 위해 간략히 메모로 남기고자 한다.

리더의 덕목

사람들은 지도자가 비전을 제시하지 못할 때 매우 불안을 느끼지만 반대로 비전이 있어 현재를 알고 미래를 예측할 수 있을 때, 그리하여 시간과 공간에 대한 좌표를 예측할 수 있을 때 안정감을 느끼게 마련이다. 그 일례를 비행기 내의 항로표지 화면에서 볼 수 있다.

인천에서 로스앤젤레스까지 거리 9,637km, 비행고도 1만km, 비행속도 900km/h, 외부온도 섭씨 −50도 등의 환경 좌표와 함께 화면에 펼쳐진 세계 지도 위에 내가 탄 비행기의 현재 위치를 나타내 줄 때 무한한 우주 공간에 내 몸을 아무런 대책 없이 던진 것과 같은 막연한 불안감이 사라지고 안정감이 자리하게 된다.

나는 이번 미국의 이곳저곳을 여행하면서 비행기를 탈 때마다 단순한 정보를 제공하는 듯한 항로표지판을 들여다보는 시간이 많았다. 어떤 때는 두세 시간 동안 똑같은 화면을 들여다보고 있기도 했다. 안정감을 가지려는 심리도 있었겠지만 더욱 의미 있었던 것은 상상력의 실험이었다. 샌프란시스코에서 인천으로 귀국하는 아시아나 비행기 속에서 발견한 '태평양의 푸른 다이아몬드 목걸이'가 그 좋은 결과였다.

지금 그 화면을 당장 보여줄 수는 없지만 다녀본 사람들은 알 것이다. 아니면 큰 지구본에서 태평양을 가운데 두고 자세히 관찰해 볼 일이다. 캄차카반도와 알래스카반도를 연결하는 자그마한 섬의 행렬들이 베링해협 아래로 느슨한 곡선으로 연결되어 있음을 발견할 수 있을 것이다. 그것은 마치 환상적인 목걸이의 모습이며, 그것도 푸른 다이아몬드 목걸이가 거대한 태평양의 목에 걸려 있는 형국이다.

'The blue diamond necklace of the Pacific Ocean'

내가 두세 시간 동안 같은 항로표지 화면을 열심히 쳐다보며, 어쩌면 남들이 보기에 매우 따분할 것도 같은 자세로 행복한 상상을 펼친 결과 나의 여행 메모 노트에 쓰여진 구절이 바로 'The blue diamond necklace of the Pacific Ocean'이었다.

내 바로 오른쪽 기내 창가에 앉은 미국인 여성에게 보여주었더니 반응은 'Really'였다. 큰 키에 젊은 얼굴의 그녀 손은 매우 일상생활을 열심히 한 농부의 손처럼 근육과 뼈가 굵어 보였다. 그녀는 샌프란시스코 부근의 한 소도시에서 시민대학을 다녔고 4년간 전기공학을 전공한 여성으로서 항공부품 관련 회사에서 근무하는데, 이번에 사업차 두 번째로 한국을 방문하는 길이었다. 나는 한국인의 품격을 보여주어야겠다는 심리가 작용한 것이 아니라고 할 수는 없겠지만, 전기공학을 전공한 공학도에게 나의 문학적 상상력의 단면을 보여줌으로써 한국인에 대한 좀 색다른 이미지를 심어주려고 노력했다.

비전은 안정감으로 연결되고 안정감은 상상력으로 발전되어 태평양 베링해협 아래로 나타나는 섬들의 행렬 속에서 '태평양의 푸른 다이아몬드 목걸이'를 발견하는 행운을 얻었다. 나는 그 섬들이 실제로 그렇게 명명되었으면 하는 바람마저 가졌다. 그리하여 'The blue diamond necklace of the Pacific Ocean'을 찾아서 떠나는 세계인들의 행복한 여행이 바다에서 하늘에서 이루어질 날을 기대하면서 말이다.

이러한 명명은 아마 내가 미국으로 여행을 떠나기 전에 다시 읽은 세계문학 전집에 나오던 모파상의 단편 「목걸이」에서 의식적으로 연상된 바도 있었을 것이다. 비전이 제시될 때 안정감이 생기고 그 바탕 위에서 문학적 상상, 나아가 예술적 상상력이 가동되는 것이 아니겠는가. 그것은 또한 시장에서의 경쟁력으로 이어질 것이 자명하다. 지도자의 위치에 있는 사람들은 가끔 기내의 항로표지판을 눈여겨볼 일이다. '태평양의 푸른 다이아몬드 목걸이'는 대륙들을 연결하는 사랑의 표시이기도 하다. 이것이 곧 지도상에서는 쿠릴열도라 불리는 섬들의 행렬이다.

우리에게 있어서의 LA는?

산상(山上)의 'HOLLY WOOD'란 간판과
유니버설스튜디오

LA 시내를 들어가면 첫눈에 띄는 모습이 눈에 익은 'HOLLY WOOD'란 산 정상 부근에 드러나는 간판이다. 현대 미국의 대중문화를 세계화시키는 데 앞장섰던 거대 자본주의 시장의 상징과 같은 존재이다. 할리우드 극장가 '명성의 거리'에는 부산의 영화의 거리처럼 세계적 거장들의 수적과 족적을 확인할 수 있었다. 우리 일행이 찾아간 맨스 차이니스 극장은 그 독특한 건축물로 유명해진 관광명소인데, 매년 수백만의 관광객이 맨스 차이니스 극장은 물론 극장 앞에 펼쳐져 있는 전설적인 유명인들의 발과 손이 프린트된 것을 보려 이곳을 방문한다고 한다. 이 극장은 1927년 그라우만스 차이니스 극장이란 이름으로 탄생하였고 1973년 테드 만이 극장을 사들여 맨스 차이니스 극장으로 다시 이름 붙여진 극장이다.

'93.8.14 Gary Cooper, I got here at last'
'2007.12.10, Will Smith, Change the world'

이 극장 앞에서 찍은 사진에 나타난 글들이다. 이 글들과 함께 폴 뉴먼, 찰스 브론슨 등의 이름들을 쉽게 발견할 수 있었다.

나에게 있어서 영화란 가을철 추수가 끝난 시골 공터에 천막을 둘러쳐 놓고 영사기 돌아가는 소리와 함께 화면에 비 오는 듯이 빗금들이 쏟아지던 어릴 적 몇 번 본 오래된 흑백영화의 기억, 그리하여 어쩌다 시골에 영화가 상영되는 날이면 어른들 몰래 집을 빠져나와 영화를 보러 다녀야 했던 죄의식과 같은 것, 밤길을 걸어 이웃 큰 동네에서 영화 보고 오던, 그 당시로는 좀 잘나간다 싶던 이웃 마을 처녀가 윤간을 당했다는 얘기 등 어두운 기억들과 항상 연결되던 어두움의 밤 문화가 아니던가.

부산에서 열리는 국제영화제인 'PIFF'로 영화산업에 대한 이해와 관심을 어렴풋이 갖게 되고 내가 전공한 대중문학에 대한 관심을 갖게 되면서 과거의 어두운 기억을 탈출하던 중이었는데, 이번 할리우드 극장가와 유니버설스튜디오의 방문은 영화에 대한 어두운 기억들을 확 가셔버리는 계기가 되었다고나 할까.

특히 170만㎢의 면적에 연도별로 배치된 세계 최대의 영화 및 TV 촬영 세트장인 유니버설스튜디오에는 〈킹콩〉, 〈죠스〉, 〈워터월드〉, 〈빽 투 더 퓨쳐〉, 〈미이라〉, 〈터미네이터2〉 등 생생한 영화 세트들과 다양한 놀이기구를 즐길 수 있는 곳이다. 트램 투어(Tram Tour)라고 하여 총 4대의 트램을 타고 약 40분에 걸쳐 세트장을 관람할 수 있고, 스튜디오 센터에서는 유명영화의 특수 촬영장면을 견학하고 촬영기법을 이해하고 참여할 수 있는 곳이고, 엔터테인먼트 센터는 이곳들 가운데 가장 인기 있는 곳으로서 〈빽 투 더 퓨쳐〉, 〈터미네이터〉, 〈워터월드〉를 비롯한 다섯 종류의 다양한 쇼를 구경할 수 있다. 이곳에는 자국민은 물론이고 각국에서 온 여행 인파의 빽빽함으로 두세 걸음 앞서가는 일행을 놓치게 할 정도로 그야말로 관람 인파의 인산인해로 그 인기를 실감할 수 있었다.

이처럼 관광객들을 끌어모을 수 있는 요인은 무엇일까. 한번 곰곰이 생각해 볼 일이다. 물론 이곳에서 생산된 영화의 감동이 이곳으로 방문객들을 끌어들였을 것이지만 그것에 만족하지 않고 끊임없이 새로운 아이디어로 감동을 줄 수 있는 소프트웨어를 만들어 내고 있다는 얘기가 아닐까. 실제로 그곳에서는 철 지난 세트장들을 활용해서 관광객들을 유치하고 있을 뿐만 아니라 새로운 스토리를 만들어 또 다른 분위기를 생산하고 있었다.

몇 년 전 일본 여행에서 본 일본의 유니버설스튜디오도 이와 흡사했는데, 이곳을 모방한 것이리라.

우리나라에서도 2014년 개관을 목표로 경기도에 유니버설스튜디오를 개설한다는 기사가 경인년 연초에 보도되었다. 미래 영상산업의 방향을 제시하는 그야말로 세계적인 명소가 되기를 바랄 뿐이다.

한인 이민자들의 새로운 타운 건설, LA 한인 타운

LA 한인 타운 관광은 관광버스로 올림픽 도로를 중심으로 펼쳐진 한인 타운의 거리의 풍광만 구경하면서 어려서 미국으로 이민 온 가이드 저스틴 홍의 이야기만을 흘려듣고 있었다. 고향을 떠난다는 의미는 무엇인가. 고국을 등진다는 의미는 무엇인가. 가족을 이끌고 언어마저 생소한 미지의 땅을 밟는다는 것은 어떤 의미를 내포한 것인가 등등 이민에 따르는 깊고 복잡한 심리를 곰곰이 되씹어 보는, 그리하여 그들의 애환과 환희를 직접 들어보는 동포애적 연민, 아니 세계 시민으로 커나가고 있는 그들의 진취적 기개 등을 소주잔 기울이면서 들어주는 마음의 여유도 없이 말이다. 단체 여행이 주는 현실적 한계가 아닐까.

LA 지역에 한인 이민이 본격적으로 시작된 것은 1965년 동아시아 이민법이 제정된 것이 그 계기가 되었다 한다. 이 이후 많은 한국인들이 이런저런 이유로 이곳으로 이민을 와서 성공과 실패의 역사를 써나가고 있다고 할 수 있다. 서부 패션계의 대부 장도원 씨, 동부 정치계와 상류사회에 진출한 태권도 대부 이준구 씨 등이 초기 이민사회의 대표적인 성공케이스라 할 수 있다.

본래 이 지역을 포함한 캘리포니아 지역은 스페인 지배에서 멕시코 지배로 그리고 마지막으로 미국이 지배하게 된 역사를 지니고 있다.

곳곳마다 스페인어가 많이 사용되고 있는 것도 이런 역사가 작용하고 있기 때문이다. 한인 타운은 한인이 90% 이상의 상권을 차지하고 있어서 한국인들의 치열성과 집단성이 압축적으로 드러나고 있다고 할 수 있다.

미국의 이민 역사를 돌이켜 보면, 원래 미국으로 이민을 올 수 있었던 길은 1882년 맺어진 조미 수호조약에 따라 이미 열려 있었다. 하지만 미국령 하와이로의 이민은 1902년 주한 미국 공사 앨런에 의해 이루어졌다. 당시 조선에는 가뭄으로 기근이 전국을 강타하여 백성들은 주린 배를 채울 수 없는 상황이었다. 이에 당시 주한 공사로 와 있던 미국 공사 앨런이, 기근을 극복하고 외화도 획득할 수 있을 뿐만 아니라 하와이 이민이 조선의 주권 유지에 대한 미국의 관심을 크게 할 수 있다는 이유로 고종황제의 마음을 움직였다.

조선의 사람들이 정든 땅을 떠난 가장 큰 이유는 위정자들의 가렴주구와 탐학에 시달리고, 춥고 배고픔을 이기지 못하여 북쪽으로는 러시아로, 남쪽으로는 하와이 방면으로 이주했던 것이다. 여기에

친러·친일·친미로 갈려 파쟁을 일삼든 위정자들로 인한 정국불안이 가세했다.

해방 전 1943년경 유치환은 만주로 가 있으면서 한(漢)·만·몽·일·조 그리고 러시아 민족까지 소위 '6족협화'의 공간인 국제도시 하얼빈을 중심한 북만주를 여행하면서 가난과 고통에 시달리고 있는 이민들과 풍경을 접하고 북만(北滿) 기행 시를 남겼는가 하면, 소설가 조정래는 하와이로 이민 간 조선 민족의 애환을 대하소설 『아리랑』에서 추적하고 있다. 이 글은 하와이가 아닌 미국 본토로 옮겨 간 이민들로부터 시작된 아메리칸 드림의 흔적을 지나치면서 보고 들은 것에 불과할 뿐이어서 자괴감을 더욱 느끼면서 쓴 글이다.

각설하고 1902년 말경 제물포를 떠난 최초의 이민선 겔릭호가 하와이 호놀룰루에 닻을 내린 날이 1903년 1월 13일이었다. 하와이가 독립운동기지가 될 것을 우려한 통감부가 해외이민금지령을 발한 1905년 말까지 66회에 걸쳐 7,394명이 이민선에 올랐다. 80%인 5,700명이 3년간의 계약 기간을 끝내고 하와이에 정주하였으며, 나머지 20%는 미국 본토로 이주하여 오늘날 200만을 상회하는 한국계 미국인 사회의 뿌리가 되었다. 하와이에서 이민들은 사탕수수 농장에서 날품팔이로 최저임금에 시달렸지만 1인당 매년 3~5달러의 독립운동자금인 '애국금'을 내기를 주저하지 않았으며, 미국 본토로 이주한 이민들은 LA 부근 리버사이드 지역에서 오렌지 농장에서 일하기 시작했다. 미주지역에서 조선 독립운동의 한 중심에 있던 도산 안창호 선생의 동상이 LA 인근 리버사이드 지역에 세워져 있다.

사막과의 첫 대면
- 모하비 사막과 라스베이거스

샌프란시스코 부근 주도(州都) 새크라멘토에서 금광이 발견되어 한때 호황을 누렸던 탓에 캘리포니아주가 '황금의 주(Golden States)'라고 불리었다면, 칼리코 지역에서 은광이 발견되어 호황을 누렸던 네바다주는 인구는 500만 정도로 '은의 주(Silver States)'라는 별칭이 붙어 있다.

우리 일행이 캘리포니아주의 LA를 떠나 네바다주의 라스베이거스로 가는 길은 5시간 거리였으며, 그 길엔 온통 황량한 들과 산의 연속인 광활한 모하비 사막이 펼쳐져 있었다. 모하비 사막은 남한 면적의 2배 정도로 캘리포니아 동남쪽과 네바다주 그리고 애리조나주에 걸쳐 전개되는 사막으로 평균 고도 1,000m 이상, 연평균 강우량 250mm 내외의 불모의 땅이었다. 모래만을 연상하던, 흔히 생각하던 사막의 모습이 아니었고 돌과 흙 그리고 모래 등이 뒤섞인 가운데 메말라 있기도 한 풀과 나무들이 일정한 간격을 두고 펼쳐져 있었는데, 그 가운데서도 많이 눈에 띄는 나무가 여호수아 자시와 트리(여호수아 나무)였다. 이 나무의 이름은 대륙을 횡단하여 동부에서 서부로 이동하던 몰몬 교도들에게 밤에 비친 나무의 모습이 여호수아를 닮았던 데서 연유한 것이라 했다.

이 불모의 땅에는 습도가 낮기 때문에 미국 연방에서는 지형이나 환경에 적합한 시설인 에드워드 공군기지, 우주선 특별착륙기지, 연방 교도소, 고철수집소, 중고 항공기 판매시설 등을 설치하여 효율적으로 활용하고 있었다. 우주 비행선이 플로리다주 나사 기지에 착륙이 어려울 때는 이곳 네바다사막에 착륙하기도 하며, 1950년대는 핵실험도 했던 곳이다. 이곳에는 현대와 기아자동차 실험소도 있다. 4,500만 에이커의 땅을 현대가 소유하고 있는데, 여기에서 자동차 성능시험을 하기도 한다. 이곳에 땅을 구입하려고 하자 25마리 정도 극히 적은 사막거북의 서식처임에도 미국 환경단체의 건립 반대 요구가 거세지자 이를 위해 현대에서는 많은 경비를 지불하기도 했단다.

라스베이거스

이 황량한 사막의 가운데 세워진 오아시스와 같은 도시가 바로 라스베이거스다. 1931년경 후버댐 건설 시 노동자를 위한 오락시설로 이곳에서 시작된 카지노가 오늘날에는 연간 4,000만 명의 관광객들이 운집하는 쇼와 공연의 천국이자 첨단 건축과 각종 문화산업이 공존하는 첨단도시로 발전해 있다. 엘비스 프레슬 리가 이곳에서 800회 연속 만원 기록을 세운 공연의 도시이기도 하다. 얼마 전, 해마다 열리는 세계전자제품 전시회가 이곳에서 개최되어 이건희 회장이 가족과 함께 등장해 언론에 보도됐던 곳이 바로 그 며칠 전에 우리가 다녀온 라스베이거스였다.

저녁이 되자 라스베이거스 중심거리로 몰려오는 인파는 LG가 설치한 전자 쇼를 보며 오아시스의 분위기를 띄우기 시작하고, 고급 첨단을 지향하는 호텔들의 향연이 시작되는가 하면 호텔의 로비를 중심으로 한 지하 거리는 온통 카지노와 전자오락의 게임장으로 사막의 오아시스를 지상과 지하에서 밝혔다.

호텔 마당에서 벌어지는 웅장한 분수쇼는 여기가 사막의 현대적 오아시스의 변용임을 다시 한번 확인시켜 주기에 충분했다.

장기간 여행에 따른 생리적 대비 때문이기도 하지만 나는 새로운 도시나 장소에 도착할 때마다 그곳의 화장실을 먼저 방문한다는 원칙을 지켰다. 특히 고급스럽고 첨단의 건물일수록 더욱 그 원칙을 잊지 않았다. 이곳 라스베이거스에 있는 'THE' 호텔도 그런 호기심을 갖기에 충분한 현대첨단 건물이었다. 시원하게 높이 솟은 호텔 입구와 복도는 검은 대리석으로 죽죽 솟아 있었고 그 복도에 있는 엘리베이터를 타고 저녁 후 지상과 지하의 거리에 나서는 남녀들이 예사롭지 않은 차림들이었다. 한여름 해변가에서 쉽게 볼 수 있는 가벼운 옷차림의 젊은 여성들이 그룹을 지어 몰려나오는가 하면 부부나 연인으로 보이는 고급스런 모습의 인물들이 줄지어 나타났다. 그곳 호텔 입구에 있는 화장실을 방문했을 때 조용하고 아늑한 분위기와 조명은 물론이고 볼일을 보는 사이에 바로 앞에 있는 벽을 바라보고 있었는데 벽을 타고 흘러내리는 하얀 폭포를 연상시키는 안개비와 같은 가느다란 물줄기들의 하강이 감동적이었다.

우리 일행이 묵은 호텔은 'Luxor Hotel Las Vegas'로 흔히 우리나라의 대도시에서 이용할 수 있는 괜찮은 호텔 정도였지만 규모만은 보통을 훨씬 넘어섰다. 5,500개의 객실을 보유하고 있었다. 밤 투어에 나섰던 호텔들은 해가 지고 어둑어둑할 즈음 찾아갔는데, 여전히 저녁노을이 파란 하늘과 어울려 어두워지지 않아 이상하단 생각을 했더니, 이것도 전자적인 장치로 파란 창공과 흰 구름이 떠 있는 착시를 일으키도록 설치된 것이었다.

라스베이거스의 물과 전기는 후버댐에서 공급되었다. 만약 이 도시에 물과 전기가 없다면 금방 죽음의 도시로 급변할 것이 아닐까 하고 생각했을 때 사막 한가운데 건설한 도시의 허망함 같은 느낌을 가지기에도 충분했다. 물과 조명이 없는 라스베이거스와 물과 조명의 쇼가 계속되는 밤의 모습은 하늘과 땅과 같은 거리가 있었으니까.

두 번째 라스베이거스에 묵게 된 날 밤 쥬빌리 쇼를 보지 않고 카지노에 내려가 아내와 함께 3시간 동안 게임에 참가했고 결국 소액의 달러를 투자하여 건지지는 못했지만, 즐거운 맘으로 우리의 방으로 돌아왔었다. 라스베이거스에서 남들도 다 가는 쇼마저 제쳐놓고 카지노에 입문해 봤다는 통쾌함을 얻었으니 말이다. 연간 4,000만 명이 이곳을 찾는다면 그 관광수입이 어느 정도일까는 쉽게 계산되지 않았다.

불모의 사막 위에 최첨단 도시를 건설하는 데는 과감한 투자에 도전하는 사람들이 있었기에 가능한 일이었다. 빅스, 하워스 휴즈, 스티브 윈이 라스베이거스를 부흥시킨 3대 인물이었다. 휴즈는 미국 휴즈 여행사의 회장이고, 윈은 현재 밤색으로 신축된 최첨단 호텔이 그의 이름을 따서 이곳에 지어졌다.

경비행기로 그랜드 캐니언을 위에서 아래로 보고,
관광버스를 타고 브라이스 캐니언과
자이언 캐니언을 아래서 위로 보다

여행 제3일째 네바다주의 라스베이거스에서 새벽 6시에 모닝콜이 울리고 5시간에 걸쳐 애리조나주의 그랜드 캐니언으로 달려갔다. 네바다주의 최남단도시인 라플린은 3개 주가 만나는 꼭짓점에 위치한 휴양도시로 콜로라도 강이 흐르고 있었다. 물길이 좁아진 콜로라도 강을 거쳐 조그마한 다리를 지나니 바로 애리조나주였다.

때마침 하나투어 미국 서부 가이드 저스틴 홍 차장은 우리의 정서를 자극하는 애리조나 카우보이의 노래를 준비했다가 버스의 오디오로 들려주는 치밀함도 가지고 있었다. 이 주는 제2차 세계대전 당시 포로수용소가 있던 곳으로 미국에서 여섯 번째로 큰 주다. 인구는 600만 정도로 크게 많지는 않다.

이 애리조나주는 1914년 미국의 48번째 주로 연방에 최후로 가입함으로써 미 대륙이 완성되었다. 주의 북쪽은 높은 고원지대로 캐니언이 즐비했다. 가이드는 이 지역에는 '개년'이 많다는 농담도 해가며 부드럽게 졸린 톤으로 설명을 이어갔다.

그랜드 캐니언으로 가는 길에 후버댐을 지나치면서 비디오로 후버댐 건설 당시의 계획들을 보여주었다. 1931년부터 1935년까지 진행된 세계 최초의 대형 콘크리트 건설공사인 후버댐 건설은 공황에 빠진 미국을 살리기 위한 야심 찬 계획들 가운데 하나였다. 콜로라도 강을 막아 만든 이 댐은 건설 중 112명의 인명 손실이 있는 등의 희생도 있었지만, 캘리포니아주를 비롯한 미국 서남부 지역의 전기와 물을 안정적으로 공급함으로써 이 지역 발전의 계기가 된 대표적인 건설공사였다. 공사의 어려움에 봉착할 때 '후버댐처럼 하라'는 말이 생겨날 정도로 기술과 자본의 분야에서 획기적인 건설공사의 사례였다.

직선으로 쭉 뻗은 고속도로 상에서 아파치 인디언 부족이 살았던 지역도, 중지 손가락으로 욕하고 있는 모습의 이른바 욕 바위도, 온화한 성격의 호피족 인디언이 살던 지역도 지나면서 대륙을 개척해가던 미국인과 원주민인 인디언과의 치열한 싸움을 상기했다. 인디언의 마지막 용맹스런 추장인 제로니모 아파치 부족장의 무용담을 들었다.

마치 월남전에서 미군과 월맹군의 구찌 지구 전투와도 같은 이야기를 말이다. 가는 길옆으로 미 대륙 횡단철도를 지나는 기차의 긴 행렬이 간혹 눈에 띄기도 했다.

이제는 대부분의 주민들은 인디언과 은퇴 부부들이 살아가는 지역으로 되어 있었다. 물론 인디언들은 그들이 미국 정부가 제한한 지역에 거주할 때 연방정부에서 지원하는 시스템을 통해 통제당하고 있었음도 사실이었다.

새벽에 출발하여 5시간 만에 도착한 곳이 그랜드 캐니언이었다.

그랜드 캐니언은 전체 길이가 446km로 대략 서울-부산 간 거리에 맞먹었다. 계곡의 깊이는 1·6km이다. 계곡에 흐르는 강이 바로 콜로라도 강이며, 강의 상류부에 그랜드 캐니언이 놓여 있는 셈이다. 이 계곡은 쟌 웨슬리 타워 소령이 이끄는 스페인 탐험대에 의해 처음 발견되었는데, 탐험대 20여 명 중 절반 정도만 살아 돌아왔다. 고속도로 상에서 볼 때 그랜드 캐니언이 위치한 산의 중앙부에는 독수리 형상의 이글마운틴이 있었는데, 이곳에 경비행기를 타는 곳이 있었다.

수많은 세월을 거치면서 강의 흐름이 하상을 잠식하여 결국 오늘날의 계곡이 형성되었다. 지금 계곡의 하상은 단단한 화강암이 놓여 있어서 침식은 더욱 느리게 진행되겠지만 계곡이 깊어질 것은 물론이다.

가는 날 붉은 그랜드 캐니언에는 눈이 내려 있었고 설경의 숲 위로 계곡을 따라 우리를 실은 경비행기가 날았다. 아내는 만약의 경우를 위해 두 사람이 따로 경비행기를 타자고도 했지만 안전은 이중 장치가 되어 있었다. 만약의 경우 엔진에 이상이 있을 시에는 보조 엔진을 이용해 글라이드처럼 계곡으로 안착하도록 설계된 스웨덴제 경비행기였다.

약 40분간 비행하는 그랜드 캐니언 여행을 마치고는 유타주 남부지방인 케납이라는 소도시에서 숙박했다. 공기가 매우 쾌청했다. 이 소도시는 〈늑대와 춤을〉 등을 촬영한 서부지역의 영화의 메카이기도 했다. 별다른 스튜디오가 필요 없이 그냥 찍기만 하면 되는 천연의 스튜디오였다.

여행 제4일째 유타주에 있는 브라이스 캐니언(Bryce Canyon)과 자이언 캐니언(Zion Canyon)을 향했다.

유타주는 동부에서 핍박을 받고 이곳으로 이주해 온 모르몬교도들이 개척한 곳으로 교육열이 뛰어난 곳인데, 특히 고등학교가 우수하다고 한다. 모르몬교도들은 중혼제를 신봉했는데, 이의 폐지 조건으로 45번째로 연방에 가입했다. 이 주의 85%를 미국 연방이 관리한다.

오랜 시간 풍화작용에 의해 부드러운 흙은 사라지고 단단한 암석만 남아 수만 개의 분홍색, 크림색, 갈색의 돌기둥들이 펼쳐진 브라이스 캐니언도 볼만하지만, 그랜드 캐니언의 웅장함이 뇌리에 있는 한 좀 약할 뿐이었는데, 자이언 캐니언은 또 다른 캐니언의 감동을 선사했다. 이 자이언 캐니언은 버진리버(Virgin River) 강의 부식작용에 의해 형성된 계곡인데, 캐니언의 웅장함을 계곡 아래로 버스를 타고 내려가 밑에서 위로 올려다보는 장관을 연출하고 있었다. 유타주에서는 가장 다양한 800여 종의 식물과 동물들이 서식하고 있으며, 엄청난 크기의 사암과 바둑판 형태의 바위산, 터널 등 자연의 웅장함을 느끼게 하는 곳이었다.

　라스베이거스로 다시 돌아온 우리는 제2일째 저녁에 묵었던 그 호텔에 다시 여장을 풀었다. 라스베이거스의 생활에 자신감을 가진 밤이었다. 앞에서 말했듯이 카지노에 도전한 것도 바로 이날 밤이었다.

캘리코 은광촌

다음 날은 라스베이거스에서 교통의 요충지 바스토우를 거쳐 캘리코 은광촌을 방문했다. '유령의 도시'란 별칭을 지닌 캘리코 은광촌은 1881년 생겨나 1907년 폐촌된 곳으로 1951년경 Walter Knott 씨에 의해 복구되어 1966년 샌 버나티노 카운티에 기증된 곳으로 200만 불 상당의 은과 900만 불 상당의 붕사를 생산한 은광촌이다. 매년 5월에는 이곳에서 칼리코 봄 축제가 열린다.

캘리포니아 최대의 농업도시인 프레스노에 도착하여 그곳 워터트리 호텔에서 5일째 밤을 보냈다. 이날의 일정이 제일 여유로웠다. 그만큼 여행의 감동은 적었다. 다음 날 요세미티 국립공원의 큰 감동을 위한 숨 고르기의 날이랄까.

잠에 어린 채 캘리포니아 농장지대를 지나
요세미티 국립공원을 방문하다

일행의 귀국 일정 하루를 앞두고 제6일째 일정이 요세미티 국립공원 방문과 샌프란시스코 투어였다. 빡빡한 일정인 까닭에 새벽 일찍 기상한 관계로 계속 졸린 상태로 국립공원을 방문해야 했다.

프레스노를 출발 캘리포니아 대농장지대를 경유하여 지나갔는데, 끝나는 곳이 보이지 않는 지평선이 드러나는 농장지대엔 포도밭과 네이벌 아몬드밭이 경쟁적으로 뻗어 있었다. 농장의 소유주와 소작인들의 갈등이 묘사된 존 스타인백의 소설『분노의 포도』의 배경이 된 곳이 이 캘리포니아 농장지대이다. 캘리포니아 지역의 주요 농산물은 네이벌 오렌지, 아몬드, 포도, 쌀 등이 유명하며, 이 농산

요세미티 국립공원

물들이 미국 전역은 물론 세계로 공급되고 있었다. 앞에서 언급했
듯이 하와이에서 이주해 온 우리 이민들도 캘리포니아주 LA 부근
리버사이드 지역의 오렌지 농장의 노동자로 일하기 시작했던 것이
다. 이 지역 농장지대에 전기를 공급하는 데는 1980년대 미국에서
처음 조성된 풍력발전소가 그 일익을 담당한다. 시에라 네바다 산맥
의 동쪽 끝이 태아차피 산맥인데, 이 지역에 풍력발전소가 집중적으
로 설치되어 있다. 이곳 전기 생산에는 에디슨 후손들도 참여하여
많은 돈을 벌고 있다고 했다. 풍력발전소 부근을 지날 때는 안개가
자욱해 그 전모를 볼 수는 없었다.

요세미티 국립공원은 소나무 측백나무 등의 수백 년 된 거대한 수목들과 1,000m 높이의 화강암으로 이루어진 엘 캐피탄 바위, 총 728m로 미국에서 가장 긴 요세미티 3단 폭포 등 동식물 보호 요람 지로서의 위용을 지니고 있었다. 넘어진 나무는 넘어진 그대로 두고 있고 동물들의 보호도 인간이 지나치게 간섭하지 않는 자연 상태의 생존법칙을 따르도록 하는 것이 미국 국립공원관리의 큰 원칙이었다.

박정희 전 대통령도 이곳을 방문한 적이 있으며 우리나라의 그린벨트 지정, 국립공원 설치 등에 영향을 받았던 것 같다.

샌프란시스코에 입성
- 금문교 방문

마지막 일정으로 샌프란시스코에 입성하여 짧은 시간의 시내 투어에 나섰다.

금문교(Golden Gate Bridge)는 현수교로서 1937년에 건설공사가 완공되어 개통되었다. 그 길이는 2,789m, 수면에서 높이는 67m, 현수교를 지탱하는 굵은 철선은 직경이 92.7cm로, 직경 5mm의 작은 철선 27,572개가 합쳐진 것이다.

다리 설계자가 15년간 설계도면을 갖고 다니면서 투자자를 물색했으나 대부분의 투자자들이 지진이 있을 경우 위험하다는 것과 이 거대한 다리가 과연 오래 견딜 수 있을 것인가를 의심했기에 투자를 거절했는데, 한 투자자는 이 다리가 얼마나 오래갈 것인가를 물었고 설계자는 영원하다고 답변함으로써 투자의 결정이 그 자리에서 이루어짐과 동시에 다리 건설이 시작될 수 있었다는 것이다.

금문교의 다리교각은 다리 2개가 30m 해수면 아래에 세워져 있다. 양쪽 뭍에 세울 수도 있지만 양쪽 뭍은 서로 다른 지각판에 속해 있어서 만약의 경우 지진이 일어날 때 쉽게 붕괴될 수 있기 때문에 같은 지각판 위에 세우기 위해서 바닷속에 다리교각을 세운 것이다. 바로 금문교 부근이 지각판을 달리하는 지진대였다.

샌프란시스코만 부두에서 크루즈선인 레드 앤 화이트 함대를 타고 우리말 설명을 이어폰으로 들으면서 다리 밑을 지나 둘러보았다. 1892년에 완성된 이 개인 소유의 함대는 샌프란시스코만에서 도시를 감상할 수 있도록 운항하고 있었다. 이어 다리 양쪽 전망대를 버스로 방문했을 때는 이미 날이 어두워졌다. 단체여행의 마지막 밤은 샌프란시스코의 'Hilton San Francisco Airport' 호텔에서 묵었다. 힐튼 호텔이 그렇듯 상당히 편안한 여정의 마지막 밤을 마무리했다.

여행 제7일 날 아침 13명의 일행이 현지에 남고 나머지 37명이 묵었던 호텔을 떠날 때 나와 아내가 샌프란시스코 공항으로 떠날 버스로 찾아가 그간 같이 여행했던 일행들에게 인사하고 돌아와 아침 식사를 했다. 이날이 2010년 1월 1일이었다. 어학연수 중인 딸은 그녀의 친구들과 샌프란시스코 시내에서 새해맞이 행사에 밤새 참여했다가 아침에 주인집 아저씨와 같이 우리를 데리러 오게 돼 있었다. '샌'이 프란시스코를 수식하는 말임을 이번 여행에서 확인했다.

가족만의 여행
– 샌프란시스코(Saint Francisco) 본격 탐구

딸과 그가 하숙하는 주인집 아저씨가 드디어 'Hilton San Francisco Airport' 호텔에 나타났다. 아저씨의 이름은 루디(Rudy)였다. 루디 씨 집에 점심때 도착하여 그들 부부의 2층 방에 우리의 여장을 풀고 오후 내내 휴식했다.

태평양에 직접 노출된
Ocean Beach 해수욕장과 소살리토 거리

1월 2일 아침 휴식에서 깨어난 우리 3명의 가족은 주인집 부부와 함께 샌프란시스코를 본격 탐구하기 시작했다. 운전은 주인아저씨 루디 씨가 했다. 루디 씨 부부는 필리핀 사람들로서 필리핀에서 기술이민으로 미국 샌프란시스코로 온 지 30여 년이 넘었으며, 그의 나이는 올해 74세였다.

지금은 은퇴하여 아내와 여생을 보내고 있는 활기찬 초로의 노인이었다. 그가 우리를 안내한 첫 장소는 샌프란시스코만 밖에 있는 그야말로 망망한 태평양을 바로 접한 약간 검은 색깔의 모래로 펼쳐진 Ocean Beach였다. 백사장으로 윈드서핑을 하기에 알맞은 상당히 높은 파도가 밀려오고 있었으며, 개를 데리고 산책을 나온 사람들 백사장을 거니는 젊은 남녀들이 띄엄띄엄 보였다. 가족여행 사진을 처음으로 찍고, 주인집 부부들과도 함께 기념촬영부터 시작됐다. 해안가 언덕 위에는 절벽 위의 집(Cliff's House)들과 미국인들만이 거주하는 해안가 고급 빌리지들이 펼쳐져 있었다. 우리의 해운대 해안가의 집들이 생각났는데, 이곳의 집들은 해운대와는 달리 2, 3층 이상의 집들이 없는 것처럼 보였는데, 아마 층고를 제한하고 있는 것 같았다.

이어 바다 건너 예술인촌이 바라다보이는 소살리토 지역을 찾았는데 격조 있고 안정된 거리풍경과 풍광 좋은 야트막한 산비탈 숲에 여유롭게 늘어선 고급주택들이 매우 인상적이었다. 거리에 있는 가게들을 둘러봤는데 그 격조도 시내의 다운타운에 뒤지지 않는 품격이 느껴졌다. 샌프란시스코의 온화한 기후와 안정된 거리풍경 그리고 80만 정도의 적당한 인구 등을 고려하면 미국이라도 이곳에는 살만하겠다는 데 우리 가족 모두 공감했다. 고급주택지라서 미국인들이 집단적으로 거주한다고 했다. 이곳 주택들을 가리키면서 주인아저씨는 연속 'Expensive' 하다고 강조했다. 고급주택가는 미국인들이 주로 집단적으로 살고 있음을 느낄 수 있었다.

다시 찾은 금문교와 Twin Peaks에서의
샌프란시스코시 전체 모습 조망

이틀 전 여행 일행들과 함께 늦은 무렵 금문교를 전망대를 찾았을 때는 벌써 어둠과 밤의 추위가 찾아와 제대로 기념촬영을 못 했었는데, 이날은 매우 쾌청했고 온화한 날씨에 2010년 새해의 주말

금문교에서

이 겹친 관계로 많은 인파가 몰려들고 있었다.

샌프란시스코는 위도상으로는 미국 대륙의 중간쯤으로 태평양에 바로 접하고 있는 도시인데, 난류와 한류가 이 부근에서 만나는 관계로 안개가 끼는 날씨가 많고 대체로 온화한 날씨가 유지되는 곳이다. 태평양에서 샌프란시스코만으로 들어서는 곳인 입구를 지키고 있는 다리가 앞에서 살펴본 금문교이다. 70여 년 전 대공황 시기 다리 건설 당시에 황금색을 칠했던 관계로 금(Golden)이란 수식어가 붙었는데, 지금은 붉은 페인트로 도색되어 있으며 새해에는 금문교 다리 위 높은 곳에 올라가서 조망할 수 있는 관광시설을 만들어 관광객 유치에 일조한다는 계획을 하고 있었다. 샌프란시스코 만에는 금문교 외에도 베이 브릿지(Bay Bridge)란 다리가 있다. 이 다리가 금문교보다 길이가 훨씬 길다.

샌프란시스코에 접해 있는 샌프란시스코만에는 3개의 섬이 있다. 알카트라즈섬, 앤젤섬, 보물섬이 그것인데, 알카트라즈 섬엔 한때 죄수 감옥이 있던 곳이고, 엔젤섬은 미국으로 이민오는 이민자들의 입국을 심사하던 곳이었다. 지금은 그 유적들을 관광시키고 있으며 이러한 시설들 모두 미연방의 국립공원관리하에 있었다.

다음으로 이동한 곳이 쌍둥이 산 정상인 'Twin Peaks'였다. 이곳에도 많은 관광객들이 방문하는 곳이었는데, 샌프란시스코와 만 전체를 조망할 수 있는 곳이다. 샌프란시스코가 아름답다는 표현들은 바로 이런 곳에서 나온다는 것이었다.

이날 저녁은 주인이 추천하여 간 중국레스토랑에서 먹었다. 다양한 요리들이 준비되었고 우리가 식사 대접을 했다. 총 85$였다.

저녁 식사 후 주인아저씨가 소속되어 활동하고 있는 자유 메이슨 협회(Free Maison Association) 건물을 방문했다. 늦은 시간이었는데도 들어갈 수 있었던 것은 아저씨가 그곳의 열쇠를 갖고 관리하고 있었기 때문이었다. 그 건물은 1915년 건축된 것으로 샌프란시스코시 지역에서 가장 오래된 건물이었다. 오래된 역대 협회 관계자 사진들, 오래된 푸른 카펫이 깔린 마룻바닥, 단상, 관련 집기들이 고풍찬연했다. 미국 역대 대통령 가운데 16명이 이 단체의 회원 출신이었기에 주인아저씨의 자부심도 대단했다. 이민 온 사람으로서 이 지역 사람들과 교류하는 통로였다. 이곳에서 주인아저씨는 은퇴 후의 삶을 즐기고 있었다. 주인아저씨의 사진액자도 벽면에 걸려 있었다. 이 단체의 팸플렛에는 초창기 미국을 건설하는 데 있어서 주요한 정신적 이념을 창출하고 지탱해 나가는 단체로 소개돼 있었다. 『해리포터』에도 등장하는 비밀단체의 성격으로 운용되고 있었던 것 같았다. 이 단체에 대한 관심이 학문적 대상이 되고 있는데, 그것은 2010년에 UCLA에서 강좌가 개설된다는 내용이 팸플릿에 소개되어 있었다.

버클리대학 방문

가족여행 3일째 날이다. 여행안내 책자에도 소개된, 영문서적에서 흔히 보던 이름의 대학인 버클리대학의 정식명칭은 University of California, Berkeley이고 줄여서 UC Berkeley이다.

나는 중국의 남경대학교 방문 이후 제대로 된 외국의 대학 캠퍼스를 볼 수 있게 돼서 매우 고무되어 있었다. 뉴욕의 컬럼비아대학교는 쉽게 여행객에게 캠퍼스의 방문을 배려하지 않은 데 비해 버클리대학은 쉽게 방문할 수 있어서 좋았다. 정문에 들어설 때부터 서 있는 거대한 나무들과 건물들이 예사롭지 않은 역사를 드러내고 있었다. 정문 출입이 자유로웠고 넓고 잘 관리된 푸른 금잔디밭들이 사진에서 보던 외국대학의 캠퍼스를 쉽게 떠올릴 수 있었다. 1871년 설립 개교된 이 대학은 캘리포니아에서 가장 역사가 오래된 대학이었다. 캠퍼스가 넓고 늦가을과 봄이 캠퍼스에 공존하고 있었다. 단풍이 곱게 든 나무들이 서 있는가 하면, 잔디밭 가에는 연한 남색의 목련꽃이 봉오리를 조용히 드러내고 있었다. 두세 시간 걸어다녔다고 생각했는데 캠퍼스는 1/3 정도 둘러보았을까.

'나도 일찍 해외 대학에 눈을 돌리고 생활형편이 되었더라면 이런 곳에서 마음껏 공부해 볼 수 있었을 텐데'라며 중얼거렸더니, 딸이 하는 말이 '그래요, 공부하고 싶은 아빠가 이런 곳에서 공부해야 되는데…' 하는 반응이 돌아왔다.

마침 방학이었고 새해라 캠퍼스는 조용했다. 여러 번 보고 사진을 찍어 캠퍼스의 모습을 마음과 사진으로 오래 저장해 두려고 노력했다. 동서남북 사방으로 캠퍼스로 통하는 큰 문들이 있었지만 정문만 차가 출입할 수 있도록 개방되었고 다른 곳은 사람만 통행할 수 있도록 되어 있었다. 캠퍼스 건물 안으로는 외부인이 들어갈 수 없도록 되어 있었다. 볼일들을 보려고 한참 둘러보았지만 화장실이 개방된 곳이 보이지 않았다. 출입증이 있어야 건물 안으로 들어갈 수 있고 그 안에 화장실이 있었던 것이다. 마침 방학 중 보수 공사를 하고 있는 공사장을 찾아가 공사 인원들이 사용하도록 된 간이화장실을 이용하게 되었는데 냄새가 거의 나지 않는 간이시설이었다.

여기서 잠깐 버클리대학의 역사와 전통을 조금 살펴둘 필요가 있겠다.

캘리포니아에 정착했던 초기 정착민들 가운데 시대의 선각자들은 금을 찾아 캘리포니아로 몰려드는 사람들에게 교육을 시켜 바른 시민으로 육성해야 한다는 생각이 일치되어 골드러쉬의 절정기에 달했던 시기인 1849년경에 바로 오늘의 University of California 시스템의 전신이 태동되었다.

이는 "단지 금을 찾아 캘리포니아로 이주해 온 사람들이지만 이들에게 올바른 지식과 정신교육을 시키면 앞으로 후손들에게 금보다 더 귀하고 값진 영광과 행복을 물려줄 수 있다."는 선각자들의 투철한 교육이념이 오늘의 캘리포니아주립대학의 시스템을 가능하게 했다. 캘리포니아주립대학은 헨리 듀란 목사가 설립한 College of California 사립단과대학과 주정부 소속의 농업·광업·기계기술대학이 합병하여 1868년 3월 23일 캘리포니아 주지사의 최종 승인으로 탄생한 주립대학이다.

탄생 이후 첫 졸업생은 12명이었고, 후배들은 이들을 이른바 '12 사도'라고 별칭하고 있다. 이들은 대학평의사회 회원, 하원의원, 시장, 주지사, 교수, 변호사, 은행장, 성직자, 목장주들이었다.

숱한 재정적 어려움으로 신생대학이 어려움을 받았지만 벤저민 아이드 윌러 총장이 1899년부터 1919년까지 20여 년간 재임하면서 대학이 크게 발전했다. 그의 재임 중에 캘리포니아 주립대학교 시스템의 중심인 버클리 캠퍼스뿐만 아니라 남부 분교인 UCLA가 탄생했다.

대학설립 초기에 막대한 재정 지원을 아끼지 않았던 후원자 중 피브 애퍼슨 허스트 여사는 이 캠퍼스의 모든 건물들이 세계적으로 명성을 떨치기에 부족함이 없는 시설을 갖출 수 있도록 후한 재정적 지원을 했다. 이에 따라 프랑스 파리 출신의 에밀리 버나드의 설계가 최종적으로 낙찰됨으로써 그의 설계 플랜에 따라 버클리 캠퍼스에는 당대 세계적으로 가장 명성이 높은 대학건물들이 설립되기 시작했다.

당시 런던의 《스펙테이터》 신문에서는 "바다가 내려다보이는 아름다운 언덕 위에 자리 잡고 있는 이 대학은 인류의 과학 문명과 시대를 구상하는 명상가들의 메카가 될 것이다."라는 감탄의 글을 싣기도 했다.

이후 버나드의 뒤를 이어 쟌 갤린 하워드가 어떠한 돈을 들여서라도 한 치의 오차가 없는 캠프스 건립디자인을 진행하면서 우아함,

위엄감을 갖추되 캘리포니아의 환경과 정서에 맞는 고전적인 엄숙함을 살려나갔다.

고전문학 학자이면서 대학행정가였던 초대 총장 윌러는 도서관 건립, 장학금 기금 마련, 각종 연구기금 등을 끌어들이면서 저명한 석학들을 초빙하는 일에 총력을 기울여 농업, 인문학, 공학 분야에서 탁월한 전문영역을 구축한 대학으로 자리 잡는 데 헌신을 다 했다.

그 후 1930년에 취임한 로버트 고든 스프롤 총장은 30여 년간 재임하면서 물리학과 생물학 분야에서 탁월한 연구가 진행될 수 있게 하였으며, 세계적인 석학들을 부단하게 초빙하는 일을 추진했고, 이 기간 동안 18명의 노벨상 수상자들이 배출되게 하는 원동력이 되었다.

스프롤 총장은 버클리가 중심캠퍼스가 되었던 University of California가 한 지역사회에 이바지하는 대학의 수준을 넘어 세계적인 명문대학들과 어깨를 나란히 할 수 있는 대학으로 키웠으며, 버클리를 중심한 University of California 본부캠퍼스 외에 캘리포니아 남부지역의 분교로 세웠던 UCLA가 당시 고작 몇 과목을 강의하는 소형분교를 넘어 버클리와 어깨를 나란히 하는 동등한 수준의 자매대학으로 키웠다.

버클리를 중심으로 시작된 캘리포니아주립대학 시스템 즉 University of California 안에는 10개의 캠퍼스가 있다. 모두 208,000여 명이 재학하고 있는 UC의 캠퍼스에는 UC Berkeley, UC David, UC Irvine, UCLA, UC Riverside, UC Merced, UC San Diego, UC San Francisco, UC Santa Barbara, UC Santa Cruz 등의 캠퍼스들이 있다.

이 중 대표적인 캠퍼스인 버클리 캠퍼스는 과학, 인문학, 예술, 사회학, 순수과학 등의 분야에서 100여 개의 전공학과와 7,000여 개의 코스가 강의되는 메가시스템을 갖추고 있다.

도서관 규모나 시설 면에서도 북미에서 4번째로 방대한 도서인 900만 권 이상의 장서를 갖추고 있으며, 도이 모피트 중앙도서관을 비롯해서 캠퍼스 내에는 36개의 특수전문도서관이 있으며, 미 전국에서 공립도서관 시스템으로는 최상의 도서관으로 평가되고 있다.

"오로지 최상의 능력을 가진 학생들만이 이곳에서 생존할 수 있다."라고 알려진 버클리는 "수줍은 학생은 버클리에 지원도 하지 말라."고 선배들이 충고하고 있다.

또한 이 대학은 학점이 매우 인색한 대학으로 알려져 "홀딱 옷을 벗고 오로지 공부에만 몰두해도 겨우 C 학점을 받기가 일쑤이다."라는 말이 학생들 사이에 통용되고 있으며, 죽도록 공부해야 살아남는 대학으로 유명하다. 또한 현직 교수진에는 7명의 노벨 수상자, 회원으로 영입되는 것이 하늘의 별 따기 만치 어렵다고 하는 225명의 미 학술원 회원, 131명의 과학원 회원, 87명의 공학원 회원, 141명의 구겐하임 연구원들이 포진해 있다.

버클리 학부생 22,800명과 대학원생을 포함해 총 33,076명의 학생이 재학하고 있으며, 이 가운데는 중국계 학생 5,398명, 한국계 학생 1,466명이 포함돼 있다.

버클리대학 탐구를 마치고 캠퍼스 남문 쪽으로 나와 캠퍼스 주변을 살피고 있었는데 마침 '부글부글'이란 간판을 단 한식집이 있어 들어갔더니 주인 부부는 통영 출신이었고 그들 부부가 운영하는 식당이었다. 그날은 방학이라 좀 한가하다 했다. 그래서 이역만리 땅에서 고향 친구 만난 듯이 살갑게 대화를 나누며 고향 이야기와 그곳 이야기들로 오랜만에 회포를 풀어놓았다.

귀가하면서 다운타운을 들러 쇼핑몰 등의 상가를 방문하면서 샌프란시스코의 또 다른 면모를 살폈다. 다운타운의 중심가에는 사람이 다니는 인도가 차로 넓이로 2.5차선 정도였으니 땅 넓은 나라의 여유이구나 싶었다. 중심가는 그 가운데 유니온 스퀘어의 아이스링크와 아직 남아 있었던 크리스마스트리가 상징적으로 서 있었고, 고층 빌딩의 행렬이 이어졌다. 다음 날도 다운타운 방문이 이어졌는데, 뉴욕 방문을 앞두고 딸이 연수하고 있는 중심가의 학원까지 방문하게 되었다. 딸이 아니었더라면 잘 가지 않았을 곳들을 아무런 불평 없이 즐겨 따라다녔다. 딸의 영어연수가 본격적으로 그 효과를 잘 드러내는 현장들을 지켜보았다.

센트럴 골든게이트 파크 방문

그 멜로디 한 구절 정도만 기억에 남아 있던 팝송 '샌프란시스코'가 진보적 기치를 드러낸 음악이라는 것도 이번 여행에서 딸로부터 얻은 정보였다. 월남전 반대, 히피 문화, 마약 등으로 요약될 수 있는 미국의 문화가 반영되어 있던 노래가 '샌프란시스코'였다니 언젠가 한번 찬찬히 그 가사를 음미해야겠다는 생각을 하면서 전날 어두울 때 잠깐 들렀다가 본격 탐구를 위해 다시 찾았을 때 역시 좀 질 척한 느낌이 있는 넓은 잔디밭에서 자유롭게 포즈를 취한 젊은 남녀 수십 명이 각종 악기를 연주하고 춤을 추면서 그들의 문화를 즐기고 있었다. 물론 우리나라에선 향정신성 품목으로 규정돼 금지된 담배를 물고 서 있는 젊은이도 있었다.

이곳에서 본 장소 중 가장 인상적인 곳은 공원 속에 위치한 아담한 일본 정원이었다. 샌프란시스코의 중심공원인 골든게이트 파크의 가운데 아담하며 깔끔한 일본 정원이 관광객의 발걸음을 진하게 끌고 있었다. 잘 다듬어진 잔디, 나무, 연못 그리고 조그만 사찰 등 압축적으로 일본 정원의 진수를 옮겨 와 펼치고 있었다. 동양인은 일본인으로 대표되었던 얼마 전까지의 서양인의 인식이 이런 문화적 홍보에 의한 것이리라 여겨지면서도 일본 정원의 단아함에 다시 한번 감동했다. 우리의 전통적인 정원은 어떻게 살리고 알려야 할 것인가.

그다음 날 뉴욕탐구가 우리를 기다리고 있었다.

가족만의 여행
- 뉴욕 본격 탐구

맨해튼 미드타운 펜션형 아파트에
여장을 풀다

샌프란시스코 공항을 떠나 뉴욕의 JFK 공항까지 비행기로 약 5

시간 30분가량 걸렸다. 샌프란시스코에서 밤 11시에 출발하여 뉴욕 존 에프 케네디 공항에 도착하니 샌프란시스코 현지시각으로는 새벽 4시 30분이었다. 샌프란시스코와 뉴욕의 시차가 3시간이나 벌어져 있어서 뉴욕 현지시각으로는 아침 7시 30분이었다. 다른 나라 사이인 서울과 동경이 같은 시간대에 놓여 있는 데 반해, 같은 나라 안 샌프란시스코와 뉴욕 사이에는 3시간이라는 시차가 발생하고 있었던 것이다. 비행기를 타고 같은 나라 안에서 5시간 걸려서 이동을 해야 하고, 그것도 두 지역 간에 시차가 3시간이나 벌어져 있다는 것은 한국이라는 테두리 안에서만 살아온 시간 공간 감각으로는 좀 어리둥절할 뿐이었다.

딸이 뉴욕 맨해튼 미드타운에 있는 펜션형 아파트를 미리 예약해 두었기에 숙박에 대해서는 좀 안심하고 찾아갔다. 우리가 그 집을 찾아갔을 때는 벌써 오전 10시경이 가까워지고 있었고, 주인이 아직 오지 않아서 아파트의 높고 좁은 복도에 기다리고 있었는데 20여 분 후에 주인이 나타났다. 주인은 한국인 여성이어서 우선 더 반가웠다.

우리 가족이 오기 불과 얼마 전에 숙박을 했던 한국 일행이 떠났고 방 정리도 아직 안 된 상태라 우리는 기다리고 있는 사이에 주인이 급히 방 정리를 하면서 우리와 이런저런 얘기를 나눴다.

주인은 1981년경 남편이 뉴욕 한국지사에 근무하다가 한국으로 돌아가지 않고 뉴욕에 이민으로 남게 되었고, 아내인 여주인은 1년 후에 뉴욕으로 와 본격적인 뉴욕생활을 하게 되었다고 했다. 한국의 국내 사정의 혼란을 피해 이민을 결심한 경우였다. 자녀들은 대학까지 공부는 다 시켰고 얼마 후 아들 결혼식을 올리게 되었다고 말하는 여주인의 얼굴에는 그간의 미국생활이 상당히 성공적임을 드러내는 미소가 어려 있었다. 그들은 맨해튼 지역의 밖에 있는 퀸스 지역에 거주하며 그곳에 따로 있는 펜션형 아파트와 맨해튼에 있는 아파트를 임대하여 한국에서 여행 오는 사람들에게 간단한 숙식을 제공하고 있었다. 쌀과 김치를 냉장고 속에 미리 준비해 두고 주방에서 한국식으로 밥을 해 먹을 수 있도록 해놓았고, 우리가 사용하는 방에는 2층 철제 침대가 놓여 있었는데 우리 가족 3명이 그 침대를 사용하였다. 세계 최대의 상업 도시 뉴욕, 그 뉴욕 한가운데에 조금은 불편함도 있지만 우리가 한국식으로 생활할 수 있는 조그만 공간이 주어져 있고 그곳을 무난히 찾아와 짐들을 풀 수 있었다는 사실에 모두가 안도감이었다.

밤 동안 비행기를 탄 까닭으로 피곤해 있었고 하여 간단히 식사를 해결하고는 낮 몇 시간을 잠자면서 피로를 풀었다.

맨해튼 5번가 방문

뉴욕으로 온 첫날 저녁 뉴욕시를 본격적으로 탐구하기 위해 세계에서 가장 주목받는 거리인 맨해튼 5번가를 겨울옷으로 단단히 중무장하고 찾았다. 샌프란시스코의 거리가 깔끔하고 여유 있는 포근한 거리였는 데 비해 뉴욕은 좀 더 복잡하고 여유 없어 보이고 추운 거리임을 단번에 느낄 수 있었다.

처음으로 눈길이 오래 머문 곳이 록펠러 광장과 록펠러센터였다.

석유로 거대재벌이 된 록펠러가 세계의 중심도시 한가운데 상가를 비롯한 종합 문화복합시설인 록펠러센터를 설치함으로써 뉴욕 속의 작은 도시를 만들었다. 10여 개의 초고층 빌딩으로 이루어진 이 지역은 지상뿐만 아니라 지하도 미로와 같은 거대한 도시로 연결되어 있었다. GE사, 미 NBC 방송국 등의 거대 회사들이 입주하여 있고 뉴욕 중심의 작은 도시 록펠러센터 그 중심에 아이스링크가 설치되어 어린아이들과 젊은 남녀들이 즐기고 있고 찾아온 관광 인파들이 사진을 찍는가 하면 지하에서 아이스링크의 역동감을 미로 같은 지하 거리 구석구석에 마련된 테이블에 수십 명씩 앉아 유리창을 통해 볼 수 있었다.

샌프란시스코의 중심에 유니온스퀘어가 있었고 그곳에 아이스링크와 아파트 4, 5층 높이의 크리스마스트리가 있듯이, 뉴욕의 중심에 록펠러센터, 그 센터의 중심에 아이스링크와 역시 아파트 4, 5층 높이의 크리스마스트리가 놓여 있으며 그 옆에 타임스퀘어가 있는 구조를 보면 두 도시들의 구조가 비슷한 구도 속에 형성되어 있다는 것을 알 수 있었다.

타임스퀘어 광장은 전에는 《뉴욕 타임스》가 있던 곳인데 지금은 《뉴욕 타임스》는 다른 곳으로 옮겨 가고 그 광장엔 세계 최대 광고 시장으로 변해 있었다. 타임스퀘어 광장은 방문객들에게 사진을 찍을 수 있는 계단을 만들어 놓았고 현란한 세계 유수 기업들의 광고가 쉼 없이 전광판에 뿌려지며 경쟁하고 있었다. LG전자, 삼성, 현대, 기아 등의 광고를 세계 최고 최대의 광고 시장에서 쉽게 볼 수 있다는 게 한국인인 우리에게 당연히 와봐야 할 곳을 왔구나 하는 생각을 갖게 했다. 그곳에서 만난 우리나라의 젊은 여대생 일행들에게 가족사진을 부탁해 기념으로 남겼다. 날씨는 매섭게 추웠지만 그들도 활기에 차 있었다.

　여기서 잠깐 뉴욕 시와 맨해튼의 구조를 다시 살펴보면, 뉴욕 시는 인구 800만의 도시로 맨해튼, 브롱스, 퀸스, 브루클린 그리고 Staten Island 지역 등 5개 지역으로 나누어져 있으며, 그 중심이 맨해튼이다.

　맨해튼은 왼쪽으로는 허드슨 강, 오른쪽으로는 East River로 둘러싸인 섬이다. 이는 Uptown, Midtown, Downtown으로 3분 되고, 북쪽인 Uptown 지역에 뉴욕 양키스 야구장, 할렘가, 센트럴 파크, 센트럴 파크 양옆에 Upper Westside와 Upper Eastside가 위치한다. 미드타운 지역이 뉴욕의 중심번화가다. 거리를 따라 초고층 빌딩이 나열된 것만이 아니고 맨해튼 중심 블록 전체가 세계적인 상업의 중심건물들로 꽉 차 있다.

　세계적인 브랜드들의 상점들, 세계적인 기업들의 건물들, 록펠러센터, 엠파이어스테트 빌딩, 유엔 연합기구 건물도 이 지역에 있다. 다운타운에는 국제적인 무역기구들 소위 뉴욕에 위치한 세계금융의 중심지인 월가가 위치한 곳이 이곳이며 다운타운의 남쪽 끝에 있는 배터리 파크 부근 부두에서 유람선으로 20여 분 거리에 자유의 여신상이 있는 자유의 섬과 엘리스섬이 있다.

맨해튼은 남북의 거리를 애비뉴, 동서의 거리를 스트리트, 비스듬히 진행되는 사선 방향의 도로를 브로드웨이라 구분하여 명명한다. 애비뉴는 맨해튼 남쪽에서부터 북쪽까지 1번부터 150여 번까지 있고 한 블록의 길이는 80m 정도, 스트리트는 맨해튼 동쪽으로부터 서쪽까지 1번부터 10여 번까지 있으며 한 블록이 200m 정도이다. 맨해튼의 유명한 5번가는 남북으로 뻗친 도로 가운데 중앙 부근에 위치한 도로로 보면 된다.

뉴욕이 전 세계의 사람들에게 각인되어 있는 것은 세계 최고의 상업과 금융의 중심도시로서 명성을 가졌기 때문만은 아닌 것 같다. 거기에는 역시 문화의 힘이 작용하고 있다고 할 수 있을 것이다. 말하자면 뉴욕의 곳곳이 세계에 퍼진 영화나 TV 드라마 등에서 등장한 장소라는 점이 뉴욕에 대한 동경과 인식을 크게 만든 것이 아닌가 한다.

예를 들면, 그랜드 센트럴 역은 영화 〈아마겟돈〉에, 타임스퀘어는 영화 〈폰 부스〉에, 브루클린교는 영화 〈고질라〉와 〈박물관이 살아있다〉에, 워싱턴 광장은 영화 〈워싱턴 광장〉과 〈위대한 승부〉에, 엠파이어 스테이트 빌딩은 영화 〈시애틀의 잠 못이루는 밤〉, 〈킹콩〉, 〈스파이더맨〉, 〈고질라〉 등에, 록펠러 센터는 영화 〈나 홀로 집에 2〉와 〈스파이더맨〉에, 센트럴 파크는 영화 〈마다카스카〉, 〈다이하드〉, 〈나 홀로 집에 2〉, 〈박물관이 살아 있다〉 등에 주요 배경으로 등장함으로써 뉴욕의 문화적 저력을 세계인의 뇌리에 각인시켰다고 할 수 있을 것이다. 문화의 힘이 미국문화의 최전방 공격수 역할을 담당했다고 할까.

24시간용 시내 관광 버스를 타고

맨해튼 업타운을 탐구하다

허드슨 강을 낀 5번가 에비뉴에서 시작하여 센트럴 파크, 콜롬비아대학 등을 방문하고 내려서 5번가를 다시 점검해 보는 것이 이날의 맨해튼 탐구 일정이었다.

버스 투어를 잠깐 중단하고 도중에 내려 먼저 세인트 요한 성당을 찾았다. 이 성당은 컬럼비아대학 동쪽에 있는 것으로 1892년에 짓기 시작하여 2050년에 완공예정으로 아직도 미완성이다. 현재까지 전체 규모의 절반도 지어지지 않았다. 완공되면 높이 180m, 폭 45m로 세계 최대 규모의 성당이 될 것이다.

다음은 센트럴 파크를 찾았다. 이 공원은 뉴욕의 중앙공원, 나아가 미국의 중앙공원 그리고 세계의 중앙공원으로서의 위용을 갖춘 공원이었다. 남북으로 펼쳐진 직사각형의 공원인데, 동서인 가로가 800m, 남북인 세로가 4km의 직사각형 공원으로서 남북거리가 직선으로 20리다. 그 속에 갖은 오락시설과 나무, 계곡, 잔디밭, 체육시설, 다양한 산보길, 호수, 박물관, 동물원 등 갖가지 시설들을 망라하면서도 한적한 여유를 느끼면서 도시의 번잡함을 충분히 씻을 수 있는 공간이었다. 19~20C 초에는 상류층 여성들이 마차를 타고 방문했던 곳이며, 대공황기에는 실업자들의 수용 텐트가 늘어서기도 했던 곳이다.

공원의 유명한 문학가들의 동상이 서 있는 'The Mall and

Literary Walk'라는 곳에서는 미국 방문에서 드물게도 문학의 분위기를 느낄 수 있는 곳이라서 반가웠다. 또한 공원 속의 Sheep Meadow라는 곳은 예전에 양을 방목하던 넓은 잔디밭 광장으로 화창하고 따뜻한 날에는 일광욕을 즐기는 사람들이 붐비는 곳이었다.

매스컴에 크게 보도되었던 눈과 얼음이 길에 아직 남아 있었고 뉴욕의 매서운 겨울바람을 호숫가에서 느낄 수 있었다. 추운 날씨에도 호수에서는 오리들이 먹이 사냥에 분주했다.

센트럴 파크 속에 위치한 메트로폴리탄 박물관은 그 규모에 있어서 세계 3대 박물관 중의 하나라는 사실을 새롭게 알게 되었다. 대영박물관이나 루브르 박물관은 흔히 들어오던 이름인데 미국의 뉴욕 맨해튼의 센트럴 파크에 세계 3대 박물관의 하나인 메트로폴리탄 박물관이 있다는 새로운 사실도 알게 되었다.

이집트, 로마, 중세, 근대 그리고 현대에 이르기까지 건축물과 그림 조각 등을 시대순 작가별로 배치하였는데, 특히 세계적인 거장들의 작품들을 살펴볼 수 있다는 사실에 감동했으며, 전 지구촌에서 날아온 뉴욕 탐구자들로 만원이었다. 1880년에 개관한 이래 200만 점이 넘는 작품들을 소장하고 있었다. 그중 유럽의 회화만 2,500여 점을 소장하고 있으며 렘브란트, 마네, 모네 등의 작품들도 쉽게 눈에 띄었다. 물론 이곳에는 한국관도 개관되어 있었다. 아쉽게도 그곳에는 방문하지 못했다. 다음 방문 시 찾아보기로 하고… 찬찬히 살피려면 며칠을 보내야 할 정도였는데, 주마간산 격으로 걸으면서 살피면서 사진에 담으면서 분주했다. 미국의 저력을 보여주려고 온갖 심혈을 기울였다는 느낌을 강하게 받았다. 고대 이집트관에는 기원전 15세기에 건설된 유적들을 하나하나 분해하여 미국까지 운송되어 재조립된 희귀한 전시품들이었다.

록펠러센트를 다시 찾았다. 맨해튼 중심부에 위치한 록펠러센터는 사무실, 카페, 극장 등이 어우러진 복합건물들로 19개의 빌딩 안에 65,000여 명이 일하고 있는 도시 속의 작은 도시다. GE 빌딩, NBC 스튜디오 등이 눈에 띄었으며 록펠러센터의 지하에서 딸의 스와로브스키 가게에서의 수정 반지 구입, 다시 거리를 나와 애플의 148호 전문매장으로 세계에서 가장 큰 애플매장인 애플스토어를 방문했는데, 이곳에서 고객들이 진지하게 애플사의 아이폰과 매킨토시 컴퓨터의 기능을 교육받거나 탐구하고 있었다.

다시 5번가의 찬란한 밤 조명을 받으면서 엠파이어스테이트 빌딩을 찾아갔다. 30달러를 내고 중학교 때부터 듣기 시작했던 그 이름의 실물을 이제야 찾아 그 위용을 보았다.

엠파이어스테이트 빌딩은 1931년 세계 공황기에 102층 높이로 당시에는 세계 최고 높이의 빌딩이었다. 3,500여 명의 노동자가 410일간 420만 달러의 비용을 들여 만들어진 건물로써 〈시애틀의 잠 못 이루는 밤〉, 〈킹콩〉 등에 등장했다. 73개의 엘리베이터가 분당 427m의 속도로 86층의 전망대를 오르내린다.

86층 높이의 전망대에 서면 모두가 연인과의 휴대전화를 걸고 있는 모습이 보인다. 전화 속에서는 컬럼비아 대학에 다니는 조영수 여학생의 친절한 한국어 목소리가 오디오 투어의 전화기를 타고 뉴욕의 밤하늘 저쪽에서 화려한 맨해튼 마천루로 들려와 불빛 천국의 뉴욕 맨해튼의 밤풍경을 엠파이어스테이트 빌딩 86층 전망대에서 사방으로 돌아가면서 설명하고 있었다. 8$의 비용이 드는 오디오 투어를 아내가 나 혼자만 신청하라고 하여 미안하게 생각했는데, 안내인이 아내에게 서투른 한국어로 한국에서 왔느냐, 부산을 안다는 등의 대화가 오가고는 무료로 한 대 더 주는 게 아닌가. 고맙다는 말과 함께 전망대로 올라 귀와 눈을 통해 뉴욕을 낭만적으로 탐구했다.

마치 하늘의 별을 보면서 별자리를 익혀가는 것 같았다.

맨해튼 다운타운 지역, 배터리 파크와
자유의 여신상 그리고 월가

배터리 파크는 맨해튼의 남쪽 끝에 있으며 조금은 음산한 날씨에 음산한 모습이었다. 한때 항구를 지킨 대포기지에서 이름을 따왔다. 19세기 초에 지어진 클린턴 성과 26문의 대포가 남아 있다. 공원에는 1524년 처음 뉴욕 항을 발견한 피렌체의 탐험가 베라자노의 동상이 서 있다.

배터리 파크 부근 부두에서 유람선을 타고 20분 정도 거리에 자유의 여신상이 있다. 자유의 여신상 역시 뉴욕의 상징이자 자유의 나라 미국의 상징이다. 머리에 쓰고 있는 관의 7개 첨탑은 세계 7개의 바다, 7개의 주에 자유가 널리 퍼져나감을 상징한다. 자유의 여신상은 1886년 미국독립 100주년을 기념하여 프랑스에서 기증한 것이다. 여신상의 높이는 받침대를 포함하여 92m이고 검지의 길이만도 사람의 키 길이며 손의 길이만도 13m이다. 이 여신상은 프랑스 조각가 바르톨디가 자신의 어머니를 모델로 만든 것이다.

다음은 월가로 이동하여 직접 걸어서 다녔다.

이곳은 17세기 초 현재 뉴욕의 기반을 다진 네들란드인들이 최초로 살기 시작한 곳으로 당시에는 뉴 암스테르담이라 불리었다. 월스트리트란 이름은 그 당시 네들란드인들이 인디언과 그 외 다른 침입자들의 습격을 막기 위해 세운 목재벽에서 유래되었다. 오늘날은 통나무 벽 대신 뉴욕증권거래소, 체이스 맨해튼 은행, 연방준비은행 등 금융기관들이 들어선 고층 빌딩의 벽으로 둘러싸인 곳이 되었다.

뉴욕증권거래소는 세계적 상업도시인 뉴욕의 중심을 이루는 곳으로 경비가 엄했다. 거리의 차량이 통제되었다.

페더럴 홀은 월가에 있는 그리스풍의 건물로 뉴욕이 미국 연방 최초의 수도가 된 후 1789년 워싱턴이 초대 대통령으로서 취임 선서를 한 곳이다. 현재는 박물관으로 식민지 시대부터 연방시대 초기의 유품이 전시되어 있다. 워싱턴 대통령의 동상이 홀 정면 계단에 서 있었다.

트리니티 교회는 월가 한쪽 끝 고층 건물에 둘러싸여 있는 교회로 1697년에 세워진 최초의 영국성공회 교회이다. 1846년 준공 당시 85m에 이르는 고딕양식의 첨탑은 뉴욕 제일의 높이를 자랑했다. 같은 이름의 교회가 도스토옙스키의 장편 소설 『까라마조프의 형제들』에도 등장한다.

어둠이 닥쳤고 추위가 매서운 가운데, 2001년 세계를 뒤흔든 세계무역센터의 붕괴현장인 'Ground Zero'를 찾았다. 한참 기초공사가 진행되고 있었고, 그 바로 옆에는 사건 당시 현장을 지휘했던 소방관 희생자들의 모습과 부조가 소방 건물 벽에 새겨져 있었다. 공사현장에는 공사장 관계자들이 현장을 지키고 있었다.

브루클린 다리는 늦은 밤 시내 관광의 마지막 코스로 잡았다. 택시를 타고 내려 도보로 갈 수 있는 통로로 영하의 찬 기운을 뚫고 우리 가족의 의지를 시험하는 일정이었다. 동강을 타고 부는 찬 기운이 뉴욕의 진한 밤 추위를 선사했다. 다리의 광고판에 나타나는 이날 그곳에서의 온도는 영하 5도였다. 브루클린 다리 위에서 맨해튼을 조망하는 맛이 일품이라는 말을 듣고 찾아 나선 것이었는데, 추위가 우리를 적극 환영했다. 브루클린 지역은 1800년대 이후 로버트 풀턴의 증기선이 통과하면서 브루클린 하이츠에 유원지가 조성되었고 다리 개통과 함께 변모되기 시작했다.

이 다리는 맨해튼과 브루클린을 연결하는 약 2.7km의 다리로 1883년 완공 개통된 뒤 20여 년 동안 세계에서 가장 긴 현수교였다. 이날 밤늦은 시간의 브루클린교의 방문은 딸의 강한 의지 때문에 가능한 일이었는데, 좀 피로했던 건지 다음 날 새벽 4시 20분 잠이 깬 나에게 들려온 꿈을 꾼 딸의 잠꼬대 소리는 "I'm sorry I can't."였다. 다음 날 이 말을 했더니 그 잠꼬대를 아내도 듣고 있었다는 것이었다. 딸의 어학연수가 어느 정도 성공적이라는 증거일까.

뉴욕이여 안녕

느지막이 쌀밥에 김치로 기운을 가다듬고 록펠러센터가 있는 중심가를 다시 찾아 딸이 샀던 수정 반지를 아내도 한 개 사고 싶어 스와로브스키를 다시 찾았고 돌아와 짐을 정리했다. 뉴욕의 일정을 마쳐야 했다. 저녁 9시 뉴욕에 있는 존 에프 케네디 공항을 이륙하여 제트 블루 비행기의 제일 앞 좌석에 3명이 나란히 앉았다.

창가에 앉은 나는 하늘의 성좌들이 땅으로 내려앉은 것 같은 느낌으로 미 대륙에서 뿜어져 나오는 형형한 불빛들의 다양한 군무를 감동 속에서 지켜보고 있었다. 어둠을 이고 떼로 나타나는 엷은 구름이 그 불빛을 덮을 때면 뿌옇게 퍼지는 몽환의 빛이 더욱 환상적인 분위기를 연출했다. 환상적인 춤을 추는 미녀 모습의 불빛들 형상, 그녀의 가슴 언저리를 감고 있는 엷은 흰 망사 같은 구름의 조화, 손자락 끝을 타고 이어지는 춤사위의 모습, 동그란 빛 웅덩이를 만들어 가고 있는 소도시의 불빛들이 그 위에 놓이는 구름층을 뚫지 못하고 흐려진 동양의 수묵화, 한참을 날아가니 바다 위에 반사되는 잔물결들처럼 눈부시게 하는 소도시의 불빛들, 저녁 석양 무렵의 황홀함을 연출하는 듯한 새털구름의 조화 등 몇 시간을 밤의 도시들 위로 날아가면서 대륙에 켜진 불빛과 구름의 다양한 쇼를 보면서 행복한 상념으로 뉴욕여행을 마무리하고 있었다.

신화의 나라
이탈리아와 그리스 여행

　한 해 한 번쯤은 체력이 가능한 한 해외여행을 했으면 하는 것이 현재 갖고 있는 생각이다. 그중에서도 이탈리아와 그리스는 언젠가는 꼭 가봐야 할 여행지 가운데 우선순위에 올려놓고 있던 곳이다. 말하자면 나의 버킷 리스트의 첫 순위 목록인 셈이다.

　2년 전 터키여행을 하면서 시작된 호머의 『일리아드』와 『오디세이아』의 독서가 여전히 미흡한 채로 남겨진 숙제였기 때문이다. 해외여행에 앞서 여행지와 관련된 주로 장편 소설을 읽는 것을 관행화하려고 하고 있는데, 상기 두 작품에 대한 독서가 터키여행 시에는 황급히 이루어졌기 때문에 미흡한 점이 많았었다. 이번 여행에 앞서도 미루고 있다가 일주일 전부터 두 작품을 다시 읽기 시작했다. 각 작품이 24편으로 되어 있어서 두 작품의 분량도 비슷하다. 한 작품을 읽는 데 3일이 걸린 셈이니 두 작품을 읽는데 꼬빡 6일이 걸렸다.

　이번이 세 번째 독서인데도 불구하고 수많은 신들과 전쟁 영웅들의 이름이 많다 보니 좀처럼 기억되지 않는 어려움이 있다. 하지만 서구문학의 원천을 탐독한다는 설렘이 항상 있다. 아카이아 연합군 대와 일리오드 연합군대의 전투가 두 작품 모두 지금의 터키와 그리스 지역을 중심으로 이루어지지만 『일리아드』는 트로이에 즉 오늘날 터키 지역이 중심 배경이고, 『오디세이아』는 아카이아, 즉 오늘날 그리스 지역이 중심 배경으로 되어 있다.

따라서 이번 그리스 이탈리아 방문은 두 작품의 배경을 완성시킨다는 의미도 깃들어져 있는 여행이었다.

9박 10일간의 여행은 아내가 방학을 시작하는 7월 19일 금요일 오후 4시경 서울역행 기차를 타는 일로부터 시작되었다. 서울역에서 딸과 만나 동행했으니 네 번째 해외 가족여행이었다. 딸도 직장에서 올해부터는 휴가를 긴 시간을 활용하도록 하는 사내 방침이 있어 쉽게 가족여행에 동참할 수 있었다. 우리 가족만 단독으로 하는 해외여행이기에 여행계획과 예약 등은 딸의 힘을 빌리지 않고는 사실상 불가능한 일이었다. 더욱이 올해는 나 자신이 환갑을 맞이하는 해라 겸사겸사해 가족여행이 되었다. 경비 일체를 딸이 부담했었다.

7월 21일 토요일 오전 1시 인천국제공항을 출발한 비행기는 한국 시각으로 토요일 오전 11시에 중간 환승지인 카타르의 도하에 닿았다. 여기서 이탈리아 로마로 가는 비행기를 환승하려면 3시간가량 공항 안에서 보내야 한다. 마침 사전에 준비해 온 외환은행 카드와 부속 PP카드로 공항 라운지를 이용할 수 있어서 간단한 식사와 휴식을 편안하게 보낼 수 있었다.

현지시각으로 토요일 오전 8시 로마공항에 도착했으니 총 15시간이 소요된 셈이다. 우리의 첫 숙박지인 로마 떼르미니 역 인근의 아프로디테 호텔에 여장을 풀었다. 토요일 오후 여가시간에 스페인 광장과 트레비 분수 등을 둘러보고 저녁 10시 반경 한국서 가져간 음식들로 식사하고 다음 날의 일정을 생각하며 숙면을 취했다.

7월 21일 일요일 이탈리아 남부여행을 시작으로 본격적인 여행이 시작되었다. 총인원 39명의 인원과 가이드 3명으로 만원이 된 관광버스. 처음으로 눈여겨본 곳이 세계 3대 미항으로 꼽히는 나폴리항구였다. 넓은 해안선을 따라가면서 시원스레 펼쳐진 산세와 붉은 지붕에 흰 건물의 집들이 바다와 어울려 도시 전체를 단순화하여 시원스러움과 단순함의 아름다움을 연출하고 있었다. 통영을 동양의 나폴리라고들 하는데 규모나 단순함의 절제에서 오는 아름다움은 통영을 훨씬 능가한다고 해야 할 듯하다.

폼페이

이어진 여정은 나폴리항 인근에 있는 폼페이 유적지를 둘러본 일이다. 기원전 8세기부터 휴양지로 개발되었던 폼페이가 기원후 79년 8월 24일 베수비오 화산의 폭발로 인해 한순간에 잊혀졌다가 18세기에 발굴되면서 세상에 드러나게 된 도시다. 용암이 아니고 화산재에 의해 3m가량 지하에 묻혀 있던 도시였기에 2000년 전의 생활상이 고스란히 드러났는데 호화로운 욕탕, 원형극장, 윤락가와 유흥가, 거주지와 상가 등은 당시의 높은 생활 수준을 드러내고 있었다.

마차가 다니던 전돌로 깔린 길과 마차 과속방지를 위한 신호체계, 남성의 성기가 가리키는 방향이 윤락가임을 드러내는 길바닥의 돌에 새겨진 성기 광고물, 우물가 수돗물 받는 곳에 형성된 왼쪽과 오른쪽 손 닿는 자리에 파인 대리석 자국들, 갖가지 섬세한 타일로 바닥이 장식된 부잣집의 모습, 개의 모습을 모자이크로 만들어 대문 앞에 새겨놓고 '개 조심 Cave Canem'이라고 쓰여 있는 상인의 집, 다양한 기술을 활용한 공중목욕탕의 세련된 모습, 지금도 발굴하고 있는 현장의 모습, 무엇보다도 화산 당시 다양한 모습으로 고통을 호소하는 화석화된 사람들의 미이라가 화산폭발의 참혹함을 잘 나타내고 있었다. 물론 아폴로 신전과 제우스 신전은 물론 극장과 체육관 그리고 원형경기장을 갖춘 2000년 전의 도시의 모습이라고 하기엔 매우 세련되고 격조 있는 도시였음을 말해주고 있었다.

쏘렌토 해변

쏘렌토를 스쳐 가며 풍경촬영을 한 쏘렌토 전망대에서의 컷 사진을 찍는 시간이 주어졌다. '돌아오라 쏘렌토로'로 알려진 내 차 이름의 작은 마을 쏘렌토는 아말피 절벽 해안 길로 이어지는 절벽 아래로 형성된 아담하고 맑은 해안마을이다. 흰 배들과 푸른 바다와 절벽이 잘 어우러진 그림 같은 곳이었다.

지오그래픽에 선정된 아말피 해안도로는 마치 차마 고도의 절벽길처럼 높은 벼랑사이로 좁은 길을 내어 아슬아슬히 달리면서 바다를 바라볼 수 있게 만든 험한 굽잇길이었다.

포지타노 거리

포지타노 해변에서

길 따라 간 곳이 포지타노 마을이었다. 포지타노 휴양마을로 내
려가기 위해 미니버스 3대로 갈아타고 가야 했다. 거제 학동 해변의
자잘한 몽돌처럼 매끈한 보석 진주 같은 몽돌들이 작은 바닷가를
가득 채우고 있었다. 물가에 서서 가족사진을 부탁해 찍기도 하고

시원한 아이스크림으로 마을 골목길에 앉아 더위를 달래기도 했다. 윤기 나는 새알 크기의 몽돌 4개를 가방 한구석에 넣어 이 글을 쓰다 생각나 꺼내어 옆에 놓았다.

돌아오는 길은 주말이라 그랬는지 길에서 교통체증이 심했지만 좋은 풍광이 항상 있는 곳의 정체였으므로 무료하지는 않았다. 23시경 로마로 돌아왔다.

7월 22일 월요일은 로마 시내를 본격적으로 관광하는 날이다. 로마의 중심역인 떼르미니 앞에서 오전 7시에 13여 명의 소모임이 되었다. 순박한 젊은 한국인 현지가이드와 함께 처음 찾아간 곳은 콜로세움이었다.

콜로세움이라는 말은 '거대하다'란 뜻의 콜로쌀레(Colossale)에서 유래했고 정식명칭은 플라비오 원형극장이다. 둘레가 527m, 높이 48m의 거대한 극장인데, 불과 8년이라는 짧은 기간에 완성된 건물로, 1층부터 도리아식, 이오니아식, 코린트 양식으로 4개 층이 서로 다르게 지어졌다. 50,000명이 입장할 수 있으며 둘레로 80여 개의 아치문이 있어서 관객은 10분이면 모두 자리 잡을 수 있었다고 한다. 신분에 따라 자리가 달랐고 황제가 드나드는 입구는 따로 있었다고 한다. 당시 엘리베이터 시설을 하여 노예들로 하여금 무대 아래에서 줄을 당기게 하여 무대장치를 통해 동시에 극 중의 무대 모습을 연출할 수 있었다고 한다. 바닥은 나무로 하여 음향을 반사되게 하였고 그 위에 모래를 깔아 검투 과정에서 생기는 핏자국을 쉽게 지울 수 있게 했다. 원형의 벽은 세 겹으로 형성되었다.

극장으로 사용되던 곳이 후엔 모의 해전장, 검투장 등으로 사용되었다. 검투사는 노예, 전쟁포로, 죄수 등이었고, 일반 평민 가운데서도 참가가 가능했는데, 이때는 토너먼트를 통해 결승에 올라온 노예 등과 겨루는 방식이었으며, 우승자는 노예의 경우는 신분이 해방되며 각종 명예의 수혜자가 되었기 때문에 치열한 경쟁이 될 수밖에 없었던 것이다.

콜로세움 건너 언덕엔 로마 네로황제의 궁전이 있었으며, 콜로세움 옆으로는 습지를 메워 37m 높이의 네로황제 동상이 서 있었다고 한다. 지금의 콜로세움은 마치 반 동강 난 것 같은데 이는 지진의 영향이 컸으며 허물어진 잔해는 중세와 르네상스 시대에 왕궁이나 성베드로대성당 건축자재로 이용되었으며, 이곳에서 많은 기독교인들이 순교해 기독교 성지로 지정되면서 교황령에 의해 복원되었다. 지금도 복구하고 있는 중이었다.

콜로세움 옆에 서 있는 콘스탄티누스 대제 개선문은 콘스탄티누스 대제가 라이벌이던 막센티우스를 밀리안 다리 전투에서 물리친 것을 기념해 서기 315년에 세운 높이 21m의 개선문이다. 개선문은 원래 타민족과의 전투에서 승리했을 때 기념하여 세우는 것이지만 콘스탄티누스는 자국민과의 싸움이었음에도 불구하고 개선문을 세운 것은 분열을 통합시킨 공로가 특히 인정된 것이다. 이 개선문이 파리 샹젤리제 거리에 있는 개선문의 모델이 되었다.

콜로세움에서 베네치아 광장으로 가는 길에 있는 포로 로마노는 고대 로마의 중심지다. 이곳에 있는 베스타 신전에는 불의 여신 베스타를 모시던 곳으로 6명의 처녀가 베스타의 신성한 불꽃을 지키고 있었다. 이들을 베스탈이라고 불렀는데, 베스탈은 6세에서 10세의 귀족의 딸 가운데서 선정했으며 직무 기간은 30년이었다. 이 기간 동안은 반드시 처녀성을 간직해야 했으며 이를 어길 경우 생매장당했다고 한다.

포로 로마노가 내려다보이는 언덕 위에 깜삐똘리오 광장이 위치하고 있다. 흔히 까삐똘(Capital) 언덕이라고도 하는데 여기서 수도를 뜻하는 영어 단어인 Capital이 유래했다. 이곳 광장에서 정면으로 보이는 건물이 12세기경의 건축인 세나또리오 궁전인데 현재는 로마 시장의 집무실과 시의회, 로마 박물관 등이 있으며 세계의 지붕에 해당하는 이곳 광장에는 기하학적 무늬가 있고 그 위에 아우렐리우스 황제의 힘찬 기마상이 중심부에 위치하고 있다. 한 발을 든 채 서 있는 기마상은 이후 기마상의 시원이 되었다. 광장과 광장으로 오르는 계단은 미켈란젤로의 작품이다.

미켈란젤로의 과학적이고 섬세함을 생각하면서 계단을 따라 내려오면 베네치아 광장이 나타나고 그곳에 흰색 대리석의 거대한 신고전주의 양식 건물이 나타나는데 곧 통일 기념관이라고 불리는 비또리오 에마누엘레 2세 기념관이다. 1870년 이탈리아 반도의 통일 영웅인 비또리오 에마누엘레 2세를 기념하는 90년 된 건물이다. 이탈리아인들에겐 포로 로마노 광장의 일부를 할애하여 지어졌기에 불만의 대상이 되기도 하며 옛 시선을 차단하는 동시에 흰색 대리석

건물이 고대의 풍광과 어울리지 않는다고 하여 '웨딩케이크' 또는 모양이 타이프라이터와 닮은 관계로 '타이프라이터'란 별명이 붙었다.

물론 이 건물 중앙에는 비또리오 에마누엘레 2세의 큰 기마상과 제1차 세계대전 당시 전사한 무명용사의 무덤이 있어 24시간 꺼지지 않는 불꽃을 경비병이 지키고 있었다.

통일기념관 건너편에 베네치아 광장이 있는데 이곳에 16세기 중엽 230여 년간 베네치아 공화국의 로마대사관 역할을 하던 베네치아 궁전이 있다. 이곳을 제2차 세계대전 때는 독재자 무솔리니가 집무실로 이용하였고, 이곳 베란다에서 군중연설을 하기도 한 곳이다.

이어 들른 곳이 나보나 광장. 이곳엔 베르니니 작 '4대 강의 분수'가 중앙에 위치하고 있었는데 옛날에는 창녀들이 살았던 곳이라 했다. 현재는 그림 그리는 화가들이 즐비했다.

판데온

판테온은 '모든 신의 신전'을 의미하는 그리스와 로마의 합동 신전으로 기원전 27년 올림포스의 신들에게 제사를 지내기 위해 아그리파가 지은 건물이다. 미켈란젤로가 '천사의 설계'라고 극찬한 완벽을 자랑하는 로마 건축의 백미다. 높이 43m의 건물 안에 기둥이 하나도 없으며, 중앙에 둥근 9m의 돔 구멍으로는 비가 새어들지 않는 구조의 경이로움을 간직한 곳이다.

다음으로 간 곳이 로마 속의 작은 나라 바티칸 시국이다. 교황의 본거지로 인구가 1,000명이 안 되는 세계에서 제일 작은 나라다. 1929년 무솔리니와의 협약을 거쳐 교황령에 의해 독립국가가 됐으며, 자체적으로 우체국, 신문사, 라디오방송국을 운영하며, 주 수입원은 박물관 입장료와 기념 화폐 및 우표발행 수입이다.

바티칸 박물관은 역대 로마 교황의 거주지였던 바티칸 궁전을 18세기 후반에 박물관으로 개조한 것이다. 16세기 초 교황 율리우스 2세가 바티칸을 권위의 중심으로 만들기 위해 미켈란젤로, 라파엘로 같은 당대의 예술가들을 위시한 화가 조각가들을 로마로 초빙하여 건축과 장식을 맡겼고 그 후 600여 년에 걸쳐 전 세계의 명작을 수집해 현재의 모습을 갖추었다.

바티칸 박물관을 들어서면 로마 시대의 분수의 일부였던 솔방울 조각과 공작이 보이는 삐냐 정원으로부터 시작된다.

벨베데레의 뜰에 있는 라오콘은 트로이의 사제 라오콘이 신에게 벌 받는 처절한 모습을 조각한 것으로 바다에서 올라온 두 마리의 뱀과 사투를 벌이는 라오콘과 두 아들을 사실적으로 묘사한 것이다.

동물의 방과 뮤즈 여신의 방엔 그리스 로마신화에 나오는 9명의 뮤즈 여신상이 있으며, 원형전시관과 그리스 십자가형 전시관이 있다. 아라찌의 화랑에는 예수의 일생을 수놓은 대형 카펫이 있으며, 라파엘로의 방, 콘스탄티누스의 방, 서명의 방 – 교황의 서류를 결재하던 곳으로 라파엘로의 걸작 〈성찬과 세례에 대한 토론〉, 〈아테네 학당〉 등이 전시돼 있다. 당시 미켈란젤로와 라파엘로는 라이벌이었는데, 미켈란젤로는 라파엘로보다 1년 먼저 이곳으로 와서 씨스티나 성당 천장화를 그리고 있었다.

… 씨스티나 예배당

현재 이곳에는 피렌체 출신 미켈란젤로의 걸작 〈천지창조〉와 〈최후의 심판〉이 있다. 이 씨스티나 예배당은 길이 40m, 폭 13m, 높이 20m가량의 예배당으로 교황선출이나 중요한 의식을 거행할 때 사용되던 곳이다. 교황 율리우스 2세가 씨스티나 예배당의 장식을 위해 브라만테에게 조언을 구했을 때 그는 그가 총애하는 라파엘로가 아닌 미켈란젤로를 추천했다. 그가 예뻐서가 아니라 아무리 천재라도 800㎡나 되는 넓은 공간을 훌륭하게 채울 수 없다고 생각했기 때문이라는 것. 일종의 음모로 볼 수 있지만 미켈란젤로는 고난을 극복하고 명작을 남겼던 것이다.

〈천지창조〉는 미켈란젤로와 율리우스 2세 간의 우여곡절 끝에 5년에 걸친 작업이다. 이후 목 디스크와 급격한 시력저하는 필생의 역작과 맞바꾸었던 것이다. 이 작품은 구약성서 창세기의 내용을 그림으로 그린 것이다.

〈최후의 심판〉은 미켈란젤로가 〈천지창조〉를 그린 뒤 20여 년 후 1534년 만년에 교황 클레멘스 7세의 부름으로 로마에 와서 그림 작품이다. 이 속에는 총 391명의 인물이 등장한다. 세상의 마지막 날 나팔 소리와 함께 예수가 최후의 심판을 위해 재림하면 세상이 극도의 혼란에 빠지고, 하나님을 믿는 자는 부활하며 이를 외면한 자는 지옥의 나락에 떨어지는 극적인 순간을 생생히 보여준다. 이는 교황이 종교개혁의 혼란 속에 흔들리고 있는 가톨릭교도들을 다잡으려고 의도적으로 정했던 주제를 드러내고 있다.

이후 1564년에 트리엔트 공의회의 결정에 따라 비오 4세가 미켈란젤로의 제자 볼테르를 시켜 그림 속의 인물에 옷을 입히는 작업을 했다.

··· 성 베드로 대성당

교황 니콜라우스 5세에 의해 초대 교황 베드로를 위한 성당으로 재탄생한 성 베드로 대성당은 르네상스와 바로크 예술의 결정판이다. 건축은 브라만테의 주도로 시작해 라파엘로와 미켈란젤로에 넘겨졌다. 이때 건축자금을 마련하기 위해 교회가 발행한 면죄부의 부당함을 마틴 루터가 '95개 조의 반박문'을 통해 발표했는데, 이는 종교개혁의 신호탄이 됐다. 또한 건축 자재를 로마 유적에서 충당했기 때문에 소중한 문화유산이 많이 훼손됐다. 성당으로 들어가는 문은 3개인데, 3개의 청동문 한가운데 있는 문은 옛 성당의 것을 옮겨 놓은 것이다.

대성당 안에 있는 작품 가운데 우선 '성 베드로 동상'이 있다. 대성당 초입 한가운데 위치한 베드로의 동상으로 그의 발을 문지르면 행운이 온다는 말 때문에 발부분이 닳아서 반짝인다.

다음으로는 〈삐에따〉가 있다. 이는 미켈란젤로의 걸작으로 그가 24세의 젊은 나이에 조각한 작품으로 성모 마리아가 숨을 거둔 예수를 안고 있는 모습에서 지극한 모성애와 종교적 성스러움을 느낄 수 있다.

〈베르니니의 청동기둥〉은 1642년 베르니니가 바로크 양식으로 만든 나선형 기둥으로 청동을 판데온의 입구에서 뜯어 와서 지었기에 비난을 받기도 했다.

〈성 베드로의 옥좌〉는 성당 가장 안쪽에 있는 베르니니 작품이다. 그 위의 원통형 창문엔 비둘기 상이 부조돼 있다.

〈꾸볼라〉는 미켈란젤로 작품으로 지름 42m, 높이 136m다. 1593년 맨 꼭대기에 십자가를 세우는 것으로 대공사의 마침표를 찍었다.

'성 베드로 광장' 그늘에 앉아서 긴 휴식을 했다. 부산에서 여행 온 두 여성이 같은 그늘에서 쉬었다. 그들로부터 물을 얻어 마셨다.

7월 23일 화요일은 산토리니로 떠나기 위해 로마공항에서 의자에 아내와 나는 앉아 쪼그려 잠을 청하고 딸은 서울서 가져온 수영용 고무풍선에 바람을 불어넣어 바닥에 깔고 잠을 청했다. 아침 4시 30분에 체크인을 하고 6시에 산토리니행 비행기에 탑승했다. 2시간 반쯤 후인 오전 8시 30분에 산토리니 비행장에 도착하니 우리가 대여할 일본산 자동차와 차 주인이 기다리고 있었다. 나의 국제운전면허증과 여권을 건네자 자동차에 대한 설명이 있었고, 1일당 차 보험 10유로, 차량대여료 50유로를 건네고는 직접 차를 몰고 산토리니의 중심지인 피라 마을에 위치한 우리가 숙박할 다나 빌리지 호텔을 찾아갔다. 사무실에서 체크인을 하고 배정받은 방호수가 121호 방이었다. 첫인상에 가져온 분위기가 호젓하고 깨끗하여 그간의 피로가 싹 가셔졌다.

산토리니

에게 해의 진주라고 불리는 산토리니 섬은 에게 해의 중심부에 위치한 천혜의 휴양지였다. 가져간 식재료로 점심 식사를 마친 후 산토리니 섬 탐방을 나섰다. 이아 지역인 줄 모르고 지나쳤다가 너무 인상적인 모습에 다시 차를 돌려 정차하니 그곳이 바로 산토리니의 명소 이아 마을이었다. 자연과 인공이 어우러진 천하의 절경을 보고 느끼면서 사진에 담기에 여념이 없었다. 작은 마을엔 많은 사람들이 붐비고 있었다. 골목마다 집집마다. 그러나 도회지의 번거로움은 절대 아니었다. 해안의 비경들은 가끔 사진이나 그림을 통해서만 보았음 직한 경관들이었다. 감탄하고 감탄하며 작은 마을의 골목들을 돌아다녔다. 행복한 취침이었다.

7월 24일 수요일은 느지막하게 일어나 9시 40분경 호텔에서 제공하는 식사를 과식할 정도로 먹고 휴식을 취한 후 레드 비치 해변으로 수영을 갔다. 화산섬을 이웃해서 인지 해안도 화이트 비치, 블랙 비치, 레드 비치 등 모래 색채가 다양한 해안들이 있었는데, 우리가 찾아간 곳이 레드 비치였다. 작고 아담한, 그러나 현대적으로 개발되지 않은 비치에서 생애 처음 파라솔과 간이 휴식 침대 2개를 7유로를 주고 빌리고, 딸이 가져간 비닐 튜브를 입으로 바람을 불어 넣어 딸과 둘이서 유일하게 고무 튜브를 타고 바다를 유영했다. 아내는 한사코 수영은 마다했으니…

3시간가량의 수영 후 피라 지역으로 돌아가 저녁거리, 특히 비교적 저렴한 쇠고기를 사고 그리스식 간이요리인 시블라끼를 사와서 소고기구이와 함께 저녁 만찬을 즐겼다. 황혼의 아름다움을 느끼기도 했다. 새벽에 혼자 가만히 문을 열고 나오니 교교한 달빛과 푸른 바다, 그리고 건너편 화산섬과의 사이에 정박 휴식하고 있는 호화유람선들, 이아 지역에서 빛나는 가로등 불이 청량한 새벽 기운과 함께 색다른 이국정취를 느끼게 했다.

7월 25일 목요일 아침 차량을 공항의 지정한 장소에 가져다 놓고

7시 산토리니 공항을 출발하여 30여 분 만인 7시 30분경에 아테네 공항에 도착했다.

공항에서 시내버스를 타고 아테네 도심에 있는 '아테네 하우스'라는 민박집을 찾아 짐을 정리하고 신타그마 광장 등을 둘러보고 점심 식사 수블라키를 타나시스 식당에서 먹었다.

점심 식후 시내에서 버스로 그리스 최남단인 수니온 곶을 방문했다. 바다를 향해 뼈대만 남은 포세이돈의 신전이 당당한 골격을 드러내고 있었다. 편도에 2시간 30분가량 걸리는 거리였다. 민박집으로 돌아오니 밤 8시경이었다.

7월 26일 금요일 6시 반에 기상하여 8시 씨씨오 지하철역 입구에서 가이드와 만나기로 돼 있었다. 민박집에서 사전예약 없이 중국에서 온 부모와 자녀팀 3명을 함께 데리고 가니 거기서도 2명의 젊은 청년이 예약 없이 와 있어서 총 8명이 중년 여성 가이드와 함께 아테네 탐방에 나섰다.

제일 먼저 들른 곳이 도자기 제작을 하기도 했던 케라믹 거리였다. 의식을 위해 신전으로 가는 행차가 이곳에서부터 모여 출발했던 곳으로 신전으로 향하는 길이 반듯하게 뚫려 있고 시작되는 행렬이 시작되는 문의 잔해가 남아 있는 곳이다. 지금은 실개천이지만 옛날에는 제법 큰 강이 길 가운데로 흘러 그 퇴적물이 쌓여 진흙층을 이뤘고 그 진흙이 세라믹의 어원이 된 케라믹 지역이 형성된 곳이다. 이 지역에서 출토된 유물들은 인근의 케라미 코스 박물관에 보관되어 있었다.

다음으로 들른 곳이 고대 아고라이다. 아고라는 고대 아테네인들이 물건을 사고파는 상업의 중심지며 정치가나 철학자, 예술가들이 토론을 주고받던 사교의 장이며 정치, 종교, 문화의 중심지였다.

그리스의 철학자들인 소크라테스, 플라톤, 아리스토텔레스 등이 이곳에서 활동했다는 것을 상기했으며, 플라톤은 스승 소크라테스에게 불법적인 법 집행을 했다는 이유로 아고라 지역을 벗어난 성밖 묘지가 있는 쪽에 플라톤 아카데미를 세워 그의 사상과 학문을 전파했다니 사상가의 기개를 엿볼 수 있는 대목이다.

이곳에는 김나지움도 지어져 체력을 단련하는 장소로 활용되었다. 또한, 인근의 공동묘지는 귀족이나 서민들의 죽음에 대한 생각이 무덤 옆에 형성된 조각을 통해 표출되고 있었다. 죽은 자는 의자에 앉아 있고 산자는 서서 죽음을 애도하고 있는 모습들이 인상적이다. 하녀나 딸은 사자가 평소에 아낀 보석함을 열어 사자에게 보이는 장면 등이 그러하다.

1931년부터 미국 고고학 팀의 대대적인 발굴로 '아탈로스의 스토아'가 복원돼 아고라 고대박물관으로 사용되고 있다. 아탈로스 주랑박물관은 그리스 유적 중 유일하게 원형에 가장 가깝게 복원된 건물로 상류층의 사교장 역할을 했다. 연설시간을 측정하는 데 사용한 5세기의 물시계와 오스트라키모스라는 도편추방제에 사용된 도편 등 중요 유물들을 소장하고 있었다.

낮은 언덕에 위치한 헤파이스토스 신전은 그 형태가 비교적 잘 보존된 신전이었다. 대장장이 신이자 못생긴 장애인 신인 헤파이스토스의 아내는 최고의 미인여신 아프로디테 즉 비너스였으니 신화가 우리 인간에게 주는 메시지를 가장 잘 드러내는 남녀의 조합이다. 그리스 정교 성당엔 아직도 성화인 벽화가 생생히 보존돼 있었다.

아크로폴리스로 오르기 직전에 있는 대리석 바위 언덕이 아레오파고스 언덕 또는 아레스의 언덕이란 곳이다. 고대 그리스에서 일어난 살인과 강간에 대한 재판과 고대 의회가 열린 곳이다. 또한 이곳은 사도 바울의 2차 전도 여정 중 논쟁을 벌였던 곳이기도 하다.

이어진 곳은 관광의 핵심인 아크로폴리스였다. '높은 곳의 도시'라는 의미를 지닌 아크로폴리스는 아테네 최고 전성기에 건설돼 도시 수호신인 아테나 여신의 신전을 세우고 방어의 역할을 했던 곳이다. 적이 아테네를 침범하면 이곳으로 주인들이 몰려와 방어와 피신을 했던 곳이 아크로폴리스였다.

세계문화유산 1호인 파르테논 신전은 익히 역사책을 통해 익숙한 건물이었다. 세로 8개 기둥 가로 17개 기둥 등 도합 50개의 기둥으로 구성된 신전이다. 지금은 신전의 기둥 일부만 남았으며 계속 보수작업을 하느라고 커다란 기중기가 신전 옆에 붙어 있었다. 신전 기둥은 크기가 약간씩 다르며 기둥이 약간 옆으로 기울어 있는 등 세심한 설계에 의해 이루어졌으며, 1mm의 오차로 지어진 건물이라니 당시의 설계의 수준을 능히 가늠할 수 있다. 양쪽 가의 약간 기운 기둥선을 연결해 나가면 피라미드형의 삼각점 꼭짓점이 공중에서 형성되는 구조였다. 착시현상까지 계산한 엔타시스 기법을 활용

파르테논 신전

했던 것이다.

파르테논은 아테네 수호 여신인 아테나를 위해 지어진 도리아 양식의 건축물이다. 기둥 위에 시루 같은 문양이 놓인 건축양식이다. 원래 지붕은 나무로, 바닥과 기둥은 대리석으로 지어졌었다. 이 건물은 기원전 447년부터 천재 조각가 피디아스의 감독 아래 칼리크라테스와 이크티누스가 설계해 15년 동안 지어진 건물이다.

1801년 콘스탄티노플 열국 대사였던 토마스 엘진 경이 술탄의 허락 아래 신전의 문화재를 영국에 팔아 그 일부가 영국 대영 박물관에 전시돼 있다.

이곳 전망대에 서면 아테네의 전 시가지 모습을 조망할 수 있으며 아테네 시내 어느 곳에서도 아크로폴리스가 보인다.

신화의 언덕인 아크로폴리스에는 아테네 수호신인 아테나 여신을 모신 파르테논 신전 외에도 가로와 세로 각각 기둥 4개와 9개로 된 아크로폴리스 건축물 가운데 최초로 지어진 기둥 위에 양의 뿔 모양의 문양이 있는 이오니아식 건물인 니케 신전이 입구에 위치하고 있고, 에릭티온 신전이 그 옆에 있어서 총 3개의 신전이 있는 셈이다. 에렉티온 신전은 아테네를 놓고 경쟁한 아테나 여신이 이곳에 올리브 나무를 심고 그 자리에 바다의 신 포세이돈이 삼지창을 내리쳐 우물을 만든 곳에 전설의 왕 에렉토니우스의 이름을 붙여 신전을 세운 것이 이 신전이다. 이 신전에는 기둥을 대신해 주랑을 받치고 있는 6명의 처녀는 전통 이오니아식 장식을 하고 있다. 왼쪽 두 번째 소녀상은 영국의 엘진경이 반출해 대영 박물관에 있으며 오른쪽 소녀상은 파괴됐으며, 현재 신전에 있는 처녀상들은 모두 모조품으로 진품은 신 아크로폴리스 박물관에 있다.

아크로폴리스를 내려오는 길에는 헤로데스 아티쿠스 음악당과 디오니소스 극장 그리고 신 아크로폴리스 박물관이 있다. 신 아크로폴리스 박물관은 스위스 건축가인 베르나르 추미가 디자인한 것으로 파르테논 신전과 아테나 신전을 장식하던 부조와 조각상, 에릭테온 신전의 여제상 진품 등을 볼 수 있다. 박물관 입구에는 고대 주택가가 전시돼 있다.

점심 식사 때는 우리 가족은 각각 대구와 오징어와 치킨이 들어간 수블라키를 골랐다. 식후엔 하드리안의 문을 들렀다. 이 문은 올림피아 제우스 신전 서쪽에 있는 로마 시대의 문으로 구 아테네 거리와 신 아테네 거리의 경계에 있다. 132년 하드리아누스 2세에 의해 세워진 문으로 옛날에는 그리스인 마을과 로마인 마을을 구분짓는 문이었다. 높이 18m, 폭 약 13m인 이문의 서쪽인 아크로폴리스 쪽에는 "이곳은 아테네, 테세우스의 옛 마을", 반대쪽에는 "이곳은 하드리아누스의 마을, 이미 테세우스의 마을이 아니고 하드리안의 도시"라는 문구가 새겨져 있다.

부근의 제우스 신전은 평지에 지어진 신전이다. 이 제우스 신전은 그리스 최대 규모로 완공하는 데만 약 650년이 걸렸다. 서기 131년 하드리안 황제 때 완공됐으며 원래는 104개의 기둥이 있었으나, 지금은 코린트식 대리석 기둥 15개만 남았다.

근대올림픽 경기장은 아르데토스 언덕에 있는 경기장으로 심지어 의자까지 대리석으로 된 경기장이다. 1895년 제1회 올림픽 때 그리스의 부호 게르기오스 아베로프가 재정을 후원하여 고대 경기장 양식으로 복원했다. 수용인원은 약 5만 명이고 트랙은 말굽 모양이다. 경기장 안에는 해학이 넘치는 2개의 동상이 있는데, 젊은이의 성기는 처진 모습으로, 노인의 성기는 힘 있는 모습으로 조각되었다. 젊은이라도 운동하지 않으면 힘이 없게 되고, 노인이라도 운동을 하면 힘이 생긴다는 표현이다.

대통령궁과 국립정원 그리고 국회의사당, 신타그마 광장, 그리스의 명동거리인 플라카를 둘러보고 귀가했다.

7월 27일 토요일, 오후 늦게 출국을 하는 여정의 마지막 날이다.

느지막이 일어나 짐 정리를 하고 오후엔 공항으로 가기 전까지 시내 구경을 하기로 했다. 나는 빅토리아 역에서 도보로 5분 거리에 있는 국립고고학박물관을, 아내와 딸은 자유스런 시내 상가 구경을 택했다.

국립고고학박물관

국립고고학박물관에서는 아테네를 중심한 그리스 고대문명 발굴 과정에서 출토된 각종 유물이 시대별로 잘 정리되어 있었다. 3시 30분 약속시간까지 부지런히 박물관 안을 돌아다니면서 인상에 남는 유물과 유물에 대한 설명들을 하나하나 카메라에 담기 시작했다.

국립고고학박물관은 1891년에 개관한 신고전주의 양식으로 건조되었으며, 증·개축을 거쳐 세계 10대 박물관에 드는 박물관이다. 되도록 많은 유물을 카메라에 담으려고 노력했다.

돌아가는 길에 길이 좀 헷갈리기도 했으나 아내가 큰길가에 나와 나의 어두운 길눈을 걱정하고 있었다. 아테네 하우스 민박집으로 돌아가 4시 반경 주인과 인사를 나누고 아테네 공항으로 이동하여 오후 6시 45분 콰타르 행 비행기에 탑승한 뒤로부터 3시간 반 정도 후 콰타르 도하 공항에서 1시간가량 환승을 기다린 후 서울행 비행기에 탑승했다.

발칸 동유럽 여행기

　3개월 전 신문 사회면에서 현재 한국에 사는 남녀의 평균수명의 기사를 읽다가 남 78세 여 82세가 평균적으로 살 수 있는 연령임을 넌지시 아내에게 말하며 앞으로 평균적으로 살 수 있는 햇수가 14, 15년임을 강조하던 그날 밤 아내는 소변이 마려워 밤중에 일어났다가 TV 여행 광고를 보고 발칸 동유럽여행을 나에게 제안한 것이 이번 여행을 가게 된 계기였었다.

　몇 년 전 그리스와 로마를 나의 환갑 기념으로 딸과 함께 가족여행을 다녀왔으니 유럽방면으로 여행은 이번이 나에게 있어 두 번째지만, 아내는 스페인 모로코는 지난해에, 영국 프랑스 독일 등은 중등학교 재직시절에 교원단체와 함께 다녀왔지만 동유럽 발칸은 우리 둘 모두 가고 싶은 미지의 버킷 리스트로 남아 있었던 곳이었다.

　살아갈 날이 제한된 느낌을 받은 신문기사 때문인지 쉽게 동의했었고 예약한 날부터 동유럽 여행이 시작되었다고 봐야 할 것 같다.

드디어 2016년 3월 15일 12시 30분 출발 비행기를 타기 위해 3월 15일 오전 1시 30분 인천국제공항으로 향하는 직행버스를 노포동 시외버스터미널에서 타야 했다. 예약 시점부터 시작된 상상의 여행이 실제 여행으로 시작된 셈이다.

32명의 A팀과 28명의 B팀이 KRT 소속의 여행팀이었는데, 우리는 A팀이었다.

인천국제공항을 출발한 비행기는 약 12시간의 장시간 비행 끝에 체코 프라하 바벨 공항에 내린 시간이 현지시각 3월 15일 16시 50분. 내리자마자 불어닥친 한기와 바람은 만만치 않은 동유럽 날씨를 예고하는 것 같았다. 또 2시간을 전용버스로 이동한 곳이 체코 수도 프라하에서 떨어진 브르노라는 소도시였다. 모두가 피로에 젖어 이동하는 가운데 가이드는 숙달된 통제력으로 유럽여행에 대한 몇 가지 정보를 전달하고 있었다. 유럽, 특히 동유럽에서 주의해야 될 세 가지 사항은 물, 화장실, 돈이라고.

물은 석회수가 대부분을 이루고 있어서 음료수가 귀한 지역이란 점. 따라서 모든 음용수는 돈을 주고 사서 먹어야 된다는 사실이었다. 달리는 전용버스에서 기사가 1달러에 한 병씩 팔고 있었다. 호텔 방에서도 제공되는 물이 없음은 물론이다.

화장실은 공중화장실에선 노크를 하지 말라는 주의였다. 개인주의의 극대화랄까. 화장실 공간이 넓어 노크에 응할 수 없다는 현지의 여건과 함께 한 당부였다.

돈은 1, 2, 5단계설의 화폐체계로 말하자면 1유로, 2유로, 5유로 등으로 계산대의 계산이 느리다는 것도 특징이라면 특징이었다. 잔돈 계산 시 끝자리부터 맞추어 간다는 그들만의 합리적인 듯 비합리적인 논리라나. 유럽연합의 국가이긴 하지만 아직도 유로 화폐를 쓰지 않고 자국의 화폐를 쓰고 있는 나라도 있다는 것. 헝가리, 체코 등등.

　눈길을 창밖으로 돌리더니 양측으로 늘어선 숲이 가문비나무 숲이다. 중학시절 농업시간에 양지에 잘 자라는 양수와 음지에 잘 자라는 음수의 나무 이름을 외우느라 애먹은 기억이 있는데, 그때 외운 기억에 의하면 가문비나무는 음수, 즉 음지에 잘 자라는 나무였다. 어떻게 생긴 나무인지도 모른 채 머릿속에 나무 이름만 외우느라 진땀을 뺐었다. 그때 외운 구절은 '음 전편 동분회비 가주가 솔녹'이었다. 이 가운데 '가'가 가문비나무의 '가'였던 것. 이는 음지에 잘 자라는 음수의 종류를 기억하기 위해 나름 고안한 방식이었다. 음수를 외우는 데 이야기를 가져와 기억하는 방식이었다. 즉, '지난번 동계 회비를 가져가 슬쩍했다'는 이야기를 차용한 것이었다. 가문비나무가 어떻게 생겼는지도 모른 채 마구 외운 45, 46년 전 중학시절의 기억이 체코의 프라하에서 브르노로 이동하는 전용버스 안에서나마 체험되는 순간이었다. 혹시나 농업시험에 나올까 봐 무턱대고 외운 가련한 기억이 이제야 실체를 확인하다니 여행은 이런 즐거움이 있나 보다. 곧게 죽죽 뻗은 가문비나무가 매우 쓸모 있는 나무라는 사실도 이제야 알게 되었다.

　어린 시절의 회상에 잠겨 있는 듯하다가 획! 회상을 물리친 것은 가이드의 안내 멘트였다. 호텔에 도착했다는 일성이었다.

이곳 BOBYCENTRUM 호텔에 첫 여장을 풀었다. 브르노는 북과 남, 즉 체코와 슬로바키아를 연결하는 지점의 도시로 오토바이 경주로 알려진 작은 관광도시였다. 중국 관광객들이 서울 와서 경기도 변두리 싼 호텔에 묵는 것과 같은 느낌이었다. 프라하의 봄은 이미 와 있었다.

다음 날 3월 16일 아침, 프라하의 유람은 며칠 뒤로 미룬 채 본격적인 첫 여행지인 오스트리아 비엔나로 달렸다. 빈으로 알고 있던 도시가 여기선 비엔나로 불리었다. 영어로는 비엔나, 독일어로는 빈이다.

쇤브룬 궁전

음악의 도시이자 오스트리아의 수도이기도 한 비엔나의 첫 조우는 아름다운 분수를 뜻하는 합스부르크 왕가의 여름별궁인 쉰브룬 궁전이었다. 합스부르크가의 왕이 사냥을 나갔다가 발견한 샘물이 있던 곳에 지어진 궁전으로 무려 1,420여 개의 방이 있다니 규모에 놀랐다.

궁전의 정원엔 비 온 탓에 얕은 물웅덩이들이 있어 조심해 걸으며 그리스 신화 속 신들의 흰색 대리석 조각상들이 도열된 정원을 급히 아내와 대강 깊숙이 들어가 분수 앞에서 기념촬영을 하고 급히 일행이 있는 곳으로 돌아왔다. 이어 빈의 상징이자 오스트리아 최고의 고딕 성당인 슈테판 사원, 명품관이 늘어선 게른트너 거리, 유럽의 3대 오페라 극장인 오페라하우스, 오스트리아의 세계적인 크리스탈로 만든 스와로브스키 매장, 19세기 말 완성된 네오 고딕양식의 시청사 등을 쉴 새 없이 걸으며 설명을 듣고 사진을 찍어댔다.

비엔나커피란 터키군이 오스트리아를 침공했을 때 오스트리아 합스부르크 왕가의 유진 장군이 이를 격퇴시켰는데, 이때 터키군이 남기고 간 커피에서 유래됐다는 것이다. 몇 년 전 터키여행 시 남녀가 선을 볼 때 여성이 만드는 커피를 남성이 어떻게 평가하는가에 결혼의 성사 여부가 결정된다는 당시 가이드의 설명을 들은 기억이 있는데, 터키에서도 커피의 맛을 중시하는 것 같았다. EUROPAHAUS WIEN에 투숙했다.

오스트리아의 비엔나만을 구경하고 남서부 도시들은 남겨둔 채 슬로바키아의 수도 브라티슬라바로 향했다. 미로 같은 구시가지의 상징인 미카엘스 탑과 브라티슬라바에서 가장 오랜 역사를 가진 성 프란시스코 교회 그리고 브라티슬라바 성을 조망했다. 구시가지에서 재미있는 스토리를 부여한 길 위의 일하는 일상인들의 동상들과 왕들이 다녔던 골목길에 표시된 왕관의 문양들이 위엄 있는 과거의 길이었음을 전함으로써 과거와 현재를 잘 얽고 있다는 강한 느낌을 받았다. 헝가리에 1,000년간 지배당한 슬로바키아의 질긴 운명을 생각하면서 걸었다.

부다페스트

다음은 헝가리 부다페스트로 향했다.

동유럽의 파리이자 다뉴브 강의 진주라 불리는 부다페스트는 다뉴브 강을 사이에 두고 귀족들이 살던 부다 지역과 도자기를 주로 굽고 살던 서민이 거주하던 페스트 지역이 도시의 팽창으로 아담 클라크가 만든 다리로 연결되어 부다페스트라는 한 도시명이 된 것이었다. 우선 부다페스트 전체를 조망하기 좋은 겔레르트 언덕에 올라 여러 장의 사진 찍기에 정신이 없었다. 신부의 이름을 차용한 언덕 이름이다. 러시아 군대가 공격했던 총탄 자국이 언덕을 둘러친 벽에 고스란히 남아 있었다. 동유럽 국가들의 국경이란 게 쉽게 넘나들 수 있는 평원에 선 그어놓은 식이었으니 침략의 흔적이 예부터 있어왔던 것이다. 헝가리 본래 민족은 4세기경 식량 확보를 위한 이유로 시작된 유럽의 민족 대이동 시 훈족(흉노족)이었다. 훈족이 고트족을 이동시켜 고딕양식이란 어원이 탄생되었다. 고구려를 침입하려 했던 흉노족이 강한 고구려의 장벽에 막혀 동으로 이동치 못하고 동유럽방면으로 이동했던 것이다. 따라서 헝가리어는 다른 유럽의 언어들과는 언어의 특성이 현저히 구분되는 특성을 지녔던 것이다.

도시 전체를 조망한 뒤 내려와 먼저 들른 곳이 헝가리 왕들이 대관식을 올렸던 마챠시 교회와 헝가리 건국 1,000년을 기념하여 만든 영웅광장이다. 이곳엔 헝가리를 건국한 7부족장과 왕들의 동상이 도열해 있었고, 헝가리 초대 국왕인 이슈트반 1세를 기리는 성 이슈트반 성당, 역대 왕들의 거주지인 부다 지역의 왕궁, 고깔 모양의 하얀 탑 7개가 있는 어부의 요새-이곳은 과거에 수산물 장이 열렸던 곳인데 이 사실은 안 이 민족이 약탈 차 이곳을 종종 점령했기에 성벽으로 요새를 이룬 곳이었다. 지형상으로 부다 지역이 약간 높고 페스트 지역이 낮은 구조로 도시가 형성되었다.

석식 후 다뉴브 강을 따라 유람선으로 살핀 부다페스트는 특히 630여 개의 집무실이 있는 국회의사당의 야경은 이제까지 경험했던 야경의 압권이었다. 부다페스트의 야경 자체가 유네스코에 등재되었다니! 독일에서 발원하여 1,320㎞를 달리는 도나우 강이 인공의 자태를 맘껏 뽐내는 시간이랄까. 헝가리 음악가 리스트의 음악이 애잔히 흘렀을까. MILLENNUM 호텔에서 여장을 풀었다.

다음 날 크로아티아의 수도 자그레브로 향했다.

먼저 찾은 곳은 자그레브를 대표하는 네오 고딕양식의 성 슈테판 성당, 그리고 화려한 칼라의 모자이크 지붕의 성 마르코 교회였다. 17세기 초에 세워진 바로크 양식의 교회인 성 카타리나 교회를 지나 구시가지인 반 젤라치치 광장에 섰다. 침략자였던 헝가리를 향하여 응징의 목소리를 부르짖는 듯한 반 젤라치치 장군의 동상이 광장의 중심에 서 있고 주변엔 농산물 판매장엔 다양한 농산물시장이 개장되고 있었다.

크로아티아 여행의 백미는 발칸반도의 국립공원 가운데 가장 아름답다고 알려진 유네스코지정의 플리트비체다. 이 구경을 위해 플리트비체로 이동하여 그곳 MACOLA 호텔로 저녁에 이동하여 숙박했다.

블레드 섬

다음 날 3월 19일 아침 신선한 공기를 마시며 도착한 플리트비체 국립공원은 16개의 호수와 폭포로 구성되어 있는 곳이었다. 이국의 자연을 느끼며 트레킹에 나섰다. 호수에 전기보트까지 배치한 것으로 보면 자연보호를 위해 노력하는 당국의 입장에 감탄할 정도였다.

이날 슬로베니아까지 일정이 잡혔다. 슬로베니아는 농업, 목축업, 서비스업, 관광, 맥주 등이 주요 산업으로 수도는 류블레냐지만 우리가 찾은 곳은 블레드라는 다나르 알프스의 그림 같은 국경의 호반도시였다. 이곳에는 유고의 대통령 티토의 별장이 위치한 곳이다. 블레드 호수 위에 자리 잡은 성모 승천 성당이 있는 블레드 섬을 들렀다가 1,000년 된 성인 블레드 성 내부를 관광하고 나서 호텔 KRIM에 투숙했다.

3월 20일은 오스트리아를 다시 들어섰다.

빈이 오스트리아 북동에 위치한 관계로 체코, 슬로바키아 여행
시 그 지역을 이미 방문했었고, 이젠 오스트리아 남서부에 위치한
잘츠카머구트와 할슈타트 그리고 잘츠부르크를 방문했다.

우선 잘츠카머구트는 황제들의 소금 창고라고 불린 지역으로 호
수와 눈 덮인 산이 절묘하게 조화를 이룬 아름다운 호수마을이었
다. 유람선을 타고 호수를 돌아보고는 곧 케이블카를 타고 산정에
올라 알프스의 정취를 일부 느낄 수 있는 여정이었다. 한국과학기술
대에서 정년 퇴임했다는 김기용 교수 부부가 우리를 따라 눈 덮인
산정에 올랐다가 급경사진 눈길에 미끄러질까 우려하던 중 김 교수
가 사모님을 눈길에 앉게 하더니 두 손을 뒤로 잡고 급경사 길을 썰
매 타듯 끌고 내려오는 게 아닌가. 알프스에서 노부부가 썰매 탄 일
은 그들의 생에 기록될 만한 사건이라고 의미를 두어 칭찬하자 흐뭇
해하는 눈치였다. 인천국제공항에서 헤어질 때도 상기시켜 주었다.

잘츠카머구트의 마을과 호수를 산 정상에서 다시 조망할 수 있
었고 알프스가 시작되는 오스트리아의 시작점에서 겨울 맛을 조금
느낄 수 있었다.

이어 이동한 곳은 할슈타트였다.

세계문화유산으로 지정된 동화 같은 마을로 그림엽서 속에 등장
하는 장소였다. 어디서 사진을 찍어도 붉은 지붕과 흰 벽체의 집들
이 옹기종기 모여 있는 동화의 나라 모습이었으니 사진을 연속 찍어
댄 곳이다. 사진마다 카드로 활용될 수 있는 배경이 멋졌다.

이어 들른 곳은 잘츠부르크.

영화 〈사운드 오브 뮤직〉의 배경 도시다. 우선 들른 곳은 영화 속에서 '도레미'를 불렀던 곳인 미라벨 정원. 아름다운 봄꽃으로 잘 손질된 정원에도 높은 음 자리표를 도안으로 사용해 꽃을 심어놓았고 정원 주변에 가지가 잘린 가로수가 줄지어 섰는데 보리수나무란다. 보리수란 용어를 일찍 들어봤어도 그 나무 생김새를 이곳 미라벨 정원에서 처음 확인한 셈이다.

잘츠부르크 대주교의 성이었던 호엔잘츠부르크 성을 거쳐 모차르트가 태어나 17세까지 살았던 곳인 모차르트의 생가를 찾았다. 노란색으로 다시 칠한 외관은 평범한 서민 아파트 같은 모습에 모차르트 생가라는 독일어로 된 현수막이 길게 내려 있어 생가라는 사실을 알려주고 있었다.

이곳을 빠져나와 당대 최고의 권세가와 역대 대주교들이 거주했던 궁전들이 있는 레지던츠 광장을 둘러보고는 LEONHARDER HOF에 숙박했다.

3월 21일은 레겐스부르크라는 한 도시를 방문함으로써 생애 첫 독일 방문이라는 말을 할 수 있게 된 도시를 찾았다. 레겐스부르크는 도나우 강변의 아름다운 귀부인으로 불리우는 도시다. 레겐스부르크는 신성독일 제국 시절 옛 바이에른 주의 수도였던 곳으로 105m 높이의 2개 탑이 서 있는 대성당. 이곳에서 라친거 추기경이 근무하던 중 베네딕토 16세 교황이 된 곳이다. 고딕과 르네상스 양식이 결합된 일명 성 베드로 성당으로 불리었다. 구시청사였던 제국의회박물관은 신성로마제국의 황제를 선출한 장소였다.

이어 도나우 강이 흐르는 가운데 만난 건축물은 12세기인 1135년부터 1146년까지 11년에 걸친 공사 끝에 완성된 슈타이네르네 브뤼케. 다리가 끝나는 지점에 오도카니 선 30평 남짓한 작은 건물 하나. 다리를 축조할 당시 건설 노동자들의 식당 즉 공사장 함바 건물이었다. 지금도 그 건물이 남아 있다는 사실에 놀랍고 그 건물 벽면엔 도나우 강의 범람 시 물이 올라왔던 수위를 연도별로 곳곳에 표시해 놓고 있었다. 그 집에선 햄버그를 팔고 있었다. 또한 이 도시엔 17세기인 1686년에 처음 지어진 CAFE-HAUS가 아직 남아 있었다. 2층에 위치한 커피집을 찾아 오르니 손님은 보이지 않고 빈자리들만 오종종히 남아 있었다.

이날 오스트리아를 가운데 두고 동유럽을 한 바퀴 돌아 다시 체코로 들어섰다. 본격적인 체코 탐방이다.

체스키크룸로프 마을

우선 들른 곳이 중세도시의 모습을 그대로 간직한 체스키크룸로프 마을이었다. 강물이 마을의 중심을 심히 구불거리며 흐르고 있고, 마을 중앙의 언덕을 오르면 체스키크룸로프 성이 위치하고 성 아래로는 붉은 지붕의 고풍스런 집들이 강을 감싸고 옹기종기 모여 있었다. 성을 내려와 고딕과 르네상스 양식이 가미된 시청사와 아름다운 분수대 및 그리스 성인들의 조각 작품이 있는 구시가 광장을 둘러봤다.

다음은 체코의 수도 프라하로 이동했다. 프라하는 옛 보헤미아왕국의 수도로 1,000년 이상의 역사를 간직한 고도이다. 배를 타지 않은 채 프라하 야경을 먼저 둘러보았다. 세계적 관광의 명소답게 엄청난 관광객실이 구비된 TOP 호텔에서 여장을 풀고 다음 날 인천으로의 출발을 앞두고 프라하 도시의 본격 탐방에 나섰다.

정각의 시간마다 십이사도의 인형이 나와 움직이다 사라지는 천문 시계탑이 있는 광장엔 촘촘히 서 있는 관광객들의 시선이 한곳으로 집중되었고 이런 광경이 매시간 연출되자 전 세계에서 온 수많은 인파들로 북적댔다.

빠져나와 프라하 성이 보이는 낭만의 다리 카를교를 지나 1475년에 세워진 구시가지의 출입문인 화약 탑과 꼭대기가 금빛으로 빛나는 2개의 첨탑이 있는 틴 성당, 흐라드차니 언덕 위에 자리한 프라하 성, 체코의 건국자 성이 있는 바츨라프 광장 등을 둘러보고 첫발을 내디뎠던 프라하 공항으로 다시 돌아갔다. 여정이 끝났다.

호머 『일리아드』의
배경인 터키기행

이상한 제안

여행은 내가 새로운 세계에 대한 막연한 동경으로 항상 꿈꾸는 기획 가운데 하나다. 그런 탓에 노년에 더욱 많은 여행 기회를 갖기 위해 직장 시작과 더불어 개인연금을 들어 몇 년 전에 불입이 끝나 2년 후면 생이 마감되는 해까지 한 해 걸러 한 번씩 장거리 해외여행을 갈만한 여행경비가 나오게 설계돼 있다. 지난 2011년 연말에 갑작스레 아내가 해외여행을 가자고 먼저 나보고 제안하는 게 아닌가. 보통 내가 제안하면 거부하거나 아니면 마지못해 나 혼자 가도록 내버려두었는데 말이다.

내가 흔쾌히 가자고 동의했음은 물론이었다. 이번에 여행지는 터키, 특히 값싼 여행상품이 온라인투어 여행사에서 나왔다는 게 추천의 가장 큰 매력 포인트였다. 사실 딸이 회사에 입사한 것을 계기로 가족여행을 계획하여 신청했던 것인데, 딸은 회사에 신입사원 연수에 참가하는 바람에 부득이 아내와 둘만의 가족여행이 되었다. 그것도 구정이 끝난 그다음 날 상경하여 다음 날 아침 일찍 인천국제공항으로 가야 했으니 구정의 피로감도 여행에서 떨칠 수 있겠다 싶었다.

천년고도 이스탄불이여
영원하라

인천국제공항에서 터키 이스탄불의 아타투르크 국제공항까지 약 12시간이 소요되었다. 상당한 인내심이 요구된 비행시간이었고 기내식을 두 번이나 먹을 정도였으나 새로운 여행지라는 감정 때문인지 크게 지루한 줄 모른 채 도착했다. 우리를 맞이하러 나온 한국인 교포 가이드 김재희는 첫인상이-나중에 종종 화젯거리가 되기도 했지만-청학동 산골에서 학당을 다니다 쫓겨나 지리산을 돌아다니는 불량 도인 같은 인상이었다. 나이 30대 중반에 머리와 수염은 인공을 가하지 않고 멋대로 기르는 대신 콧수염만은 깨끗이 정리한 모습이었다. 도착했을 때 현지시각으로 오후였기에 이스탄불 시내 그랜드 바자르란 전통시장이 우리의 첫 관광지였다.

그랜드 바자르

'지붕이 있는 시장'이란 의미를 지닌 그랜드 바자르는 우리의 개

량된 전통재래시장처럼 지붕이 연결되어 있는 5,000여 개의 재래식 상점들이 오스만 터키제국 때부터 형성된 600여 년의 전통이 있는 미로형 시장이었다. 이는 내국인을 위한 시장이라기보다는 외국 관광객을 위한 전통재래시장인 셈이었다. 18개의 출입구를 지닌 이곳은 중앙의 중심 통로를 중심으로 가게가 형성돼 있고, 좌우 가게들 사이로 들어가면 다시 중앙통로와 나란히 달리는 통로를 따라 가게가 연결돼 있어서 중앙통로를 생각지 않으면 길을 잃기 쉬운 그런 구조였다. 물건은 각종 생활용품들, 특히 카펫과 같은 직물들이 돋보였다. 지붕이 연결되어 있으니 비가 오더라도 쾌적하게 물건들을 구입할 수 있는 오래된 전통시장이란 점이 동서교역의 중심 도시에 위치한 그랜드 바자르의 매력의 포인트가 아니었을까.

그랜드 바자르

이스탄불의 상징, 성 소피아 사원

성 소피아 사원

　1453년 4월 6일 새벽, 오스만제국이 콘스탄티노플의 3중 성벽에 포격을 시작했을 때, 10여만 명의 오스만제국군의 공격에 7,000명에 불과한 비잔티움군의 처절한 저항은 5월 29일까지였다. 1,000년의 역사를 자랑하던 동로마제국의 수도는 침략군에 짓밟혔다. 시민들이 도망간 곳은 소피아 대성당이었다. "콘스탄티노플이 함락되면 대천사 미카엘이 적들을 쫓아낼 것"이라는 전설을 믿은 것이다. 대성당은 동로마 유스티니아누스 황제가 6년의 공사 끝에 완성한 기념비적 건축물이었다. 직경 31m의 중앙 돔은 높이 56m로 세계 최대 규모였고, 황금 모자이크 벽화는 화려함의 극치였다. 1,000년 동안 기독교의 자존심이었던 대성당의 벽화에 회칠이 덮이고, 첨탑이 추가되어 이슬람 모스크로 바뀐 뒤 다시 500년의 세월이 지났다.

1500년간 수많은 지진을 견디어 낸 건물은 세계 7대 불가사의 건축물로 손꼽히고 있다.

1923년 오스만제국이 망하고 터키공화국이 수립되자 서구 각국은 대성당의 복원을 강력하게 요구하자 터키는 성당도 모스크도 아닌 아야 소피아 박물관으로 논란을 해결했다. 그러나 매년 방문객 2,000만 명 중 아직도 아야 소피아 성당이라 부르는 사람이 많다.

로마의 성 베드로 성당이 지어지기 전까지 규모 면에서도 세계 최대를 자랑하던 성 소피아 성당은 오늘날까지도 비잔틴 건축의 최고 걸작으로 간주되고 있다. 그리스도교를 처음으로 공인하고 이곳에 거처하기로 정한 콘스탄티누스 대제가 '새로운 도시의 큰 사원'으로 325년에 창건된 이후 오스만제국이 들어서면서 이곳은 회교사원, 즉 모스크로 그 용도가 바뀌었다가 현재는 박물관으로 사용되고 있다.

돌마바흐체 궁전

보스포러스 해변에 위치한 돌마바흐체 궁전은 오스만제국 시절이었던 1853년 점점 약해지는 국력을 보며 이를 극복하기 위해 술탄 압둘 메지드가 11년에 걸쳐 완공한 일자형의 서양식 목조건물이다. 모든 장식물의 배치는 좌우로 균형을 맞추었다. 외국에서 선물로 받은 물건을 배치할 때도 2개를 받아 배치했다. 약한 지반의 균형을 맞추기 위한 건축공학적 이유 때문이었다. 내부는 모두 나무로 만들어졌기 때문에 카펫을 깔아 보호에 신경 썼으며, 하루 관광객

수도 제한했다. 14톤의 금과 60톤의 은, 그리고 많은 크리스탈 등으로 유럽에서 가장 화려한 건축을 한 탓에 궁전을 짓고 난 뒤 국가의 재정이 어려워져 원성의 건물이 되었던 곳이었다. 하지만 오늘날에는 관광객의 입장료 수입으로 나라의 수입원 역할을 하고 있는 곳이다. 며칠 후 이명박 대통령이 방문하기로 되어 있는 곳에 우리 일행이 먼저 방문했었다. 비잔틴 제국이 동로마제국을 물리치고 건설하기 시작한 이 궁전에는 285개의 방과 43개의 연회장이 있으며, 국빈이 올 때만 그 등불을 켜는 4톤짜리 샹들리에의 위용도 볼만했다.

하지만 돌마바흐체 궁전을 건설한 후 나라가 망했고, 세계제 1차 대전에 독일이 패전하면서 터키도 완전히 멸망했다. 1924년 터키공화국 설립 후 모든 민족은 해외로 추방되었다.

1992년 8월 오스만제국의 마지막 황태자 마흐멧 오르한이 82세의 노구를 이끌고 이스탄불공항에 내린 것은 추방된 지 68년 만이었다. 그가 살던 방이 있던 돌마바흐체 궁을 들어가는데 입장권을 사서 들어갔다. 망명지로 돌아간 오르한은 1년 뒤 고난의 세월을 뒤로하고 숙소에서 죽은 뒤 이틀 만에 발견되었다.

하지만 독일이 유대인 학살을 반성한 데 반해, 터키는 아르메니아인을 학살했으면서도 공식적으로 인정하지 않는 바람에 주위의 나라들로부터 빈축을 받고 있는 상황이다.

이스탄불에서 터키의 수도 앙카라까지 450㎞를
약 6시간 걸려 도착하다

터키의 수도 앙카라는 닻을 의미하는 앙카(배처럼 생긴 터키 지도의 중심인 곳에 해당하는 닻이 놓일 자리)에서 유래된 명칭으로 나라의 수도를 천년고도 이스탄불에서 앙카라로 옮겨 온, 말하자면 신수도였다. 앙고라 토끼도 터키에서 유행된 토끼의 이름으로 사용된 것이었다.

이곳에는 한국전에 참가한 터키 용사의 영혼을 기리기 위한 한국공원이 있는데, 한국전쟁 때 전사한 터키군의 시신은 터키의 장례풍습(죽은 후 하루 안으로 장례를 지내는 풍습) 때문에 고국인 터키로 돌아가지 못하고 부산 유엔묘지에 안장돼 있다. 한국전에서 사망한 터키 군인은 721명, 실종 175명, 북한 포로 234명 등의 피해를 입었다.

이 나라의 건국 아버지로 불리는 무스타파 케말 파샤 대통령은 터키에서 가장 숭앙받는 인물로 근대화의 영웅으로 존경받고 있었다. 도시의 중심엔 항상 그의 동상이 건축되어 있고, 화폐의 인물상도 그였다. 따라서 그의 묘인 아타튀르크 영묘는 터키에서 가장 신성시하는 성소였다. 케말 대통령의 본명은 무스타파이며 성은 없다. 어려서 매우 가난했으며, 이스탄불로 이사 온 후 오스만제국의 장교 복장을 보고 열심히 공부하는 계기가 되었다. 수학을 특히 잘했지만 다른 과목은 저조하여 60명 정원에 59등으로 군사고등학교에 입학하여 담임이 완벽하고 성숙하다는 뜻을 지닌 '케말'이 덧붙여졌다. 군사조직을 만드는 데 비상한 재능을 지녔고, 지방으로 가서 임무를 수행하면서 조직의 기량을 발휘했다.

1차 세계대전 후 프랑스, 영국, 그리스, 러시아가 터키를 치기 시작했을 때 무스타파 케말 파샤가 나타나 1920년 전쟁을 끝내고는 쿠데타를 일으켜 술탄을 폐위시키고 집권했다.

무스타파가 정권을 잡은 뒤 탈 이슬람 정책을 썼으며, 독일어의 움라우트를 빌려와 터키 문자를 만들었고, 국교를 없애고 종교의 자유를 부여했으며, 여자에게도 참정권을 부여했고, 1923년에는 민주공화국을 선포했으며, 1980년대까지는 장족의 발전을 이어왔으나 56세에 죽은 케말 파샤 사후 지금은 정체된 상황이다.

그는 불가리아 대사 딸에게 청혼했으나 무슬림이란 이유로 거절당하자 독신으로 일관해 오다 다른 이와 결혼했으나 얼마 안 있어 파혼했다. 그의 건국의 공로를 인정하여 이름을 무스타파 케말 아타투르크라 불린다. 아타투르크는 '처음', '大'의 의미를 지녔다. 그리하여 유럽과 아시아를 잇는 이스탄불에 있는 다리를 아타투르크 다리, 공항을 아타투르크 공항, 아타투르크 백화점 등으로 명명되기도 했다.

우리나라에서 새마을 운동은 박정희 대통령이 무스타파 케말 파샤의 전기를 읽고 시작했다고 한다. 케말 파샤 대통령은 그리스가 400여 년간 오스만제국의 지배를 받을 즈음 그리스의 항구도시인 데살로니카에서 탄생했으며, 돌마바흐체 궁전에서 사망하여 7일장으로 지냈다 한다.

생애 꼭 가봐야 할 100대 장소로 꼽히는
대자연의 경이로움이 있는 가파도키아

앙카라에서 남쪽으로 약 $300km$ 떨어진 가파도키아로 가는 약 5시간 동안 가이드의 터키 문화에 대한 상세한 설명이 계속되었다.

터키는 전통적인 농업국으로 농작물이 풍부하며, 비닐하우스는 하지 않는다. 특히 지중해 부근에 농산물이 풍부하며, 일조량이 많은 관계로 농약을 치지 않아 건강한 식품들을 생산하고 있다. 그런 가운데 에게 해 부근에는 유럽 대륙과 아시아 대륙이 만나는 곳이어서 지진이 많다. 고대 도시들이 지진 때문에 파괴된 곳들도 많다. 동부에도 지진이 300년 주기로 발생하여 역사가 바뀌어 왔다.

일부다처제는 아랍권의 풍습인데 터키에는 일부4처제까지 가능하다. 호텔 등에서는 여자가 서빙하지 않는다. 앞에서도 말했지만 장례문화는 매장이 원칙이며 1일장으로 한다. 유흥문화와 성문화는 유행하지 않는데 얼마 전 공창이 생겼다. 이곳은 터키인들만 이용한다. 터키 목욕탕은 하맘이라 하는데, 탕이 없고 대리석에서 몸을 지지며, 때를 벗겨주기는 한다. 특히 몸에 때를 벗기고는 음모를 제거하는 풍습이 있다.

몽고반점은 한국, 몽골, 터키 그리고 인디언에게만 공통적으로 있는 신체적 특징이다. 이들은 DNA 구조가 비슷하다. 물가 중에는 기름값, 담뱃값이 엄청 비싸다. 산물로는 밀과 대리석이 유명하며, 제조업이 별로 없다.

터키는 국토의 97%가 경작 가능한데 현재는 33%만 경작하고 있다.

이동하는 중 타우루스 산맥의 해발 1,700m 고지에 있는 경상남북도 면적에 해당하는 거대한 소금호수를 지나 터키 중부지역인 가파도키아에 도착했다. 깊은 우물이라는 뜻의 대린구유는 기독교인들이 박해를 피해 약 3만 명이 살았던 지하 도시로 길이는 120m이나 30m까지만 통행이 허용되었는데, 베트남의 '구찌' 동굴과 같이 지하로 굴을 파고 좁은 지하 공간에서 많은 사람이 산 곳이었다. 외부로부터 적을 막기 위한 굴속의 막음 장치는 둥근 맷돌같이 생긴 바위로 좁은 통로를 막도록 배치했었으며, 땅 위로 통하는 통풍장치를 교묘히 마련해 놓고 있었다.

괴레메 골짜기에는 30곳 이상의 석굴교회가 모여 있는 곳과 비둘기 집으로 가득한 바위산 우치히사르(비둘기 계곡), 낙타 계곡 등을 구경하고 저녁에는 가파도키아 지하 동굴을 개조해서 만든 무도장에서 밸리댄스를 썰렁하게 즐겼다.

터키 최대의 아름다운
남부 휴양도시 안탈리아

가파도키아를 출발 낙타를 몰고 가는 대상들의 쉼터인 콘야에서 당시 대상들이 곤한 몸을 쉬었던 휴식처를 구경하며 사진에 인상을 남기고, 이어 달려간 곳이 휴양도시 안탈리아였다.

안탈리아의 첫인상은 이율리 탑이 있는 곳에서 비로소 지중해를 가까이하고 있구나 하는 생각이 들게 했다. 전형적인 지중해풍의 옛 도시건물들이 이국땅임을 실감케 했다. 사도 바울이 배를 타고 떠났던 이 항구도시에서 하드리아누스 황제의 문을 지나 유람선이 드나드는 항구로 내려가자 청정한 맑은 바닷물, 아담한 항구, 조그만 구시가지의 포근한 인상 등이 휴식하기에 참 적당한 곳이란 생각이 들었다. 여름철에 많은 관광객들이 붐비는 곳이지만 겨울철에는 한산한 항구도시였으나 정감이 남는 거리였다. 수채화 같은 아름다움이 있었다. 사진기가 말썽을 부려 잘 찍지 못한 아쉬움도 컸다.

세계문화유산으로 지정된
파묵칼레에서의 이국적 풍광 체험

지면에서 뿜어 나온 석탄 성분을 포함한 섭씨 35도의 온천수가 100m 높이에서 산 표면으로 흘러나와 수영장을 만들었다.

세계적으로 유명한 온천지역에 석회석 성분이 바위산 위를 덮어 산 전체가 마치 눈이 온 것처럼 하얗게 덮인, '목면의 성'으로도 불리

파묵칼레

는 그 언덕과 산 위로 따뜻한 온천수가 흐르고 있어서 맨발로 물속
으로 바지를 걷어붙이고 다니는 체험의 공간이었다. 간단한 족욕도
가능하여 노천에서, 그것도 겨울철 이국땅에서 족욕을 즐기는 시간
이었다. 바로 이웃하여 고대 도시 히에라폴리스가 위치하고 있었다.
우리도 빠질 수 없었다.

고대 로마 시대의 유적지
히에라폴리스

원형극장과 고대 로마 시대의 유적이 남아 있는 히에라폴리스는
전형적인 로마 시대의 도시구조를 볼 수 있는 곳이었다. 도시의 중

앙에 있는 중심구조는 의회 공간, 대표자 토의 공간, 아고라 시민광장으로 이어지는 구조였다. 직접민주주의의 원형을 이곳에서 그 흔적을 발견한 셈이다. 둥근 기와처럼 생긴, 각 가정으로 연결되는 수도관이 부(富) 크기에 따라 관의 크기도 달리했음을 확인할 수 있었다. 유적들 사이로 떠돌아다니는 개와 고양이들이 로마 시대의 유령처럼 돌아다니고 있었다. 우리가 주고받는 이야기를 유심히 듣고 있는 듯한 모습들이었다.

소아시아시대의 수도였던
터키의 가장 큰 고대 도시 에페소

에페소는 기원전 1500년에서 1000년 사이에 처음 세워진 도시로 알려져 있다. 전설에 의하면 아테네 왕자 안드로클로스의 지휘하에 그리스의 이주민들이 아나톨리아에 처음 정착했을 때 아르테미스 신전에서 서쪽으로 1,200m 떨어진 고대 에페소가 있던 곳에 그들의 새 도시를 세웠다. 그 후 아나톨리아 지방을 지나던 알렉산더 대왕은 크로이소스에 의해 재건된 아르테미스 신전의 아름다움에 빠져 이곳을 정복했고 에페소는 평온을 되찾고 융성해지기 시작했다. 이후 리시마코스는 시온 산과 코레소스 산 중간에 새로운 도시를 건설하고 이곳을 높이 10m, 총 길이 9km의 성벽으로 요새화시켰는데, 오늘날까지 남아 있는 원형극장, 경기장, 체육관 등의 유적은 이 당시 지어진 것이다. 그 후 에페소는 로마제국 아시아 속주의 수도로 부상했다. 이곳은 거대 항구가 있는 아시아 무역항로의 종착지

이기도 했다. 이러한 번영도 서기 17년에 일어났던 대지진으로 폐허로 변하였다.

교회 역사에서 에페소는 예수의 모친 마리아와 제자 사도 요한과 관련된 곳으로 알려져 있다. 사도 요한은 예수의 어머니 마리아를 모시고 바울로 인해 복음이 왕성히 전해지고 있다는 에페소로 오게 되었다. 에페소에 도착한 요한과 마리아를 위하여 에페소 성도들은 바다가 내려다보이는 전망 좋은 곳에 거처를 마련해 주었다. 이후 바오로 2세가 성모 마리아의 집을 방문하여 신성하고 중요한 곳이라고 선언함으로써 이곳은 가톨릭교회의 성지로 지정되었다.

에페소는 소아시아시대 때 수도로, 터키에서 가장 큰 고대 도시인 에페소엔 방금 허물어진 폐허처럼 무너진 도시의 유적이 생생하게 남아 있었다. 여기엔 헬레니즘 시대 때 건축된 대극장은 24,000명을 수용할 수 있는 크기였다. 가이드가 설명한 바에 의하면 공연은 하루에 두 번 바람이 바다 쪽에서 육지로 불어오는 시간을 이용하여 육성으로 공연되었단다. 실제로 가이드가 우리 앞에서 뒤돌아 객석을 보고 말하니 소리가 확대되어 들리는 시설의 과학적 구도를 보여줬다. 그 건너편에는 당시 도시의 대표적 건물이자 도서관이었던 셀수스 도서관의 외관이 덩그러니 남아 있었다. 직접 들어가서 살폈다. 건물의 벽에 책 서가가 놓였던 자리가 파여 있었다. 도서관에서 지하통로를 따라가면 반대편으로는 창녀촌이 자리하고 있었는데 독서와 창녀의 만남이 고대 도시에서 묘한 조화를 이루고 있었다.

최대의 신전인 히드리아누스 신전은 시리아풍으로 신들이 부조된 신전이었다. 그리스인들의 마을 쉬린제에서의 포도주 시음 후

"모과"라는 뜻의 아름다운 터키 휴양도시 아이발릭에서 하룻밤을 보낸 후 트로이를 방문했다.

트로이 방문

트로이 목마

　　고대 서사시 호머의 『일리아드』로 알려진 신화 속의 지명 트로이를 가는 도중 가이드는 엉뚱한 가이드를 시도했다. 이른바 세계 5대 허무 관광지를 꾸며대며, 곧 가게 될 트로이를 폄하시키고 있었다. 그의 말에 의하면 벨기에의 오줌싸개 동상, 덴마크의 인어공주, 터키의 트로이, 독일의 로렐라이 언덕, 이집트 피라미드 모기, 이 다섯 가지가 이에 해당된다고 농담하면서 우리를 안내한 곳이 트로이 목마였다. 마치 그것이 트로이의 전부인 것처럼. 하지만 여행 안내서에는 관광용 트로이 목마 외에도 로마 시대에 음악과 연극, 회의가 열린 실내극장 오데온, 대리석 포장 언덕길 램프, 살아 있는 제물을 바치는 의식에 사용된 장소인 성역 등이 안내돼 있었으나 무엇에 홀린 건지 이곳들은 온통 빼먹어 버리는 게 아닌가. 관광용으로 만들어진 트로이 목마는 2층 건물 정도의 높이여서 쉽게 올라가서 들녘을 조망할 수 있었다.

이번 터키여행에 내심 벼르고 있었던 곳이 트로이 유적지의 답사였는데 유적지는 가지 못하고 관광용 트로이 목마 내부로 올라가 조망한 게 그나마 위안이라면 위안이었다. 마지못해 영어판 트로이 안내서인 TROIA를 시간에 쫓겨 사다가 계산을 유로로 지불한 바람에 계산착오로 내가 손해를 본 셈이 되고 말았다. 점원은 터키 리라로 나에게 잔돈을 지불했으니 말이다. 그나마 안내서 한 권을 손에 쥔 것을 다행이라 생각할 수밖에 없었다.

다시 이스탄불로

다시 이스탄불로 귀환하면서 제1차 세계대전의 격전지였던 다르나넬스 해협을 페리를 타고 세계에서 가장 아름다운 흑해와 마르마라 해를 연결하고 있는 보스포루스 해협에서 야경을 구경하고, 다음 날 보스포루스 해협의 유람선을 탑승하여 동서양 대륙의 사이를 왔다 갔다 했다.

마지막 여행지인 이곳에서 오스만제국의 궁전인 톱카프 궁전에서 보석관 등을 보았다. 술탄들의 거주지인 톱카프 궁전은 보스포루스 해협의 높고 평평한 곳에 위치하고 있는데, 1453년 오스만제국의 술탄 술탄인 마호멧이 이스탄불을 차지하게 되면서 처음 건설되기 시작하여 4세기 동안 꾸준히 확장시켜 온 것이어서 오스만 건축양식의 변화된 모습들을 간직하고 있다. 톱카프 궁전은 원래 오스만제국의 술탄 군왕들이 거처했던 성으로 한 때 이곳에는 술탄과 그 가족들 외에도 5만 명이 넘는 시중들과 군사·관료들이 거주했었다.

이어 3개의 오벨리스크가 있는 마차 경주장이었던 히포드롬과 성 소피아 성당 건너편에 건축한 블루모스크 사원을 방문했다.

히포드롬은 196년 로마의 황제 세베루스에 의해 지어진 검투사들의 경기장이었는데, 4세기 무렵 비잔틴 황제인 콘스탄티누스에 의해 검투 경기는 금지되고 대신 말이 끄는 마차 경기장으로 바뀌었다. 10만 명 정도 수용했다고 하는 이곳은 경마장으로 이용되었을 뿐만 아니라 왕위 계승을 놓고 벌어진 수많은 전쟁의 무대가 되기도 했다.

13세기 초 십자군의 침입으로 이 광장에서 비잔틴 군과 치열한 접전이 벌어졌는데 대부분의 광장 내 유적이 이때 파괴되었다. 현재 이곳에는 3개의 기념비가 잘 보존되어 있다. 디킬리타스라고 불리는 이집트 오벨리스크는 원래 기원전 1550년에 메소포타미아 전투에서의 승리를 기념하는 의미로 이집트의 파라오에게 헌사한 사원에 세워졌던 2개의 오벨리스크 중 하나로 당시 왕족들의 일상을 양각으로 표현하고 있었다. 이곳에는 이밖에도 아폴로 신전에서 가져온 세 마리의 뱀이 서로 뒤엉켜 직경 3m의 황금 그릇을 받치고 있는 형상의 셀팬타인 기둥도 있었다.

이문열 작가와 함께하는
러시아 문학기행

서가에서 항상 손길을 기다리고 있었으나 주인인 나의 정열 부족으로 언제나 다음 순위로 밀려나 30여 년 가까이 방치되고 있었던 범한출판사 간행 세계문학 전집 50여 권에 나의 손이 닿기 시작한 것은 대학의 연구실 문이 닫히고 나고서도 한참이 지난 2009년 11월경이었다. 물론 연구실이 닫히자마자 시작한 것은 부산대학교 평생교육원 한문 서당에 적을 두고 한문 공부를 시작한 일이었다.

연구실에 있었을 때 뭔가 하고는 싶었으나 하지 못하고 있었던 것이 무엇이었던가를 고민하던 끝에 내린 결론 중의 하나는 우선 세계문학 전집에 몰두해 보고 싶은 생각이 들었었다. 나의 버킷 리스트에 들어 있었던 것이었다. 50권의 책을 순서를 가리지 않고 책꽂이에 배열된 차례로 읽어나가기 시작한 지 6개월이 지나자 40권의 진도가 나갔었고 10권이 남았지만 그 정도 선에서 멈추기로 했다. 생각보다는 상당히 지치는 기분이 들었었기 때문이었다.

감동과 흥미가 있는 경우도 있지만 메마른 내용의 작품들을 읽어나가는 것도 또한 고역 중의 하나였다. 그래서 읽고 싶은 충동이 나지 않는 소설 10권을 남겨두기로 하고 세계문학 전집 읽기 대장정을 일단락 지었다.

중학교 사회과 부도 책을 펼쳐놓고 소설책을 따라 배경이 된 지역을 확인해 나가는 사이에 어느덧 나는 전 세계를 이곳저곳으로 눈길을 돌리고 있었던 것이다. 말하자면 소설들을 읽어나가는 사이에 상상의 세계여행을 하고 있었던 셈이다. 이런 일련의 상상들이 세계로의 여행에 대한 희미한 관심을 갖게 하던 차에《중앙일보》의 〈이문열 작가와 함께 러시아 문학기행〉이란 제목의 기사가 나의 러시아 여행에 대한 관심을 확 잡아 끌어들인 것이다.

아내가 쉽게 동의해 줄 것인가도 문제였는데, 일단 간절히 이야기해 보는 정공법을 쓰기로 했다. 그랬더니 예상과는 달리 쉽게 아내가 동의해 주어 일단 러시아로의 여행은 성사될 수 있었다. 내가 세계문학 전집에 대한 집요한 관심을 가지고 몇 개월간 독서해 왔다는 사실을 아내가 알고 있었고 그것이 나의 러시아 여행에 대한 진정성으로 받아들여진 것이라 보고 싶었다. 톨스토이와 도스토옙스키 그리고 체호프 등에 대해 아내와 간간이 독후의 언급이 있었던 것도 쉽게 진정성을 전달할 수 있었던 한 이유가 되었으리라.

한·러 수교 20주년의 역사적 변곡점과 톨스토이 서거 100주년, 안톤 체홉 탄생 150주년의 위대한 문학적 작가들의 생사의 변곡점이 겹치는 해에 찾아온 러시아기행은 하나의 얻기 힘든 행운이었다.

출국을 위해 인천국제공항을 찾아가기까지의 수속은 아내가 대신해 주었고, 10월 3일 일요일 개천절 날 새벽 4시에 일어나 인천국제공항을 가기 위해 잠을 설친 것도 나뿐만이 아니고 아내도 마찬가지였다.

이날은 고교동기회에서 경부합동으로 안동지역 문화기행을 하기로 되어 있었으나 러시아 문학기행이란 핑계로 자연히 거기에는 빠지게 되었다. 올해 초여름 동기회 통영 문학기행의 문학적 안내는 내가 맡았었는데, 이번에는 서울 동기 이민부 교수가 맡는다고 했다. 동기회 행사를 빠지는 미안함이 살짝 가려지는 해외여행이 된 셈이었다.

인천국제공항에서 41명의 여행 동료들과 간단히 인사가 있었고 오후 2시에 공항을 출발하여 8시간 30여 분 만에 모스크바의 쉐레메쩨바 국제공항에 도착했다. 기내 창가 쪽에 앉은 나는 서쪽으로 기우는 햇빛을 따라 계속 추적해 가는 미사일처럼 하늘과 땅 그리고 항공위치 안내를 차례로 살폈는데 인천국제공항을 떠나 텐진과 베이징 상공을 지나 몽골지역 상공을 가로질러 드디어 보고 싶기도 했던 바이칼 부근을 지날 때는 그 위로 짙은 안개가 자욱하여 호수의 제대로 된 모습은 볼 수 없었다. 그러더니 이르쿠츠크 상공과 시베리아 상공, 우랄산맥 등 러시아령을 횡단할 때는 시간의 흐름에 따라 변해가는 자연의 모습에 경탄하기도 했다. 내 짐작으로 몇 시간 비행해도 저 꼼짝도 하지 않는 거대한 융단 같은 구름 덩어리들이 시베리아기단이라는 구름 덩어리일 것이라고 생각하면서 흰 융단 위로 투하되는 사선의 햇빛들이 이국적인 모습으로 다가왔다.

첫날은 이리스 호텔에 투숙했다. 나의 룸메이트는 민중서관 정운길 사장이었다. 이날부터 정 사장의 인생 드라마가 서서히 구술되기 시작했다. 나는 매우 진지한 1인 관객이었다. 그것을 일일이 지면에 회상해 낼 수가 없어 안타까울 뿐이다. 이동하는 차량 안에서 하는 정 사장의 이야기들이 너무 외설스러웠던지 《중앙일보》 관계자가 나를 통하여 자제해 달라는 전화를 부탁받기도 했다. 동행 중에는 젊은 아낙네가 있었기 때문이었으리라.

대부분의 러시아 도시들이 평지 위에 세워졌었다. 그 때문에 모스크바 시내에서 가장 높은 곳으로 소문난 참새 언덕이란 곳도 해발 115m에 불과하지만 모스크바 시내 전경이 다 내려다뵈는 곳이다. 전망대에서 시내를 내려보다가 뒤로 180도 돌아서면 바로 길 건너 나타나는 건물이 모스크바국립대학교다. 이 대학에서 늦게 유학하여 공부한 40대 중반의 정 모 교수는 귀국한 뒤 우리나라에서 아직도 대학의 교수 자리를 찾지 못하고 소설에 등을 기대고 있는 실정이었는데, 주최 측인 《중앙일보》에서 러시아 문학 전공자를 찾다가 낙첨된 경우로 러시아 문학세미나 외에도 통역 가이드쯤 되는 역할을 끊임없이 하지 않을 수 없었다.

크렘린 부속 박물관과
붉은 광장을 거닐다

붉은 광장

크렘린 궁

일찍부터 이념과 관련된 연상에서 항상 맴돌던 단어인 크렘린이란 단어를 이곳에서는 크레믈이라고만 발음한다는 것이다. 크렘린 궁 안에 이날 대통령은 없었다. 크렘린 궁 정면 중앙에 깃발이 없으면 부재 증명이 된다고 했는데 이날은 깃발이 올라가 있지 않았다.

크렘린 궁에서 우리가 처음 들른 곳이 무기고박물관이었다. 이곳은 옛날은 무기고로 사용되던 곳이었지만 지금은 박물관으로 활용되고 있다. 이곳은 러시아 황실 소유의 귀중품을 수장하는 보물관이었다. 러시아 황실이 여러 외국으로부터 받은 각종 나라별 선사품들은 물론 황제들이 사용하던 마차형식의 어좌, 화려한 보석으로 장식된 성경, 성물 외 대규모 보석들이 진열된 곳이다. 사진 촬영은 금지된 곳이었다.

박물관 밖으로 나오면 붉은 광장인데, '붉다'라는 말은 '아름답다'라는 러시아의 고어로 사방 15㎝ 크기의 전돌들이 전 광장에 규칙적으로 덮여 있었다. 이 크렘린 궁과 맞서 있는 건물은 120여 년 된 거대한 백화점이 광장을 따라 쭉 펼쳐져 있었다. 직접 들러보았으나 물건을 사려는 사람들은 많이 보이지 않는 편이었는데, 경영이 어찌 되는지도 궁금했다.

붉은 광장의 또 다른 한 면엔 성 바실리 성당이 위치하고 있었다. 러시아 특파원들이 이 성당 앞에서 붉은 광장을 배경으로 특파원 보고를 하는 화면의 배경이 되곤 하는 러시아의 상징적인 건물이다. 8개의 첨탑이 47m 높이의 양파 모양 지붕과 비잔틴 양식이 어우러져 아름다움을 연출하고 있었다.

이날 일정 가운데 관람한 마지막 장소가 노보데비치 수도원이다.

이곳은 백조의 호수 무대가 되기도 하는 곳으로 체호프, 고골리, 옐친, 후르시초프 등 유명 정치가들과 작가들이 묻혀 있는 곳이다.

제2일인 10월 4일 일정의 마지막 행사는 고리키문학대학에서 열린 '한·러 수교 20주년 기념 문학 세미나'였다. 이날 발표 중 인상적인 것은 80세가 넘은 김려춘 교수의 러시아 문학이 한국문학에 미친 영향을 추적하는 연구자의 진지한 자세였다.

김려춘 교수가 이날 발표한 주제는 '한국문화 속의 톨스토이'였다. 최근 2~3년간 러시아의 여러 박물관과 고문서보관소들을 찾아다니면서 지금까지 발굴되지 못했던 톨스토이에 관한 새로운 자료들을 하나하나 찾아서 양국 간의 비교문학적 고리들을 연결하는 작업을 하는 실증적 태도에서 학문하는 기본적 자세를 말해주고 있었다.

그러한 자료 중에는 톨스토이가 "한국은 동양적 의미에서 볼 때 대단히 발전한 문명국이다."라는 발언을 한 것을 발견했다고 했다.

1910년 11월 7일 톨스토이 서거 비보가 한성에 전해졌고, 톨스토이 추모 특별호가 최남선에 의해 1910년 말에 발행되었는데, 육당은 '톨스토이를 곡함'이라는 추도시를 남겼다. 육당은 톨스토이가 온갖 고통 속에서 도달한 통일적 사상이 '사랑'이라고 생각했다.

한편 이광수는 1912년 2월에서 8월까지 톨스토이의 나라를 찾아 러시아 시베리아의 치따(知多)란 도시로 가서 공부한 적이 있었다.

김려춘 교수는 러시아과학아카데미(학술원) 산하 세계문학연구소 책임연구원으로 있으며 세계문학연구소에는 현재 170명의 박사학위 소지 연구원들이 있다고 했다. 이곳에는 푸시킨, 마야콥스키, 톨스토이 등의 창작연구팀이 있다고도 했다. 이 연구소는 러시아혁명 후 막심 고리키의 "새 세계 건설을 위해서는 세계문학을 연구해야 한다는 주장"에 의해 1932년 9월 17일에 설립되었다. 세계문학연구소의 수석연구원인 알렉산드르의 현대러시아 문학에 대한 발표는 진지한 듯했으나 통역 미숙으로 접근이 불가했다. 전날과 같은 이리스 호텔로 돌아가 숙박했다.

톨스토이 무덤

제3일인 10월 5일은 안톤 체호프의 생가가 있는 체호프시로 이동하여 체호프의 생가와 박물관을 둘러본 후, 톨스토이의 생가가 있는 툴라로 이동하여 톨스토이의 서재, 묘지, 영지, 박물관 등을 답사했다. 귀족 출신이었던 톨스토이의 삶의 화려함에 비해 그의 유지에 따라 비석도 없이 조그만 흙무덤에 누워 있는 그의 사후의 모습에서 삶의 무상함을 여실히 봄과 동시에 죽음에 이르러 겸손한 그의 모습이 더욱 인상적이었다. 동양의 노장 철학을 공부한 결과가 아닐까 생각되기도 했다. 이날은 폴랴나에 있는 야스나야 폴랴나 호텔에 여장을 풀었다.

제4일인 10월 6일에는 2차 대전 당시 대독일과의 격전지이자 톨스토이의 『전쟁과 평화』의 주요 장면인 보르지노 평원을 찾아 당시의 모습들을 회상하기도 했다. 또한 보르지노 역사박물관을 방문하여 전쟁 당시에 사용되었던 여러 병기들과 부품들이 발굴되어 전시되고 있는 현장을 관찰했다.

이어 『닥터 지바고』의 저자 보리스 파스테르나크가 태어난 뻬르젤끼노로 이동하여 그의 작은 창작공간 등을 구경했다. 모스크바로 다시 돌아가 첫날 묵었던 이리스 호텔에 여장을 다시 풀었다.

제5일인 10월 7일에는 러시아의 옛 도시인 수즈달을 찾았다. 마치 천년고도 경주와 같이 수즈달은 1,000년 이상의 역사를 가진 고도시로서 유네스코 세계문화유산으로 등재될 정도로 목가적인 풍경이 일품이었다.

이어 고도시인 블라디미르로 이동하여 황금의 문과 드미트리 사원 등을 관람하고 모스크바로 돌아와 레닌그라드 역에서 밤 23시 30분 발 4인 1실 침대칸 야간열차에 올라 쌍트 페테르부르크(옛 레닌그라드)로 가는 8시간의 열차 여행을 처음 경험했다. 흔들리고 덜컹대는 기차 안에서도 잠은 그대로 잘만했다.

제6일인 10월 8일 아침에 쌍트 페테르부르크에 도착하여 본격적인 도시 탐구에 몰입했다. 뉴욕이나 샌프란시스코와는 또 다른 감흥을 듬뿍 갖고 있는 멋진 도시구나 하는 것이 나만의 느낌은 아닌 듯했다. 로마 여행을 다녀온 어떤 이는 로마의 거리에 못지않은 아름다움을 가졌다고 감탄하고 있었다. 푸시킨이 말했듯이 유럽으로 열린 창이 쌍트 페테르부르크였다.

여름 궁전

쌍트 페테르부르크의 화려한 여름 궁전을 세계에서 온 방문객들이 도열한 가운데 음악과 분수쇼가 어우러진 멋진 광경을 구경하고 나머지 겨울 궁전은 상트페테르부르크와 에르미타주(겨울 궁전) 2권의 한국어판 화보집을 구입함으로써 그 화려하고 섬세한, 감성적인 도시의 스케치를 대신할 수 있게 되었다.

뿐만 아니라《중앙일보》덕분에 여행의 스케치를 대신할 수 있어서 편안한 정리가 될 수 있게 됐다. 한 편의 글을 게재한다.

러시아 문학기행에 동행했던《중앙일보》논설위원이자 문화전문 기자인 노재현 기자의 〈시시각각 버스 안에서 쓴 자서전〉을 러시아 기행의 마지막에 소개한다.

쑥스럽지만 나뭇잎 몇 개를 책갈피에 끼워 넣어 챙겨왔다. 사춘기 시절에도 안 하던 짓이었다. 지난주 러시아는 가을이 막바지였다. 낙엽 두 개는 『귀여운 여인』『갈매기』를 쓴 체호프 집에서, 나머지 네댓 개는 페레젤키노 작가촌에 있는 보리스 파스테르나크 박물관 정원에서 주웠다. 파스테르나크가 『의사 지바고』를 마무리하고 세상을 뜬 곳이다. 가져올 수 없었던 무수한 자작나무들은 지금도 내 머릿속에서 바람에 부대끼고 있다.

한·러 수교 20주년을 기념한 '이문열과 함께하는 러시아 문학기행'에 낀 것은 행운이었다. 문호 톨스토이의 광활한 영지(領地) 야스야나 폴랴나. 생가에서 불과 수백m 떨어진 그의 무덤은 방문객들을 숙연하게 했다. 관 모양의 작은 봉분 외엔 그 흔한 묘비도 기념비도, 아무것도 없었다. 톨스토이가 저택에 남긴 39개 언어 2만3,000여 권의 장서 중에는 일본 작가

도쿠토미 겐지로의 『불여귀(不如歸)』도 눈에 띄었다. 그러나 쇠잔해가던 조선의 책은 눈을 씻고도 찾아볼 수 없었다. 많은 방 중에는 젊은 시절 방탕했던 톨스토이가 하녀의 꽁무니를 뒤쫓던 곳도 있을 것이다. 꼭 100년 전인 1910년 10월 27일 밤, 82세의 톨스토이는 부인 소피아가 잠들기를 기다려 '가출'을 감행한다. 유독 아꼈던 넷째 딸 사샤만 깨워 가출을 귀띔하고 마차에 올랐다. 그러나 폐렴에 걸려 11월 7일 아스타포보역(톨스토이역)에서 숨을 거둔다.

현장(現場)이 주는 감동은 역사에서도, 문학에서도 마찬가지다. 톨스토이 생가에 이어 『전쟁과 평화』의 무대인 보르디노 평원에 가는 길이었다. 40여 명의 문학기행 참가자들이 버스 안에서 각자 자기소개를 시작했다. 듣다 보니 의례적인 "알고 자 지내자." 수준이 아니었다. 이문열이라는 한국문학의 거장(巨匠)이 함께하는 여행이라 선뜻 나섰다는 점은 다들 같았다. 그러나 지나온 길은 제각각이었다. 톨스토이의 초라한 무덤이 준 충격 때문일까. 진지하게 털어놓은 얘기들은 그 자체가 아무런 가식이 없는 '자서전'이었다.

60대 후반의 은퇴한 직업외교관 부인은 "미대를 나왔지만 남편과 결혼하고 나서는 해외공관을 돌며, 내가 학창 시절 제일 싫어하던 외국어 공부에 시달리며 살았다. 수많은 손님을 치르는 등 엄청나게 일했고, 나를 완전히 죽이고 살았다"고 담담히 고백했다. '대사 부인'의 중압감에서 벗어난 그녀는 자서전 말미에 "그동안 포기했었는데, 이제는 여자이고 싶습니다!"라고 외쳤다. 모두 가슴이 뜨거워져 박수를 쳤다. 50대 중반 출판사 대표의 자서전은 가히 대하소설감이었다. "고교 시절 아버지의 병환으로 집안을 이끌게 됐다. 서울 명동의 튀김골목에서 국내 최초로 명화·사진을 '판넬'로 만들어 파는 장사를 시작했다. 장사가 엄청나게 잘돼 집 한 채를 살 정도였다. 그러나 돈이 새나가서 이번엔 출판사 영업직으로 전집 판매를 시작했다. 판매량에서 국내 정상에 오를 정도로 노력했다. 장사 잘 하려면 책 내용도 알아야 하기에 참 많이 읽었다. 이문열 선생님 작품도 그때 거의 섭렵했다. 그러다 또 망하고, 다시 일어서고…."

"80세 넘은 어머니가 홀로 계신데, '네 아버지 방에 옛날 처음 들어갔을 때 벽에 걸린 커다란 톨스토이 사진이 참 인상적이었다'는 말씀을 자주 했다. 이번 여행길에 똑같은 사진을 꼭 구해 드리겠다고 약속했다"는 50대 여성, 지난해 '세계문학전집 대장정'을 시작해 지금까지 40권을 독파했다는 대학교수…. 나는 누가 감히 우리나라에서 문학이 죽었다고 섣부르게 떠드는지 의아할 정도였다. 그러고 보면 감동은 톨스토이 생가에만 있는 게 아니었다. 우리 눈이 어두워 그렇지, 대한민국의 웬만한 남성·여성 한 명 한 명이 다 감동거리 아닌가. 다 자서전 출판감 아닌가. '버스 안의 자서전'을 들으며 그동안 내 주변에서 살아 숨 쉬었을 수많은 '감동'을 모르고 지나친 게 새삼 부끄러웠다.

– 2010. 10. 15. 《중앙일보》 게재 기사

또한 이 자리에 필자와 지금은 고인이 된 친구 토빗과의 톨스토이 문학에 관한 대화를 싣는다.

톨스토이의 무덤 앞에서

필자: 2010년 10월, 러시아 문학기행을 떠날 때 세계문학 전집 중 톨스토이의 작품들 특히 장편 『전쟁과 평화』를 일독하고 그에 대한 이미지를 그리며 모스크바 부근에 위치한 영웅의 도시로 불리는 뚤라라는 도시를 방문하여 그에 관한 모든 것을 구경할 수 있었는데, 특히 비석도 묘지의 가꿈도 없이 버려지다시피 한 곳에 오종종히 홀로 누워 있는 그의 무덤이 삶의 의미를 다시 한번 생각하게 했습니다.

토빗: 길정강호 님, 톨스토이 님의 안식처 사진을 감상하게 되어서 대단히 감사합니다. 감히 톨스토이 님의 『전쟁과 평화』에 관한 독후감을(귀우님의 학생 시절의 독후감과 비교하여서) 부탁드려도 되겠습니까? 나도 이순 독후감을 써봐야겠다는 생각이 들어서요.

필자: 연말 행사에 기웃거리며 다니느라 길정 카페에 오늘에야 들어왔습니다. 토빗 님이 『전쟁과 평화』의 감상문을 부탁했는데, 한마디로 말하기 쉽진 않지요. 시의 비평과 소설 비평의 괴리를 항상 느끼는 곳이 바로 그 독서해야 할 분량의 차이입니다.

『전쟁과 평화』는 장편 대서사시로 그 분량이 대하소설에 해당됩니다. 전체를 한 번 일독하는 데만 해도 일주일은 꼬빡 공들여야 읽을 수 있는 분량이기 때문이죠.

이번에 소설의 주요 무대인 보로지노 벌판의 기념탑 앞에서 끝없는 평원을 구경했었지요. 부탁했으니 우선 간략한 해설로부터 시작해 보지요.

토빗:　땡큐.

필자:　『전쟁과 평화』는 우선 1805년부터 1820년까지 15년간의 러시아와 프랑스의 노불전쟁이 중심적인 시공간을 차지하고 있습니다.

나폴레옹이 지휘하는 프랑스군이 러시아를 침범함으로써 시작된 이 전쟁은 보로지노 벌판에서의 노불 양군의 대회전, 나폴레옹의 모스크바 점령, 모스크바 대화재, 프랑스군의 퇴각 등 러시아 국민들에게는 잊을 수 없는 기념비적인 대사건들이 서사의 중심사건을 이루고 있지요.

그래서 이번 여행에서 러시아의 인기 있는 음악들은 전쟁 영웅들을 기리는 서정적인 가사의 애잔한 리듬들이 흔하다는 얘기도 들었습니다.

작품에 등장하는 인물이 559명에 이릅니다. 이는 박경리의 대하소설 『토지』에 등장하는 인물과 거의 맞먹습니다.

토빗:　559가지 인간형이 모인 것입니까?

필자:　등장인물에 이름을 붙이는 것을 명명이라 하는데, 말하

자면 톨스토이의 『전쟁과 평화』에 등장하는 인물로서 명명된 자가 559명이란 말이지요.

박경리의 대하소설 『토지』보다 120여 년 전에 러시아의 작가가 이러한 방대한 작품을 생산하고 있었다는 사실이 믿기지 않을 정도지요.

박경리가 『토지』를 25년에 걸쳐서 4만 매의 원고지에 600만 자로 이루어진 작품을 완성한 것이 1994년이고 톨스토이가 『전쟁과 평화』를 초판 간행한 것이 1867년이니 말이죠. 우리 근대문학에 영향을 주는 대표적인 소설들이 바로 러시아의 톨스토이와 같은 작가들이었지요.

토빗: 와! 1867년이면 조선시대인데, 우리의 문학 특히 소설 중에서 명명된 인물이 제일 많은 소설은 『토지』입니까? 톨스토이 선생님 일생에서 혹시 군 시절이 있었다면, 군대 내에서 높은 위치에 있지는 않았을까요?

왜냐면 부하들이 적어도 559명 이상은 되었을 것 같아서입니다. 톨스토이의 스펙은 알 수 없을까요?

필자: 톨스토이는 이광수가 흠모한 작가였지요. 그는 일본에서 톨스토이를 접했지요. 일본의 2층 다다미방에서 각혈하면서 원고를 써서 관부연락선 편으로 부산으로 보내고 부산에서 다시 서울 《매일신보》로 보내져서 연재된 것이 우리 근대 최초의 장편인 『무정』이었지요.

이때가 1917년 무렵이었지요. 이광수는 일본에서 이미 일본어로 번역돼 있던 러시아 작가들의 작품을 아마 읽었던 겁니다.

등장인물 수로 친다면 아마 『토지』가 선두일 겁니다. 600여 명이 등장하니까요.

톨스토이는 백작 집안에서 태어나 23세에 포병대 사관 후보생으로 입대하여 장교로 승진하여 여러 전쟁에 참여한 후 28세 제대했으니 5년간 군대생활을 했지요. 그 후 톨스토이가 34세 때 당시 18세의 소피아와 결혼한 뒤 소설 집필에 몰두하지요.

톨스토이가 작품을 위해 나폴레옹 전쟁에 관한 연구를 시작한 것은 35세 때부터였고, 36세 때부터 『전쟁과 평화』를 집필하기 시작했습니다. 모스크바의 도서관에서 전쟁자료를 분석하고 집필 중에도 나폴레옹 전투가 벌어졌던 옛 싸움터인 보로지노 평원을 방문하기도 했습니다.

상상력을 달구기 위한 노력이지요. 그리하여 39세인 1867년에야 『전쟁과 평화』가 처음 완간됐지요.

물론 그 후에도 대작 『안나 카레니나』, 『부활』 같은 작품 등을 썼으며, 나이 82세 때까지 치열하게 창작활동을 하다가 집을 나와 여행하던 중 조그만 시골 역 역장 관사에서 숨졌습니다.

토빗: 좋은 글을 재미있게 읽어보고 있습니다. 그런데 톨스토이 선생님의 영면하심에서 보면 5W1H 중에서 빠진 나머지도 부탁드립니다.

필자: 답변이 늦어 죄송하네요. 말이 여행이지 노작가의 가출

이었지요. 치매에 의한 가출도 아닌 아주 정상적인 상태의 82세 노인의 오기에 찬 가출이었다오. 그것도 아내 소피아와의 재산 및 저작권에 대한 소유권 문제로 인한 가출이었다니 놀랍지요.

알다시피 톨스토이는 대문호이자 사상가였는데, 생애 후반에 이를수록 문학보다는 종교에 대한 관심이 커지면서 청빈과 금욕을 예찬하게 되었고, 나아가 재산과 저작권도 포기하려고 한 것이지요.

이에 가족들과의 갈등이 유발되었고 특히 아내 소피아와의 갈등이 커졌죠. 결국 모든 저서의 판권을 그가 가장 아낀 딸 알렉산드라에게 상속한다는 유언장을 작성하자 이에 격분한 아내 소피아는 남편 톨스토이의 행동을 일일이 감시하게 되었고, 이를 계기로 톨스토이는 주치의를 데리고 1910년 82세의 나이에 가출을 감행했던 것이지요.

결국 며칠 후 감기로 인한 폐렴이 걸렸기에 작은 간이역 아스타포브에 하차할 수밖에 없었고, 그 역의 역장 집에서 가출한 지 20여 일 만인 1910년 11월 7일 세상을 떠난 것이지요.

시신은 툴라라는 도시 인근의 야스나야 폴랴나로 운구되어 묻힌 겁니다.

카페 앨범에 있는 바로 저 장소지요. 가족은 공동체이기에 가족의 일은 언제나 의논되고 합의되어야 평화롭다는 점은 예나 지금이나 마찬가지일 텐데, 위대한 톨스토이가 그 점을 몰랐을 리 없었을 텐데 안타까운 일이지요.

토빗: 좋은 정보를 알려주심에 감사합니다. 톨스토이의 부인에 관한 정보는 없습니까? 소크라테스의 부인과 견줄만합니까?

필자: 톨스토이는 자신이 청빈과 금욕을 예찬하면서도 정작 안락한 삶을 떨치지 못하는 본인에 대한 자괴감에 빠져 있었고, 급기야 그의 본심을 이해 못 하는 아내 소피아와 갈등, 특히 재산과 저작권마저 포기하려 했던 이유로 아내와의 갈등이 유발된 점으로 볼 때, 소피아는 악녀라고 할 수 없는 극히 현실적인 여성이라고 할 수 있겠죠.
너무 이상에 치우친 톨스토이와 지극히 현실적인 소피아의 갈등은 이상적인 남편과 현실적인 아내의 문제로 오늘날에도 가끔 볼 수 있는 일들이죠.

소설 『전쟁과 평화』에 대한 작품분석은 이제부터 시작해야겠지만 다음 기회로 미루고 지겹도록 긴긴 이 소설을 생의 여유가 나거들랑 길정회 여러분들도 일단 일독해 보세요.

이상으로 해외여행기를 마치면서 아쉽게 여겨지는 점은 시드니를 중심한 호주 등의 여행기가 당연히 쓰여야 하지만 당시 시드니의 아름다움에 도취되어 여행메모를 남기지 않아 더 이상 쓸 수 없음이 안타까울 뿐이다. 이러한 마음은 스웨덴, 핀란드, 노르웨이 등 북유럽을 비롯하여 일본, 중국, 대만, 싱가포르, 말레이시아, 태국, 베트남 등의 여행기를 쓸 수 없음도 똑같은 이유에서였음을 고백하지 않을 수 없다. 여행은 뒷날 혹시 있을지도 모르는 여행기를 위해서라도 여행메모를 꼭 남길 일이다.

2부

유년 시절로의
여행

유년 시절로의 여행

필자의 고향 일운면 망치 해안

    필자는 신라 경순왕의 넷째 아들인 김석(金錫) 공의 34대손이자
조선 숙종 때 거제에 부임한 의성 김씨 김대기(金大器) 현령의 12대

후손으로 거제의 남쪽 바닷가 '햇살 따뜻한 땅'이라는 의미를 지닌 양지(陽地) 마을에서 6.25 전쟁이 종전된 시기인 1953년에 태어났다. 필자의 부친 김영규(金永奎) 공은 독자였던 김두연 공과 옥몽순님 사이에 4남 중 장남으로 태어나 1956년부터 1960년까지 4년간 제2대 일운면 면의원과 거제향교의 도유사를 지냈으며, 필자의 모친 옥복악(玉福岳) 님은 거제읍 명진리 의령 옥씨 가문 옥치원(玉致元)의 3남 3녀의 장녀로, 두 사람 사이에서 필자는 2남 4녀 중 차남으로 태어났다.

나이 여덟부터 배움의 시작이었던 초등학교는 이웃 큰 마을에 위치한 망월초등학교를 다녔는데, 필자가 속한 학년은 한 개 학급에 총 27명이 전부였다. 음력 11월 초파일에 태어난 탓에 동급생 가운데는 출생이 늦은 편에 속해서인지 적응이 늦어 1, 2학년까지는 성적이 드러나지 못했고 3, 4, 5, 6학년 무렵엔 성적이 오르기 시작해 공부에 재미를 느끼게 되었다. 4, 5, 6학년 무렵엔 오후마다 종종 교사(校舍)를 지을 자재를 운반하는 데 동원되었다. 가파른 바닷가 길을 오르내리면서 검은색으로 물들인 광목 책 보자기로 건축자재인 모래와 자갈을 어깨에 메고 나르는 일이 오후 수업을 대체한 일과였다. 책 보자기엔 자그마한 구멍들이 송송 뚫려 있던 기억이 새롭다.

우리가 공부할 학교를 짓는 일을 도운다는 명분 때문에선지 또는 그 명분을 선생님들로부터 지도받은 결과였는지는 모르지만 별다른 불평 없이 모래와 자갈을 날랐었다. 한 번 날아올 때마다 갓 군대를 제대해 온 감독 선생님으로부터 팔목에 도장 하나씩을 찍어 열 번 정도 찍힌 후에야 노력 동원에서 해제되었다. 그런 날은 조부모님 방에서 깊은 잠이 들 수밖에 없었다. 때로는 이불에 오줌을 지리는 일도 있었다.

하루는 감독 선생님이 볼일이 있어 당시 아동장이었던 나에게 아이들의 팔목에 도장을 찍어주는 일을 대신 맡긴 적이 있었는데, 그때 생애 처음으로 일의 신바람을 처음 느껴본 기억이 난다.

그런 반면 지금도 잊혀지지 않을 정도로 심하게 혼이 난 적이 있었다. 어느 겨울 무렵 운동장에서 아동장으로서 전교생의 아동 조회를 지휘하던 필자가 아이들로 하여금 학년별로 차례로 교실로 입장시키는 도중이었는데 날씨가 추운 가운데 어수선한 분위기가 조성되면서 전 학생들이 차례를 허물고 뿔뿔이 흩어져 교실로 들어가는 일이 있었다. 그날 나는 그 엄한 선생님에게 불려가 궁둥이에 불이 날 정도로 세차게 매를 맞았다. 아동장으로서의 책임을 다하지 못한 데 대한 문책성 매였다. 이날 이후 책임의 중요성을 열세 살의 소년이던 필자가 처음으로 깨닫는 계기가 되었다.

한편 당시 초등학교 시절 교육청이 주최하는 군 단위의 각종 행사, 이를테면 글짓기대회, 붓글씨대회, 음악경연대회 등에 학교 대표로 다녔던 기억이 있다. 그 당시 크게 감명받은 동화책이 오늘날 문학에 대한 관심으로 이끌리는 계기가 아니었을까 하고 생각할 때가 있다. 어떤 경로로 그 동화책을 읽게 되었는지는 모르지만 표지마저 떨어져 나가고 없는 일본 동화책 한 권이 주는 감명을 잊을 수 없다. 그런 생각의 말미에 나의 문학적 관심의 진원지는 어디였을까를 생각해 볼 때가 있다. 지금은 저수지로 변한 구천동 계곡의 가을 소풍

과 동부저수지의 봄 소풍 때의 글짓기대회, 망치 양지마을이 주는
주변 풍경이 주는 평온한 느낌들 그리고 앞서 이야기한 일본 동화책
의 강렬한 충격 그런 것들이 서로 작용하여 문학에 대한 관심으로
진화하지 않았을까 생각하고 있다. 진정 문학인으로 클 것이라면 많
은 책을 읽었어야 했는데 거기까지 미치지는 못한 것 같아 항시 아
쉬움이 남아 있다.

필자의 중학 시절 가족사진

앞줄 왼쪽부터 필자의 아버지, 할아버지, 할머니, 큰삼촌, 가운뎃줄 왼쪽부터 형님, 필자, 형
수, 큰누님, 맨 뒷줄 왼쪽부터 어머니, 큰 숙모, 작은삼촌, 막냇삼촌, 막내 숙모, 작은 숙모님

60년대 중반 이후 지세포중학교가 있던 면 소재지인 지세포는 당
시 망월초등학교를 다녔던 나에게는 하나의 신문명이 있는 도회지
로 다가왔었다. 탁구, 배구 등의 구기 종목을 그물을 쳐놓고 정식으

로 하는 모습들을 중학교에 입학하여 처음 구경했으며, 중학교 시절 내내 입맛을 달구었던 국화빵과 찐빵을 맛볼 수 있는 곳이었으니 말이다. 70이 넘은 지금도 길거리를 지나다가 국화빵이나 찐빵을 만드는 곳이 보이면 꼭 들러 당시의 입맛을 추억하며 먹게 된다.

필자가 중학교를 다닐 무렵 선친은 거제 출신 김영삼 전 대통령을 자주 언급하면서 당시 26세의 젊은 나이에 국회의원이 된 그분을 본받으라면서 그분이 다닌 경남고등학교에 입학하기를 강력히 희망했다. 그러한 선친의 격려가 공부하는 데 원동력이 되었으리라 보고 있다.

중 1, 2학년 2년간은 망치 양지마을 본가에서 지세포중학교까지 20리 길을 아침저녁으로 걸어 다녔었다. 당시 도시락과 책이 든 묵직한 가방을 어깨에 매고 걸어 다니면서 처음으로 접해보는 외국어인 영어 단어와 본문을 레슨 원에서부터 시작하여 책을 마칠 때까지 외우기에 치중했었다. 당시 노총각 선생님으로 알려진 영어담당 김석근 선생님이 영어책 본문을 수업 시작 15분 동안 할애하여 본문을 외우는 학생에게 칭찬과 격려를 해주는 까닭에 자연스럽게 영어 본문을 외우는 일이 나에게 부여된 사명처럼 여기고 매달린 셈이다. 그 결과는 성공적이었다. 1학년부터 필자의 중간, 기말 영어 성적이 아주 좋은 성적으로 매겨졌기 때문이었다. 그 영어 선생님의 시험문제는 항상 문장 중의 의미 있는 단어에 괄호를 해놓은 문제였기 때문에 본문을 외운 학생의 경우 만점 받기는 식은 죽 먹기였기 때문이다.

영어점수가 어느 정도 만족한 성적으로 나오기 시작하자 영어 교과서 외에 『삼위일체』라는 책을 구입하여 독학도 하게 되었고, 나아가 다른 과목에의 관심도 깊어졌으며 결국 전체 성적이 오르기 시작한 것이다. 영어과목이 성적향상의 마중물이 된 셈이었다. 담임 선생님이었던 그 노총각 선생님은 항상 학생들의 시험이 끝나고 나면 시험 성적을 일일이 공개하고서는 호명하면서, 성적이 좋거나 향상된 학생에게는 격한 칭찬을, 성적이 나쁘거나 후퇴한 학생에게는 질책을 병행했기 때문에 나의 이름을 호명하고 성적이 공표되는 순간마다 느끼는 기분은 그간 쌓였던 모든 피로를 씻어주는 청량제였으며, 공부에 대한 불꽃을 튀겨주는 일이었다.

특히 그땐 한 학년 전체가 A, B 2개 반이었는데, 그 가운데 특히 우리 A반은 30여 명의 여학생 전체와 성적이 상위권인 20여 명의 남학생만으로 구성된 반이었으니, 사춘기의 여학생 앞에서 느끼던 즐거움은 반세기가 지난 지금까지도 그 진한 감동의 여진을 느낀다고 하면 과장된 것일까.

그 당시 학교 운동장 가에는 초여름이면 장미가, 가을이면 코스모스가 진한 향기와 아름다운 자태를 뽐내던 시절이었다. 지금도 중학교 동기회만은 빼놓지 않고 참석하여, 당시 말 없는 가운데 부러움의 응원을 보내주었던 친구들의 호의에 감사하다는 마음을 전해주려 노력하고 있다.

한편 선친의 뜻대로 거제를 벗어나 부산의 경남고등학교에 입학하게 된 나는 기쁨도 잠시였고, 3년 내내 서울대학교를 목표로 한 입시에 매달리게 되었으며 시골 출신이 갖는 무언가 부족한 2%를 극복하는 데 매우 힘들었던 것 같다.

중학교에서는 농업 과목을 배웠는데 입학하자마자 상업과목을 배우면서 한때 공부에 대한 회의를 느낀 적도 있었다. 다행히 상업 과목은 대학입시에 있어서 중요 과목이 아니었기에 다른 중요 과목을 위한 배려로 한 학기 동안 배워야 할 상업과목 교재를 2개월 만에 끝내기는 했었다.

하지만 나에게 있어 그 두 달 동안의 충격은 큰 것이었다. 도회지에서 중학을 졸업한 대부분의 친구들은 중학교에서 상업과목을 이미 배우고 고등학교에 입학했으니 기본적인 개념들을 꿰뚫고 있었는 데 반해, 중학교에서 농업과목을 배우고 고등학교에 간 나는 상업과목 시간만 되면 저절로 고개가 숙여지는 그 기죽은 자신의 모습에 너무나 한심스런 생각으로 충격에 싸였던 것이었다.

중학교 시절 흠뻑 느끼던 장미들의 그 진한 향기는 다 어디로 날아간 것이었을까? 고등학교 1학년 담임 선생님이 학기 말 성적 통지표 담임란에 학부모인 나의 부모님에게 쓴 한 줄의 글이 지금도 선명히 머릿속에 각인되어 있다.

"객지에서 무척 노력하는 편이나 우수한 성적은 못 됩니다."

이 문장이 적힌 나의 고등학교 1학년 학기 말 성적 통지표가 하필이면 유일하게 현재까지 한 장 남아 있어, 한 번씩 펼쳐볼 때마다 당시 고통스럽던 그 시절의 나의 초상화를 떠올리게 함과 동시에 잔잔한 미소를 짓게 한다. 중학교 시절의 그 많던 장미꽃 송이들과 나를 취하게 만들었던 그 장미꽃 향기가 사라지고, 상업과목에서 기죽던 고등학교 시절의 초상화가 성적 통지표 속의 담임 선생님의 그 짧은 편지글 속에 고스란히 새겨져 있기 때문이다. 고교 시절은 그 명성만큼 결코 나에게 있어서 화려하지 못했다.

고등학교 3학년 말 대학입시를 앞두고 밤마다 뱉어내던 심한 기침과 오후면 어김없이 찾아오던 이마의 미열, 그리고 수업시간마다 느끼던 졸음과 피로감이 결국은 폐에 공동이 난 활동성 폐결핵으로 판명이 나고, 그리하여 서울 사범대 국어교육과를 지원했던 원서 접수증 마저 쓸모없게 되었을 때 몰려오던 그 허탈감은 세상일이란 게 내가 하고자 한다고 해서 억지로 되는 게 아니라는 평범하면서도 뼈아픈 사실을 인식시켜 주는 계기가 되었다. 게다가 선친의 자식 공부에 대한 기대감의 배반이었기 때문이었다.

서울대학교 입시를 앞둔 긴박한 시기에 학교에 나가 같은 반 친구들과 대학입시 예상문제를 점검하지 못하고, 결국은 대학입시를 포기하고 골방에 누워 쏟아져 나오는 기침을 참아가며 졸업식 때까지 며칠을 보낼 수밖에 없었던 시기와 졸업식이 끝나자마자 거제에서 올라온 어머니와 부산의 외숙모님과 함께 중국집 짜장면 한 그릇으로 먹는 둥 마는 둥 때운 뒤 곧바로 거제 고향으로 내려가 2년간 결핵 치유의 시간을 보냈던 기간은 육체적으로나 정신적으로 유배의 삶을 산 시기였으며, 그 많을 것 같았던 장미꽃들이 말라버려 향기가 사라진 참혹하고도 인내하는 시간들이었다.

선친의 사업 실패로 인해 집안 사정이 급히 옹색해진 것은 중학교, 고등학교 그리고 대학 시절까지 그 영향이 계속되었다.

부산대학교 국문과를 다니던 시절은 선친의 사업 실패와 작고하심으로 인해 형님의 학비 지원을 받으며, 비좁은 누님댁에서 신세를 졌으나 경제적으로 힘든 시절을 보냈고, 그런 와중 면학도 옹골차지 못한 채 보냈던 것 같다.

대학 졸업과 함께 고교 교사 자리를 일단 얻어놓고 대학원 석·박사 과정을 밟았지만 여전히 나 자신을 만족시킬 정도의 공부는 되지 못하고 있음을 항상 느끼고 있던 중 국문과 조교를 거쳐 1991년 초 창신대학교에 부임하여 교양 국어와 한문을 가르쳤고, 1999년에는 문예창작과를 신설하여 현대소설론, 현대문학비평론, 대중문학론 등을 강의했다. 아울러 학보사 주간, 문예창작과 학과장을 맡았다.

전공이 현대소설 이론과 비평인 관계로 소설작품의 분석에 관심을 갖게 되었고, 작품에 등장하는 수많은 작중인물들의 삶을 통해 한 번밖에 살 수 없는 인간의 유한한 삶을 여러 번 경험하고 반성하게 함으로써 결국 다른 사람의 삶도 이해하게 만들 뿐만 아니라 항상 보다 나은 삶에 대한 꿈을 꾸면서 남들과 함께 사는 삶의 보람을 생각하며 진정으로 가치 있는 삶을 발견하도록 하는 소설 장르가 갖는 생리가 나를 매혹하고 있었다.

소설 장르는 흔히 별빛이 숨은 이 시대에 소설의 주인공이 자신의 영혼의 고향을 찾아 떠나는 여행에 비유되는 장르이기에 자신의 진정한 모습을 보고자 하는 사람들에게는 선택이 아니라 필수품이라 할 수 있으며, 문학 그중에서도 특히 이상에서 말한 특성을 지닌

소설 장르를 전공으로 공부할 수 있게 된 것을 매우 행복한 선택을 했다고 자부하곤 했었다.

'자신의 영혼의 고향을 찾아 떠나는 여행'인 소설에 관심을 갖다 보면 자연스럽게 현실적인 고향도 생각하게 되고, 그래서 현재《거제신문》에 〈문학 속의 거제〉를 연재하고 있는 것도 이러한 지향의 한 흐름임이 틀림없다고 생각한다.

고전강좌 시간

논어강좌 종강식

지금은 거제지역 유림과 시민들을 대상으로 2013년부터 2024년 현재까지 매주 목요일 오전 10시부터 12시까지 2시간 동아시아의 고전들과 『논어집주』를 비롯한 사서들을 강의하면서 노후의 제2의 인생행로에 더욱 만족하고 있다.

꽃처럼 아름다운 이름
금낭 숙모님

(135p 가족사진 중 맨 뒷줄 오른쪽에서 두 번째)

금낭화의 꽃말은 '당신을 따르겠습니다'인데 꽃의 모양이 아래로 고개를 숙이고 있어 겸손과 순종을 의미한다고 한다. 복주머니 모양과 비슷하고 꽃가루 색이 황금색이어서 금 주머니 꽃이라는 뜻인 금낭화라 이름이 붙었다.

삶이란 무엇인가? 어떻게 살아야 하는 것일까?

지난 시대를 험난하게 살아온 우리의 부모 세대들에게 있어서는 어떤 대답을 들을 수 있을까?

이런 물음에 대한 답은 사람마다 다양할 것이다. 지금, 이 자리에서는 칠순을 맞이한 나이에 젊은 시절 못 배운 불운의 한을 보상이라도 하듯이 당당히 자신의 삶을 기록으로 남기고자 하는 나의 막내 숙모님이신 윤금낭 숙모님에 대한 기억을 통해 그 해답의 실마리를 찾아보기로 한다.

나의 기억 속에 각인된 윤금낭 숙모님의 인상은 몇 가지 장면과 조우한다.

첫 번째 장면은 숙모님이 숙부님으로부터 물세례를 받던 모습이다. 이 장면은 내가 나서 자란 망치 고향 집 방앗간이 있던 아래채의 풍경이 그 배경이 된다. 나의 어린 시절-아마 대여섯 살 되었을 무렵이었을까? 한순간의 기억인지라 내가 무엇 때문에, 왜 방앗간이 있던 아래채에서 숙부님과 숙모님의 물 세리머니 현장에 서 있게 되었는지는 기억이 없으나, 막내 숙부님이 무엇 때문인지 화를 내시면서 양철로 만들어진 세숫대야에 담긴 물을 좁은 대청마루에서 마당 쪽으로 숙모님에게 퍼붓던 한 컷의 장면이다. 지금도 세숫대야를 떠난 물들이 마치 바람에 나부끼는 치맛자락처럼 허공으로 춤추며 달려가고 있는 듯한 모습이 정지된 장면으로 내게 남아 있다.

그와 동시에 날아가는 물살들을 피해 약간 상체를 뒤틀며 기울인 숙모님의 모습도 50여 년의 시간을 묶어둔 채 분명히 정지된 한 장의 흑백사진으로 인화되어 있는 것이다. 물론 이때 숙모님의 반응은 침묵이었다.

1953년, 휴전된 그해 연말, 음력으로 동짓달 초여드렛날, 내가 이 세상에 막 태어났을 무렵, 숙부님이 6.25 전쟁에 참여했다가 휴전이 되자 마지막 휴가를 나왔다는 사실이 맞는 얘기라면, 숙부님의 물세례 사건은 적어도 휴전 후 5, 6년이 지난 시점임을 알 수 있다. 전쟁을 피해 거제로 피난 온 피난민 가족들이 살다간 낡은 방앗간 채에서 전쟁의 상흔으로 국가의 위기관리가 제대로 되지 않던 시절,

재 너머 고현에는 포로수용소가 설치되어 당시 거제에 50만 명에 육박하는 인구가 살고 있던 점을 고려한다면, 신혼살림을 살고 있던 숙부님과 숙모님의 생활이 겪을 수 있는 어려움은 한두 가지가 아님은 말할 것도 없었을 것이다.

이런 어려움 속에서 숙부님이 숙모님에게 던진 물세례의 세리머니를 침묵의 몸짓으로 수용한 것은 고난의 시기를 건너뛰는 의미 깊은 예술의 한 동작처럼 더욱 빛나는 장면인 것이다.

두 번째 장면은 숙모님이 수술로 인해 아픈 남편의 입맛을 위해 정성을 다해 마른 소나무 잎으로 밥을 짓던 장면이다. 숙부님이 40대 무렵 폐 수술을 하고 고현 옛 양철 지붕 집에서 회복을 하고 있을 무렵, 나는 엄마를 따라 삼거리 재를 넘어 걸어서 고현까지 숙부님의 병문안을 갔을 때다.

당시 숙부님은 수술 후 입맛이 없자 차린 밥상, 특히 밥에 대해 불평을 했었고 숙모님은 그 요구에 맞추느라고 정성을 다해 약간의 물기와 윤기가 차르르 흐르는 '몰짝한' 쌀밥 짓기에 심혈을 기울이던 모습이 아직도 짠한 모습으로 각인되어 있다.

그때만 해도 땔나무로 불을 때던 시절인지라 숙모님은 밥 한 공기를 짓기 위해 솥뚜껑을 몇 번씩 열어보며 물기를 확인해 가면서 정성껏 한 줌 한 줌의 솔잎을 밥솥 아래로 밀어 넣는 모습이었다. 한 줌의 솔잎이 지나쳐도 밥의 물기는 사라질 것이고, 모자라도 밥의 물기가 많이 남을 것이니 그 적당한 때를 맞추려는 동작은 장인이 완성품을 향해 마무리 작업을 조심조심 끝내려는 긴장된 순간을 연출하고 있었던 것이다.

세 번째 장면은 숙모님이 가족들의 아침 식탁을 위해 열심히 양파를 굽던 장면이다. 나는 선친의 열성적인 뜻에 따라 부산의 경남고등학교에 입학하기 위해 지세포중학교를 졸업한 뒤 몇 달간을 숙부님 댁에서 기숙하면서 고현중학교에 과외 학생으로 재수를 한 적이 있었다. 이때 용호 사촌 동생이 고현중학교 2학년으로 같이 학교에 다니고 있었다. 숙부님 댁에도 동생들이 많았었는데 큰 집에서 온 조카인 나까지 보태었으니 지금 생각하면 별 면목이 없는 일이었지만, 나는 별다른 의식도 없이 숙부님 댁에서 학교에 다닌 것이다.

늦은 봄날 아침 식사 시간, 숙모님은 식사할 엄두도 못 낸 채 호마이카 식탁 주변으로 둘러앉은 가족들의 식탁 위에 납작하게 썬 양파를 밀가루 반죽에 묻혀 프라이팬에 굽는 일에 열중하고 있었다. 숙모님은 곁눈질할 틈도 없이 양파를 굽고 있었고 철없는 우리들은 그 양파구이 맛에 홀려 양파가 익혀 나오기가 바쁘게 그야말로 게걸스럽게 먹어치우는 일에 거의 도취되다시피 한 것이다.

구워진 양파를 다 먹은 다음엔 프라이팬에 놓인 양파가 아직 굽히지 않은 경우엔 모두가 안달을 하며 젓가락을 쥔 채, 마치 아프리카 원주민들이 사냥감을 잡기 위해 기다란 창을 들고 숨죽이고 있는 모습처럼, 그 현장을 엿보고 있었는데도 숙모님은 얼굴 찌푸리는 일 없이 묵묵히 자식들의 식욕을 만족시켜 주기 위해 오직 양파 굽는 일에 열중하던 그 모습이 어찌 감동스럽지 않을 수 있을 것인가?

네 번째 장면은 숙모님께서 손수 만들어 보내주신 조청으로 버무린 콩가루 볶음으로 우리의 사춘기를 보내던 시절에 대한 기억이다. 내가 고등학교 1학년이던 때 용호 동생과 부산 대청동 골목 문화독서실에서 같이 기거하면서 공부했던 시절의 이야기다. 둘은 독서실에서 같이 자고 인근 식당에서 식사를 해결하면서 공부하던 때였다.

독서실의 침실이라고 해야 10시가 넘으면 시멘트 바닥을 청소한 다음 걸상을 나란히 모아 담요를 깔고 자는 형편이었다. 한창 식욕이 왕성할 때여서 먹는 음식들이 좀 부실하기 마련이었고 그래선지 항상 군것질에 관심이 가기 마련이었으나, 생활비가 넉넉지 않았던 관계로 맘대로 군것질도 할 수 없는 처지였다. 이 무렵 고현 숙모님께서 손수 만든 조청에 버무린 볶은 잡곡 가루를 한 단지 보내오셨다. 용호 동생과 나는 이것을 책상 서랍 빈칸에 넣어두고 기회 있을 때마다 꺼내어 몇 숟가락씩 떠먹던 기억이 생생하다. 3개월은 넉넉히 먹었던 것 같다.

통금이 있던 시절, 밤이면 음산한 대청동 문화독서실 골목길로 찹쌀떡 청년의 외침 소리가 지나가고 나면 매일 늦은 밤마다 들려오는 암수 고양이들의 앙칼진 소리가 도회의 무서운 맛을 더욱 고조시키는 가운데, 고향 집이 그리워지면서 무의식적으로 조청 버무림 미숫가루 단지를 꺼내어서 무언가 모를 서러움 같은 정서를 달래곤 했었다. 고향에서 만들어온 미숫가루 조청 버무림은 객지에 나가 있던 사춘기 우리들에겐 든든한 위안의 음식이었던 것이다.

이상의 몇몇 단상에서 드러나듯이 숙모님은 성실하고 인내하는 삶을 통해 어려운 고비를 슬기롭게 극복하였으며, 주변의 사람들에게도 드러내지 않는 숨은 인정으로 은근한 인간미를 보여주었다. 그럼으로써 삶이란 화려하지도 그렇다고 비극적이지도 아니한, 성실하고 인내하는 우리들의 일상을 통해 완성되어 나가는 것임을 침묵으로 행동으로 보여주고 있다고 하겠다.

꽃같이 아름다운 이름을 지닌 금낭 숙모님에게 이 글을 통해 다시 한번 감사한 마음을 전하고 싶다. 감사합니다, 숙모님.

이런 마당극을
보셨나요

며칠 전 경남고등학교 27회 동기회 홈페이지에 들어갔다가 동기회 홈페이지 개설에 대한 감사의 표시로 27회 동기회 홈페이지에 참가하는 모든 분들에게 감 홍시 한 접시를 선사한다고 했더니 서울 사는 발 빠른 김수인 친구가 서울 출신 어부인을 감동시키고 싶다면서 한 접시를 어떻게 받을 수 없겠느냐고, 그걸 어떻게 보낼 것이냐고, 감 홍시를 깨뜨리지 않고 보내는 수송의 방법까지 걱정하는 글을 동기회 홈페이지 위에 남기고 있었다. 수인이 친구에게 먼저 감사하게 생각한다.

만난 지 수년이 된, 그리하여 수인사조차 나누기 어려울 정도로 각자의 일상에 묻혀 살아야 했던 경남고등학교 27회 동기들이 동기회 홈페이지가 개설되자 이처럼 호응이 좋은 것은, 모두가 일상 속에 묻혀 지내다가 때로는 향수를 느끼고는 불쑥 땅 위로 얼굴을 내밀고 있는 행위임을 알 수 있다.

그 향수 속에는 고교 시절 즐겨듣던 청운의 꿈을 안고 현해를 굽이치는 고래와 같이 뜻을 키워온 우리의 자화상에 대한 반성적 의미도 들어 있는 것이다.

사실, 감 홍시 한 접시는 감사를 전하는 마음의 상징물로서 수송에는 전혀 걱정할 바 없는 것이었고, 약속을 남발하더라도 부도가 전혀 일어나지 않는 것이지만, 올해같이 감을 비롯한 과일이 풍성한 때에도 고향의 감 홍시 한 접시를 받아보고 싶어 하는 친구의 소식에서 애틋한 향수를 읽을 수 있다.

바야흐로 풍성했던 과일 나무들도 가지 끝에서 마지막 향수를 키우다가 다시 내년을 준비하기 위한 침묵의 시간을 맞이하고 있다. 자연 상태의 과일은 해마다 풍성하게 그 결실을 맺는 것은 아니다. 어떤 해는 예년의 풍성함과는 달리 아주 빈약한 과일을 가지 끝자락에 몇 알 남기는 경우가 더러 있다. 이런 해는 과일나무가 해거리했다고 말한다. 말하자면 과일나무가 한 해를 스스로 휴식의 해로 삼아 기운을 조정하는 것이다. 묘한 자연의 섭리가 아닐 수 없다. 우리도 일상에 묻혀 살다가도 가끔씩 머리를 들어 자연이 주는 휴식의 섭리를 따라볼 일이다.

나의 고향은, 앞으로는 바다가 넓은 정원처럼 펼쳐져 있고 뒤로는 산들이 병풍처럼 둘러싸인 곳으로, 이름이 양지(陽地)라는 마을이다. 겨울에는 볕살이 유달리 부드럽고 온기를 느낄 수 있는 곳이라 옛사람들이 그렇게 이름을 붙여놓은 것 같다. 그곳에서의 초등학교 저학년 시절, 우연히 관람한 대추나무 해거리의 마당극 축제 한 장면을 소개하고자 한다.

우리 집 아래 타작마당 가에는 대추나무 한 그루가 있었는데, 그해에 예의 그 해거리를 맞이한 해라서 나무에 대추가 빈약하게 매달려 있었다. 어느 날 흰 수염을 곱게 기른 우리 할아버지가 짚으로 성글게 엮은 커다란 가마니를 오른쪽 어깨에 둘러메고는 손자인 나를 보고 대추 따러 아래 마당으로 같이 가자는 게 아닌가. 대추가 거의 열리지 아니한 것을 알고 있는 나로서는 저렇게 큰 짚 가마니를 둘러매고 대추 따러 가자니 이상할 수밖에. 하여튼 아들 귀한 집안에서 나를 극히 사랑했던 할아버지의 말씀이니 두말 않고 뒤를 졸졸 따라갔었지.

대추나무에 올라가 잘 익은 대추 몇 알을 나무에 남겨두고 몇 알을 따서 가마니에 넣는 데 한참이나 걸리시더니, 천천히 나무에서 내려와 가마니를 어깨에 메고는 황톳빛 마당에서 큰 원으로 빙글빙글 돌면서 "아이고 무거워라! 아이고 무거워라!"를 연발하시는 게 아닌가! 이를 지켜보던 나는 할아버지의 행동이 하도 재미있어서 그런 행동의 이유도 모른 채 그저 박수를 치며 할아버지 뒤를 따르고 있었던 것이다. 관객인 나는 뜻도 모른 채 할아버지의 우스꽝스런 행동에 덩달아 춤을 추고 있었고, 할아버지는 단 한 사람의 관객만이 지켜보는 가운데서도 흥을 잃지 않고 덩실덩실 춤을 추고 있었다. 말하자면 대추나무 해거리 축제의 한 마당을 할아버지와 손자가 각기 배우와 관객이 되어, 멀리로는 수평선이 바라보이는, 볕 잘드는 양지마을의 황토마당을 무대로 공연하고 있었던 셈이다.

할아버지는 관객이 작다고 불평하지도 않으셨고, 나는 공연이 너무 단조롭다고 불평을 하지도 않았다. 할아버지와 손자 둘 다 공연에 만족하고 있었으며, 배우와 관객은 하나 되어 마당극에 참여하고 있었던 것이다.

나는 몇 알의 대추를 짊어진 할아버지가 마치 한 가마니 가득 짐을 진 것처럼 뒤뚱거리면서 "아이고 무거워라! 아이고 무거워라!"라고 소리치는 할아버지의 해학적이고 반어적(反語的)인 동작과 대사에 볕살 따스한 오후의 한 때를 즐기고 있었던 셈이다.

할아버지는 까치밥이라 하여 날짐승을 위한 몇 알의 먹이를 남겨두었고, 다음 해에는 가마니에 가득히 대추가 담겨지도록 기원을 하고 있었던 것인데, 이를 흔히 동종주술(同種呪術)이라 하는 것임을 먼 훗날에야 이해하게 되었던 것이다. 보잘것없는 수확을 하고서도 낙담하거나 성내지 아니하고 다음 해에 풍성한 수확을 기원하는 낙천적인 삶을 해학적인 동작으로 표현하고 있었던 것이며, 자연의 섭리를 스스로 터득하고 작은 수확에도 불구하고 날짐승까지 배려하는 순박한 농부의 마음임을 이해하게 되었을 때는 이미 마당극 배우였던 할아버지가 고인이 된 뒤였다.

배우는 자연의 섭리를 설명하지 아니하고 동작과 대사로 묘사하고 있었던 셈인데, 아둔한 관객은 그것의 속 깊은 뜻을 뒤늦게야 이해하게 된 것이다.

심원암에서
보낸 여름

자신을 돌아다볼 여유를 갖기 힘든 도회의 생활 속에서 조용히 자신과 주변을 새롭게 관찰할 수 있는 계기를 가질 수 있다면 그건 삶의 조그마한 보람에 값하지 않을까 싶다. 그중에서도 깊은 산속 암자에서의 생활경험은 삶의 보너스와 같은 행운이 아닐 수 없을 것이다.

이유야 어떻든 산속의 암자에서 얼마간 생활하는 기회를 갖는다는 것은 우리에게 매우 귀중한 경험이 될 것임이 틀림없다.

그런 점에서 고교 3학년 시절 대학입시를 앞두고 매일 밤 계속되던 기침의 홍수 속에 자신을 가늠할 수 없었던 때, 어쨌든 새벽까지 책상 위에서라도 한번 버티어 보려고 하얀 새벽을 책상 위에 엎드려 맞이한 아침, 일어나 거울을 보는 순간 백지장 같은 얼굴에나 자신이 놀랐던 것이다. 그때야 문제의 심각성을 깨달은 것이다. 결핵일 수도 있다는 뒤늦은 깨달음이었다.

부랴부랴 외삼촌 집을 뛰쳐나와 고등학교 교복을 입은 채로 옛 부산시청 부근 광복동 입구 쪽의 시민 의원을 찾아가 엑스레이 가슴 촬영을 한 결과를 들여다보던 의사 선생이 그 자리에서 자신의 입을 손으로 가리며 하는 말이 지금도 생생하다.

학생은 지금 결핵이 활동성이고 폐에 커다란 공동이 생겼기 때문에 시급히 치료해야 한다는 메마른 진단이었다. 당시 7.9대 1의 높은 경쟁률이 확정된 서울대학교 사범대 국어교육과에 원서를 낸 나는, 친구들은 삼삼오오 팀을 만들어 상경할 계획을 세우던 때인데, 이런 청천벽력같은 진단을 받고는 차라리 생을 포기하고 싶은 심정이었다.

의사 선생님은 우선 기침을 막으려면 약국에서 황산스트렙토마이신을 구입해 오라는 것이었다. 그래서 구입한 마이신을 책상 서랍 속에 넣어두었는데, 눈치를 챈 외숙모님이 나의 책상 검열을 한 결과 이 약이 발견되자 집안은 발칵 뒤집힌 것이다.

그때 당시 나는 외사촌들과 함께 생활하고 있었기 때문이었다. 즉시 그들과 방은 분리되었고 이불을 비롯해 대대적인 방역 소독이 있었으며 나는 하루속히 입시를 포기하고 고향을 내려가기를 학수고대하고 있었던 것이다. 졸업식을 며칠 남겨두고 있었기에 졸업식이나 마치고 고향으로 내려가려고 며칠 동안 등교를 중단하고 집에서 누워 있어야 했던 것이었다.

졸업식이 끝나자 중국집에서 나와 어머님 그리고 외숙모님 셋이서 짜장면 한 그릇씩을 시켜 먹고는 싸둔 짐을 정리하여 곧바로 귀향길에 올랐던 것이다.

그때로부터 1년이 지나도록 대한결핵협회를 찾아가 매달 약을 타 와 먹으며 건강을 추스르던 무렵 다시 대학입시 걱정이 슬며시 다 가왔고 그래서 찾아간 곳이 심원암이란 암자였다.

이 암자는 당시에는 너무 초라하였고 그 이름처럼 속세로부터 멀 리 떨어져 있던 탓으로 신도들이 그곳에 접근하기가 매우 힘든 곳 으로 소문나 있었으며, 깊은 계곡을 품에 안고 있었지만 멀리서 보 면 산봉우리의 언덕배기에 갓 눈 검은 소똥처럼 놓인 그런 절이었 다. 그 당시 지은 지는 70년가량 되었다고 하지만 초가에서 양철지 붕으로 개량한 지 얼마 안 되어 그나마 지존을 모시는 절로서의 품 위를 어느 정도 유지하고 있었던 것이다.

그곳에서 나는 부처님을 모셔둔 법당이 있는 건물의 옆쪽에 위치 한 조그마한 별도의 초가집 방을 한 칸 얻어 직접 밥 공양을 하면 서 공부깨나 해본답시고 안달을 하고 있었는데, 내 방과 벽 한 칸을 사이에 두고 이웃한 헛간이 바로 절에서 농사를 지을 요량으로 키 우던 소의 거처였다.

밤이 되면 이유도 알 수 없는 소의 한숨 소리가 자주 봉창 문 너 머로 짠 내음을 싣고 내 방으로 들려오기도 했다.

내가 거처한 방은 사방이 신문지로 초벌 바른 흙벽이었는데, 벽 구석마다 작은 나방, 벌레들이 구멍을 뽀끔뽀끔 뚫고 있는 그런 방 이었다.

나는 추녀 아래쪽에 주방을 차렸다. 말이 주방이지 주방이라고 해야 밥할 냄비와 숟가락, 젓가락 등이 고작이었다. 오후가 되어 책 을 보는 일도 지겨워지고 하면 2~30m쯤 떨어진 곳의 원시림에서 언제나 나뭇짐 한 짐을 해와 낮으로 가지런히 정리하여 추녀 밑에 쌓아두곤 했다.

한편 양식은 일주일마다 공급해 와야 했기 때문에 토요일 저녁 무렵이면 40리 정도 떨어진 집으로 가서 일요일 아침 일찍 돌아오곤 했다. 여름철이라 반찬 때문에 일주일마다 다녀오지 않으면 안 되었기 때문이다. 산사로 오르는 길은 인적이 거의 없는지라 행동이 참 자유스러웠다. 그래서 오르막길을 오를 땐 식량 보따리를 머리에 이고 오르는 게 훨씬 편했다. 머리에 물건을 이는 행동이 어찌 여성만의 전용이겠는가 하고 생각하며 고소해하기도 했다. 산사를 오르는 길은 가파르고 좁다란 오솔길이었는데, 그 길옆으로 풀들이 자욱이 자라고 있어서 습기 찬 여름철의 아침 길을 오르노라면 풀잎이 쏴아 하니 소리를 하며 흔들릴 때는 신경이 잔뜩 쓰이곤 했다.

그때는 항상 뱀이 있다는 신호였다. 뱀을 보면 징그럽다는 느낌보다는 죽이고 싶은 충동을 느끼는 것은 나만의 기행일까. 그렇지는 않을 것이다. 이브를 꼬여낸 신화 속의 저주가 인간의 내면에 잠재해 오다가 이렇게 노출되는 것이리라.

매끈하고 휘청거리는 나무를 꺾어 쏴 하며 흔들거리는 풀잎 속을 툭 하고 치면 뱀의 잔등이 부러지면서 행진을 멈추기 일쑤다. 그리하여 일요일 아침 길을 오르노라면 보통 5~6마리의 뱀이 수확되는 셈인데, 허리가 반쯤 부러진 뱀을 모조리 막대에 걸쳐 들고 신나게 절간 있는 곳까지 가서 계곡의 맑은 냇가에 포획물을 내려놓고는 모조리 껍질을 벗겨내어 꼼장어 닮은 몸체만 활엽수 잎사귀에 둘둘

말아 절간 사람들이 보지 못하게 처마 밑 주방으로 살짝 가져 들어가 밥 지은 다음에 남는 숯불에 굽는 것이다.

이처럼 전투적 자세를 가지고 용감하게 행동해야 했던 것은 그놈이 건강에 특히 좋다는 말을 들어 알기 때문이었다. 사실 그 당시 나는 몸이 상당히 허약해 있었기에 뱀 잡는 일에 집착했다. 그러던 중 어느 날 고교 1년생이던 절 주지 큰아들이 우연히 뱀 구이 하는 것을 보고는 옆으로 다가와서 요리를 도와주길래 같이 나눠 먹게 되었는데, 그 사실을 주지인 그의 아버지에게 자랑삼아 이야기한 탓에 주지스님 부부의 날벼락 같은 성화로 그 아들이 절간에서 내쫓기게 된 사건이 발생했었다. 할 수 없이 나는 그 녀석을 좁은 내 흙방에서 며칠간 곱게 하숙을 치지 않을 수 없었던 것이다.

살생을 금기시하는 불가에서 그것도 부처님이 지키는 도량 안에서 뱀을 살생하여 구워 먹기까지 하였으니 주지스님의 성화도 당연하였으리라. 하지만 그런 살생을 통하여 뱀의 암수를 가리는 안목이 생긴 것은 그때 얻은 수확 중의 하나였다. 보통 암놈은 꼬리가 뚱뚱한 데 반하여 수놈은 몸이 가늘기도 하거니와 꼬리가 아주 가늘게 되었으며 예리하고 탄력 있는 근육으로 이루어져 있다는 사실의 발견이었다. 또한 뱀이 가장 많이 나타나는 때가 아침, 그것도 비 온 후의 습기 찬 땅에 맑은 동녘의 햇살이 비추는 시간대라는 것도 알게 된 것이다. 뱀이 아침의 맑은 햇살을 보며 날름거리는 붉은 혓바닥은 저주의 몸짓이 아니라 자기의 건강을 지키는 아침 체조와 같은 것이라는 것도.

뱀 사건으로 주지스님을 대할 때마다 미안한 감이 없진 아니했으나 주지스님도 뱀 잡는 데 노련하다는 것을 알게 되었다. 어느 날 주인집 아들이 내게 다가와서 따라와 보라기에 갔더니 본당 추녀 옆 모퉁이에 조그마한 사과 상자같이 나무로 만든 궤가 있었는데, 그 속에 여러 종류의 크고 작은 뱀들이 우글거리고 있는 가운데 청개구리 몇 마리가 뱀들의 등에 올라타고 있는 게 아닌가. 청개구리는 아마 그 집의 꼬마 녀석들이 먹잇감으로 넣었던 모양인데 뱀들은 청개구리를 먹지 아니한 모양이었다. 뱀들이야말로 도량 경내에서 살생을 금기시하는 법도를 따르고 있었는지도 모를 일이었다. 스님은 간혹 산골로 찾아오는 땅꾼들에게 그것들을 팔기 위해 뱀들을 한곳에 모아둔 것이었다.

심원암의 주지스님은 나약한 체질의, 참선에 익숙한 구도승이 아니라 강인한 체력을 소유한 숲속의 거인 풍모였다. 이에 부인도 덩달아 강건했는데, 그래선지 그 절집의 자식들도 풍족했다. 성숙한 풍모의 스무 살가량의 장녀, 그 아래 고등학교 1학년인 예의 그 뱀 사건의 주인공으로부터 2살배기 젖먹이까지 모두 7남매의 형제들이 줄지어 태어났었다. 뒤에 풍문으로 들은 얘기지만 2명의 아이가 더 태어남으로써 총 9명의 아이들로 한 개 분대 병력에 해당된다고 들었다.

여름날 저녁을 일찍 먹은 어느 날 등에 땀이나 식히려고 법당 앞마루에 주지스님 가족들이랑 같이 앉을 기회가 있었는데, 주지스님의 체격이 매우 건장하다는 얘기를 했더니 기다렸다는 듯이 자랑을 늘어놓기 시작했다. 젊은 시절엔 10리 밖의 논에서 농사를 지어 커다란 가마니에 가득 담아 빈 몸으로도 걸어서 오르기에 힘든 산길을 두어 번 쉬고서 다녔다며 은근히 자랑하기도 했다. 수도승다운

절제의 체취는 없지만 원시림의 자연 속에서 맑은 공기와 물을 마시며 살아온 것이 건강을 지키게 된 비결인 듯했다. 아무리 전날의 노동이 심했다고 하더라도 이른 새벽의 예불만은 그르지 않고 불경을 외우기에 전심했는데, 불경의 어려운 한자 옆에는 연필로 그 독음을 기록해 두고 있었다.

그 스님은 맑은 공기와 물 탓인지 목소리가 그렇게 낭낭할 수 없고 또한 구수했다. 그 낭낭한 독경 소리만 들어도 마음이 한결 정결해질 수 있었음은 사실이었다.

1, 2년 터울의 형제들이 많아서 그런지 산속의 한낮은 외로운 곳이 아니었다. 간혹 울음소리가 터져 나오기도 하지마는 별로 크게 다투는 일이 없이 협동하는 것이 그들에겐 체질화되어 있는 듯했다. 절간 옆 계곡물에 고기잡이하러 가서 놀 때도 있었고, 또 그 절 옆엔 잔디가 잘 자란 묘지 한 기(基)가 있었는데 그곳이 그들의 홈그라운드였다. 권투, 레슬링, 축구 등 놀이 종목도 다양했다. 그들은 때로는 내가 있는 방문 앞까지 진출하기도 했는데, 그때엔 친절한 목소리로 그들을 가까이 불러 이야기를 하면 그들은 별다른 세상의 사람을 만나기나 한 것처럼 신기해하며 수줍어했다. 그런 때는 꼭 무언가 먹을 것을 그들에게 주기도 했다. 볶음, 미숫가루, 하다못해 마른 멸치까지도 그들에겐 우주인의 식량처럼이나 소중히 여기며 먹곤 했다. 장녀와 젖먹이를 제외한 대부분이 학교를 다니고 있었는데, 고등학생 하나, 중학생 하나, 초등학생이 셋, 모두 5명이 학생이었다. 15리 이상의 먼 거리를 다녀야 하기 때문에 보통 함께 다녀야 했다. 특히 비 오는 날 냇물을 건널 때는 고등학생인 주지 아들이

등굣길과 하학 길의 책임관이었다.

고등학생과 중학생은 우산을 하나씩 갖고 다녔으나 초등학생들은 비옷으로 특별히 손 맞춤한 것을 사용했다. 비닐로 된 빈 비료 포대를 거꾸로 둘러쓰고 얼굴 부분만 구멍을 뚫어서 그 주변을 바느질한 것이었다. 좀처럼 비가 샐 이유가 없었고 바람이 불어도 걱정할 이유가 없는 기발한 옷감이었다.

이들은 또한 무서움을 모르도록 훈련되어 자라난 듯했다. 중학교 다니는 꼬마 녀석 말에 의하면 부처님이 자기들을 돌봐주기 때문에 겁나지 않다는 것이었다. 이는 스님의 교육에 의해 형성된 마음들일 것이었다. 그뿐만 아니라 스님은 많은 아이들의 질서유지를 위해 법당 방 안에 항상 잘 손질된 회초리를 아이들의 숫자만큼 준비해 두고 있었다.

추수기가 되면 주지스님과 그의 아내는 멀리 떨어진 전답으로 추수하러 나가고 애들만 남게 되는데, 추수하여 곡식을 이고, 지고 절간에 당도하면 보통 밤중이 넘는다고 했다. 밤중쯤 되면 이들이 깊은 산길을 통해 등불을 들고 마중을 가야 하는데, 마중을 떠나기 전에는 반드시 그들 특유의 신호방식을 사용한다고 했다. 그건 다름 아닌 타잔식 신호법이었다.

절에 오르는 길은 고동처럼 산 계곡을 둘러서 오르게 돼 있어서 절이 있는 곳과 부모님들이 오르는 길과는 사실상 반대 방향에 위치한 셈인데, 밤중쯤이면 몇 명이 교대로 절간 옆 빈터에 나가 타잔식 괴성을 외치면 그 소리가 계곡을 따라 돌아서 반대 방향으로 나아가게 되어 있어서 먼 산발치에 그들의 부모들이 오면 이 소리를 듣고 그와 꼭 같은 방식의 회신을 보낸다고 했다. 이 회신의 음성을 듣고서야 등불을 들고 마중을 떠난다는 것이었다. 어머니, 아버지, 하고 부를 수도 있는 일이지만 타잔식 음성이 그들만의 약속이었다.

주지스님은 그의 스님의 업을 장남에게 물려주려고 간간이 불경을 따라 암송하게 한 모양이지만 고 1년인 그의 장남은 뱀 사건에서도 드러나듯 오히려 그런 일에 관심이 없는 모양이었다. 큰딸은 제법 성숙해 있었다. 앳된 처녀티가 나는 그녀였다. 다른 애들은 얼굴에 기름기가 없고 까칠했지만 유독 큰 딸애만은 불그스레한 뺨이 건강미를 나타내주고 있었다. 언젠가 비가 몹시 내려 추녀 밑까지 들이쳐서 밥 지을 나무가 젖어 도저히 밥을 할 엄두를 내지 못하고 방에 들어앉아 있노라니까 곰팡냄새 나는 묵은김치 한 사발과 말린 산채 반찬을 곁들인 밥 한 공기를 가져다주면서 미안해했다. 미안해해야 할 것은 나인데도 말이다.

하루해가 끝날 무렵이면 절간이 있는 산마루를 비추는 석양의 노을빛은 사람을 감동시키는 신비가 담겨 있었다. 황천! 노을진 하늘의 그 강렬한 이미지는 50여 년의 세월을 사이에 두고도 변색되지 않고 있다. 석양 무렵이면 자주 뒷산에 올라 서성이며 제법 분위기에 어울리는 가곡을 선정해 불러도 보았는데, 산짐승들이 어두워가는 숲속에서 소름이 끼치도록 급작스레 질주하는 때가 많았다. 그때쯤 되면 조용히 내 흙내음 나는 방으로 내려와야 했다. 겁 없는 산사의 아이들과는 달리 사실 내가 겁을 먹고 있었던 셈이다.

산사에선 나를 제외한 모든 것이 겁먹지 않는 듯했다. 심지어 뒷간의 쇠파리들도 제멋대로 분주했다.

몇 달이 지난 뒤 귀가해야 했을 때 '우리 절에서 공부했던 사람치고 크게 안 된 사람 없다'며 격려해 주며 합장하며 악수를 청하던 주지스님과 부인, 그리고 그 옆에 일렬로 도열해 선 그 꼬마 가족들의 의미 있는 눈망울들이 마치 도전 지구탐험에 참여했던 대원들이 오지체험을 마치고 돌아올 때의 모습처럼 몇 번이고 나의 걸음을 멈추고 뒤돌아보게 했는데 지금은 모두 어디서 무엇들을 하며 지내는지 서신이라도 전해야겠다. 그들의 행복했던 모습들을 다시 보고 싶다고, 그들의 순박한 마음씨를 다시 접하고 싶다고 말이다.

언젠가는 그 암자를 찾아 지존님 앞에 엎드려 50여 년 전 지존님의 경내에서 계율을 어기고 뱀을 살생한 데 대한 무지의 업보를 참회해야겠다.

3부

문화기행
버스특강

통영문화기행
- 박경리와 청마 유치환을 중심으로

일시: 2010년 6월 27일(일)

주최: KNG27 본부동기회

제2회 KNG27 문화기행 일정 안내

1. 일시: 2010년 6월 27일 일요일
2. 목적지: 통영
3. 출발지: 1호차 - 해운대 동백섬 까멜리아 아파트, 07시 출발

   2호차 - 교대 앞, 07시 출발
4. 참가자: 59명

   1호차 탑승자 백민호 외 31명

   2호차 탑승자 이상열 외 26명
5. 차량: 관광버스 2대
6. 식사 장소: 점심- 통영 중앙시장 등대횟집(055-646-8283)

   저녁- 부산 구서동 등산로 순두부집

7. 참가비: 1인 30,000원, 2인(부부) 50,000원

* 통영 문화기행 코스

　부산(1호차: 해운대 동백섬 까멜리아 아파트, 07시 출발/2호차: 교대 앞, 07시 출발) → 진영휴게소 → 통영 I.C. → 통영대교 → 전혁림미술관 → 박경리공원(기념관, 묘소, 수석전시관) → 한국의 아름다운 길, 산양일주도로 → 달아공원 → (중앙시장 주차 후)등대횟집 점심(14시 00분~15시 30분) → 동피랑 산책 → 청마문학관 → 청마생가 → 부산으로 출발(오후 5시경) → 부산 구서동 등산로 순두부집에서 저녁 식사 후 해산

통영의 역사

'통영'이란 명칭

　통영이란 지역 명칭은 수군 통제령이 있었던 것에서 생겨난 지명이다. 통제령, 즉 통영이 된 것이다. 일제시대 통영군이라고 불리던 것이 1955년 통영읍이 충무시로 승격되면서 통영군과 충무시가 분리되었고, 1995년 1월 1일 다시 충무시와 통영군을 통합하여 통영시라 개칭하였다. 물론 지역민의 여론조사를 통하여 통영으로 변경하였다. 충무나 통영이란 지명은 모두 이순신 장군의 영향을 받은 지명인 셈이다.

통영의 지세

통영은 한반도의 등뼈 백두대간의 끝자락인 지리산 영신봉에서 동으로 뻗은 낙남정맥이 사천의 와룡산에 이르고 여기서 한 지맥이 고성반도로 뻗어 통영시 광도면 벽방산으로 연결되고 이 기운이 통영시 용남면 제석봉으로 모였다가 다시 통영의 주산인 여황산을 형성한 것이다.

통영의 개황

첫째, 통영은 구국의 현장이다.

통영은 한촌으로 오랫동안 역사의 뒤안에서 묻혀 지내다가 1592년 임진 국난을 맞아 충무공 이순신 장군이 통영 앞바다에서 세계 해전사에 찬연히 남은 '한산도대첩'을 이룩하면서 역사의 전면으로 떠오르게 되었다. 서해로 통하는 물목인 한산도에 삼도수군통제영을 설치하여 제1대 통제사로서 전쟁을 승리로 이끈 것이 한산도대첩이었다.

둘째, 통영은 해안 방어의 요새이자 삼남 물류의 중심지였다.

임진왜란이 끝난 뒤 6년 후 제6대 통제사 이경준이 선조 37년인 1604년 이곳에 삼도수군통제영을 한산도로부터 이전 설치함으로써 통영의 역사가 개막되었다. 이 이후 통영은 약 300년간 삼남의 해안 방어를 통할하는 삼도 수군의 본영으로서 삼남 물류의 중심지이자 삼남 해운의 요지로 성장했다.

셋째, 통영은 전통공예의 산실이었다.

임진왜란이 끝난 후 이경준 통제사가 이곳 통영 두룡포에 통제영을 옮겨 와서는 전국에서 손끝 야문 장인들을 불러모아 공방을 일으켜, 18~19세기에는 통제영 12공방에서 생산된 각종 공예품은 국내는 물론, 멀리 중국과 일본에까지 명성을 떨쳤다. 1895년 통제영이 혁파되자 공방의 장인들은 더러는 외지로 떠나고 더러는 남아 개인공방을 차리고 전통공예의 맥을 이었다.

넷째, 통영은 개화의 선봉이었다.

19세기 말엽 개화의 물결이 한반도를 향하여 밀려올 때 통영은 앞장서서 개화를 받아들인 곳으로 유명하다. 딴 고장보다 일찍이 자본주의 경제체제를 받아들여 부를 축적했던 통영은 해방 후 정부수립 때까지만 해도 경상남도에서 지주가 가장 많은 부유한 도시였다.

다섯째, 통영은 한국 수산의 향도 구실을 해왔다.

통영해역은 풍부한 영양류, 알맞은 수온, 수많은 섬들과 리아스식 해안이 물고기의 낙원이 되었고, 일제강점기 때 통영의 어민들은 선진화된 일본의 어업기술을 어깨너머로 익혀 한국수산업을 선도해 나갔다. 해방 후에서 지금까지 어구·어법·어로기술 등 모든 수산 분야의 발전은 통영에서 비롯됨으로써 한국수산업의 전진기지 역할을 해왔다.

여섯째, 통영은 맛의 고장이다.

통영은 앞바다에는 사철 영양류가 흐르고 수온이 적절하여 해조류나 어패류 등 신선한 음식의 원재료가 풍부한 가운데, 여기에 수준 높은 서울의 조리법이 접목·융화되어 통영의 전통음식과 생선요리가 이름나게 되었다.

통영전통음식에 서울의 조리법이 접목된 데는 통제영과 관련이 있다. 조선시대 통제사는 병조(兵曹) 외직(外職)의 최고위직이고 막료들도 대부분 경관(京官)들인지라 이런 고급장교들은 서울의 궁중음식과 상류층 음식문화에 길들여져 있었다. 그들이 2, 3년 동안의 임기를 탈 없이 마치기 위해서는 무엇보다도 식생활이 중요했기에 그들이 데리고 온 서울의 찬모들을 통하여 통영산 최고급 원재료와 서울 최고의 요리술이 자연스럽게 만나게 되었고, 이것이 세월과 함께 통영 음식으로 자리매김하게 되었던 것이다. 이곳의 토박이치고 미식가가 아닌 사람이 없다고 할 정도이다.

일곱째, 통영은 예술의 고향, 즉 예향(藝鄕)이다.

통영은 통제영시대 영하(營下)에 12공방을 두고 각종 공예를 생산하였고, 예능인과 악사를 양성하였다. 지금도 나전장·소목장·두석장·입자장과 승전무·통영오광대·남해안별신굿 등의 전통예술의 맥이 이어지고 있다.

해방 후에는 인구비례로 따져 유명 문화예술인이 가장 많이 배출된 고장으로, 그들이 '예술의 고향'이라는 이름을 통영에 바쳤던 것이다.

항구도시 통영이 걸출한 예술인들을
많이 배출한 이유

통영은 '한국의 나폴리' 또는 '동양의 시드니'라 불리는 아름다운 항구도시로서 충무라고 불리던 육지와 2개의 다리로 연결된 섬 미륵도 그리고 크고 작은 150여 개의 섬을 총칭한다. 통영은 거제도 서이말 등대에서부터 여수 오동도에 이르는 우리나라의 가장 아름다운 뱃길인 한려해상국립공원의 한 중심에 위치한 항구로서, 시인에 유치환·김춘수·김상옥, 소설에 박경리, 음악에 윤이상, 미술에 전혁림, 극작에 유치진 등 걸출한 예술가들을 배출한 감수성을 지닌 예술 도시다.

이 작은 항구도시에서 현대사에 걸출한 비슷한 또래의 예술인들이 탄생된 배경은 무엇일까? 그 이유는 한마디로 통영이 '돈과 물류의 집산지'였기 때문이다.

이러한 사회경제적 배경을 다시 분석하면, 첫째는 '통영 명품'의 명맥이 이어졌기 때문이다. 앞에서도 말한바 통영은 조선시대 삼도수군통제영이 있던 곳이다. 초대 삼도수군통제사였던 이순신 장군은 한산도에서 3년 6개월을 근무하였고, 임진왜란이 끝난 후인 1604년에 통제영 건물이 통영의 주산인 여황산 자락에 세워졌으며, 그 중심건물인 세병관은 아직까지 남아 있다.

통제영 부속 건물 가운데는 통영에 주둔해 있던 조선 수군에게 필요한 여러 가지 물품을 자체적으로 만들어 조달하기 위한 군수품 공장이었던 12공방이 설치되어 있었는데, 여기서 부채, 갓, 탕건,

동구리, 그림, 목가구, 장석, 화살 및 화살통, 나전칠기, 말안장, 금은 장신구, 신발 등을 철저한 분업으로 만들었다. 이 공산품들은 처음에는 통제영 수군들을 위한 군수품 용도였지만, 그 뒤에 영조·정조 대에 와서는 그 품질이 전국적으로 소문이 나면서 왕실과 일반에 공급되는 민수품 용도로 전환되었다.

이때부터 앞에 '통영' 자가 들어가는 통영 탕건, 통영 갓, 통영 소목, 통영 나전칠기, 통영 장식 등은 조선시대 값비싼 최고의 명품으로 통하였다. 이 '통영 명품'의 명맥이 근대까지 이어지면서 통영은 돈과 물류의 집산지가 되었다.

둘째는 일제 식민지 시기인 1910년대에서 1930년대 사이 통영은 일본으로부터 선진 어업기술이 도입되어 어업의 호황기를 누렸고, 이로 인해 축적된 부와 더불어 유입된 일본의 선진문물을 직접 접할 수 있었던 것이다.

이런 사회경제적 배경이 당시 이 지역 어린, 감수성이 강한 이들에게 '문화적 충격'을 주었고 이것이 계기가 되어 현대사에 걸출한 예술인들이 탄생할 수 있었던 것이다.

말하자면 유년기의 경제적인 여유와 새로운 문물의 충격이 이들의 감수성을 촉발했다는 설명이다.

또한 식민지 상황에서는 다른 활동보다 예술활동에 더욱 몰두할 수 있었기 때문이기도 했으며, 낭만을 키우는 통영의 바다와 조각조각 섬들과 온화한 기후는 예술을 위한 좋은 배경이 되었던 것이다.

오늘의 주요 탐구대상

전혁림미술관
– 색채의 마술사가 둥지를 틀다

전혁림미술관(관장 전영근, 2003.5.11. 개관)은 전혁림 화백의 작품으로 만든 7,500개의 타일로 외관이 장식되어 있다. 전혁림미술관 관장인 전혁림 화백의 아들 전영근(53) 씨는 파리 유학 시절을 거쳐 고향서 부친의 작품활동을 거들며 2003년 통영에 건립된 전혁림미술관의 외장타일까지 직접 제작해 시공하는 등 부친의 화업을 이어왔다.

전혁림,
그는 누구인가?

"색채의 마술사" 또는 "바다의 화가"로 불리는 전혁림 화백은 한국적 색·면 추상의 선구자로 구상과 추상을 넘나드는 조형의식을 토대로 독자적인 영역을 구축해 왔다.

전혁림 화백은 1915년 통영에서 태어나 통영수산학교를 졸업하고 독학으로 추상미술의 예술적 성취를 이루어 낸 한국의 대표적 예술가 중 한 분으로, 1938년 부산미술전에 작품 〈신화적 해변〉, 〈월광〉, 〈누드〉 등을 출품하여 한국 화단에 입문했다. 해방 이후 1948년에서 1950년 사이 극작가 유치진, 시인 유치환·김춘수, 음악가 윤이상 등과 함께 '통영문화협회'를 창립하여 문예활동을 했다.

1965년에서 1977년 사이 부산에서 생활했는데, 이때가 가장 힘든 시기였었다. 전공이 추상화였기에 현실적인 어려움이 더욱 컸었고 그랬기에 더욱 세상을 등지고 살다시피 했다.

1975년 김춘수 시인은 전혁림 화백을 방문하고 다음과 같은 한 편의 시를 남겼다.

全爀林 畫佰에게

김춘수(金春洙)

全畫佰,
당신 얼굴에는
웃니만 하나 남고
당신 부인께서는
胃壁이 하루하루 헐리고 있었지만
Cobalt blue,
이승의 더없이 살찐
여름 하늘이
당신네 지붕 위에 있었네.

전혁림 화백은 1977년 고향인 통영으로 돌아왔을 즈음 미술평론지인 《계간미술》에서 호남의 오지호 화백과 비디오아티스트 백남준과 함께 한국의 미술가 중 역량에 비해 과소평가된 3인의 작가 가운데 한 사람으로 선정되었다. 이로 인해 한국 미술계에 새로운 반향을 불러일으키는 계기가 되었다.

2002년 국립현대미술관에서 '올해의 작가'로 선정되어 덕수궁 현대미술관에서 초대전을 가졌다. 이것은 그가 한국 미술계에서 큰 관심권에 있음을 보여준 것이다.

노무현 대통령 시절 노 대통령은 '구십, 아직은 젊다' 전을 방문하고 그의 〈통영항〉 대형 그림을 청와대에서 구입하여 외국 귀빈을 접대하는 인황홀에 걸기도 했다. 그의 작품은 이밖에도 국립현대미술관, 대법원, 부산시청, 부산지방검찰청, 통영시청, 호암갤러리, 《동아일보》, 부산고등법원, 경남도청, 전혁림미술관 등에 소장되어 있다.

그는 가수 송창식의 생부로 알려져 있다. '신비의 사나이', '피리 부는 사나이'로 알려진 가수 송창식은 모친의 성을 따랐다고 한다.

전혁림의 예술세계

지방작가들의 흔한 보수적 성향에 비하여 거의 유일하게 그는 현대미술의 전위적(前衛的) 조형 방법으로서 전통을 표현하려는 의지를 보여준다. 이로 인해 실험의욕이 자기 영역의 확대를 시도하여 발랄한 생명감의 발산에 빠져든다.

중앙 화단과의 거리를 두고 미술계의 폐단인 학연 등에 연연하지도, 일시적인 유행에 타협하지도 않으며 고향에서 묵묵히 '코발트블루'와 '오방색'으로 대변되는 자신만의 독특한 색채와 풍경을 이룩

한 이 노대가의 작품은 망백(望百)을 지난 나이에도 불구하고 신비
롭게도 나날이 성숙해지면서 자신만의 독자적인 세계로 많은 예술
인들을 인도했다.

전혁림 예술작품의 특성은 다음과 같이 말해진다.

… 한국 전통문화에 대한 관심과 고향의 이미지에 치중했다

60여 년에 이르는 그의 작품 전체에 있어 가장 두드러진 특징은
작품의 주제가 한국의 전통적인 문화에 대한 관심에서 비롯됐다는
점이다. 초창기 도기 작업에서 보여주는 전통적인 문양, 정물에 등
장하는 각종 기물들, 나아가 단청에서 영향을 받은 선명한 색감 같
은 요소들은 그의 관심의 근저에 한국의 전통문화에 대한 관심이
자리하고 있다는 증거이다.

그의 작품에 나타나는 또 다른 주제는 바로 '고향'이다.

전혁림은 지난 수십 년 동안 통영, 부산, 마산이라는 지역에서 마
치 바닷가를 지키는 등대마냥, 터줏대감처럼 꿋꿋이 살아왔다. 그리
하여 그가 나타내는 풍경은 바다가 압도적으로 많다. 바다의 파란
색, 바다와 관계있는 것들을 통해 바다의 풍경을 엮어내었음을 알
수 있다. 사실주의적인 기법으로 바다를 나타내는 것이 아니기에 그
만의 은유적인 표현이 가능했을 것이다.

… 색채의 마술사다

흔히 전혁림의 작품을 논하는 데 있어 가장 중요한 특징 중 하나
는 바로 색채이다.

그는 남도의 찬란한 태양 빛 아래 사물의 색을 인지하였다. 그는 우리에게 어떤 환상을 느낄 수 있도록 해주고 현실을 초월한 꿈을 꾸게 해준다. 최근 작품 중 한국의 풍물, 한국의 환상(코리아 판타지)과 같은 주제에 집중하는 것이 바로 그러한 예이다.

선명한 색채(청, 적, 흑, 백, 황색)로 말해지는 그의 작품은 자연을 묘사하는 데 그치지 않는다. 색의 구성이 문제다. 그는 곧잘 민화, 단청 등에서 볼 수 있는 색감에 매료되었다고 얘기한다.

우리의 기억 속에 선명히 자각되어 있는 선명한 색감이 화면에 표출되면서 그의 조형세계에서 뿜어져 나오는 색채는 전혀 낯선 것이 아닌 너무나 친숙한 것이 된다.

가장 최근에 열린 전혁림-영근 화백 부자전
– '아버지와 아들, 동행 53년' 전시회,
서울 인사아트센터에서 열리다

1916년생, 올해 95세의 전혁림 화백은 지난 연말까지도 붓을 잡던 국내 최고령 현역작가였다.

주 2회 통원 치료 때 외엔 경남 통영의 작업실을 겸한 자택에서 누워 지냈다. 그러나 화가의 예술 열정, 창작 의지는 결코 쉼이 없었다. "눈감기 전에 아들과 2인전을 갖고 싶다."는 노 화백의 오랜 바람이 이뤄졌다. 통영의 미륵산 자락에 자리 잡은 전혁림미술관 옆에서 함께 살며 작업해 온 부자 화가 전혁림-영근의 2인전이 지난 2010년 4월 28일부터 5월 4일까지 서울 인사아트센터 제3전시실에서 열렸다.

'아버지와 아들, 동행 53년'이란 제목으로 부자가 각기 60점, 40점의 그림 및 도자 작품을 선보였다.

전혁림 화백은 다도해의 푸른 바다와 하늘이 스며든 듯, 특유의 짙은 청색으로 '추상인가 하면 구상이고, 구상인가 하면 추상의 세계(미술평론가 오광수)'를 펼쳐온 화단의 원로다. 60년 넘게 줄곧 고향에서 남쪽 바다와 고기잡이배 등 통영의 바다 풍경을 비롯해 목기, 보자기 등의 정물을 재구성하는 등 민화의 이미지를 형상화한 작업으로도 평가받고 있다.

독학으로 그림 세계를 일구면서 젊은 시절 통영의 문화예술인 윤이상, 김춘수, 김상옥 등과 교우했고, 1952년 당시 통영에서 지내던 이중섭 등과 전시회를 열기도 했다. 아흔을 넘긴 뒤에도 "붓질을 통해 삶의 활력을 되살린다."며 "하루 6시간씩 작업하며 잘 때도 작품만 생각하고 고민한다. 붓을 쥐고 죽는 게 소원"이라고 했다.

전혁림 화백 별세
– 2010. 5. 25. 오후 6시 50분

전혁림 화백은 지난 5월 25일 95세의 나이로 영면했다. 2005년 연 개인전 제목을 '구십, 아직은 젊다'고 붙였고, 최근까지도 종일 캔버스 앞을 떠나지 않던 노장도 백 수(壽) 앞에서 붓을 놓치고 말았다. 지난달 말 서울 인사아트센터에서 화가 아들과 연 '전혁림·전영근 2인 초대전'이 마지막 나들이가 되고 말았다.

평생 고향을 지키면서도 대가 반열에 오른 화백은 짙은 코발트블루로 남해안 고향의 쪽빛 바다와 하늘을 담아왔고, 그리하여 요즘 통영 시내 보도블록은 물론 통영대교 그림도 온통 그의 작품 일색이다. 장례식은 통영예술인장으로 했고, 풍화리 작업실 근방에 묘소를 배치했다.

지난해 가을 국정감사 때 국회의장이 순방외교에 나서는 관례 대신 김형오 국회의장이 이 땅의 삶과 문화를 확인하는 일정의 맨 앞에 통영 방문을 잡으면서 만난 이가 전혁림 화백이었다. 전 화백의 장례식에 추도사를 보냈음은 물론이다.

화백의 타계 직후 통영시가 앞장서서 문화훈장 추서를 상신했으나 14년 전 보관문화훈장을 받았다는 이유로 정부는 멈칫거리고 있다. 문화훈장, 남발해서도 안 되겠지만 뭘 몰라 움켜쥐고만 있다면 그 또한 민망한 노릇이라는 문화계의 비판이 나오고 있다.

박경리와 박경리공원
― 고인이 태어난 고향에 돌아와 묻힌 곳

우리나라 독자들이 가장 좋아하는 국내 작가로는 대하소설 『토지』의 박경리, 외국 작가는 『전쟁과 평화』 등을 쓴 러시아의 문호 톨스토이인 것으로 나타나기도 했다. 이는 한국출판연구소가 문화체육관광부의 의뢰를 받아 2009년에 실시한 '제11회 국민 독서 실태 조사'에 따른 것이다. 이 조사에서 나타난 국내 작가 선호도에 따르면 박경리에 이어 이문열, 이외수, 공지영, 박완서 순으로 나타나 지난번 2004년 조사 결과와 약간의 순위 변동이 있었다. 당시 조사에

선 이문열, 박경리, 박완서, 이외수, 조정래 순이었다.

뿐만 아니라 한국인이 가장 좋아하는 소설로는 박경리의 대하소설 『토지』가 선정된 바 있다. 지난해 EBS가 교보문고와 함께 실시한 인터넷 설문조사 결과에 따르면 가장 좋아하는 소설로 박경리의 『토지』에 이어 조정래의 『태백산맥』, 조세희의 『난장이가 쏘아올린 작은 공』, 이문열의 『우리들의 일그러진 영웅』, 황순원의 『소나기』 등이 차례로 나타났다. 그 외도 박경리의 『김약국의 딸들』(17위)도 인기 있는 작품으로 나타났다.

박경리, 그녀는 누구인가?
– 박경리 연보

1926년: 10월 28일, 충무시 명정리에서 박수영의 장녀로 출생
1945년: 진주고등여학교 졸업
1946년: 김행도 씨와 결혼, 딸 김영주 출생
1948년: 남편의 인천 전매국 취직으로 인해 인천 동구 금곡동으로 이사
1950년: 5월 19일, 수도여자사범대학(현 세종대학교) 가정과 졸업
1950년: 황해도 연안여중 교사
 1950년: 남편과 사별, 창작에 전념. 그 후 8세 어린 아들까지 의료사고로 잃음
1955년: 8월, 《현대문학》에 김동리 초회 추천, 단편 「계산」
1956년: 8월, 《현대문학》에 단편 「흑흑백백」으로 추천 완료

1957년: 『불신시대』로 현대문학상 수상

1959년: 장편 『표류도』로 내성문학상 수상

1962년: 전작 장편 『김약국의 딸들』 발표

1965년: 장편 『시장과 전장』으로 제2회 한국여류문학상 수상

1969년: 『토지』를 《현대문학》에 연재 시작

1972년: 『토지』 1부로 월탄 문학상 수상

1973년: 외동딸 김영주와 시인 김지하 결혼

1979년: 『박경리문학 전집』 전 16권(지식산업사) 간행

1980년: 원주시 단구동 정착(외동딸 가족을 따라 마지못해 서울 정릉
골짜기에서 원주로 옮겨 옴, 집필과 동시 거처에 딸린 700~800평
의 땅에 유기농법에 의한 배추 고들빼기 등 남새 재배에 집착)

1994년: 8월 15일 새벽 2시, 『토지』 탈고(26년에 걸쳐 작품 완성, 소설
가 조해일은 "중화학 공장 수백 개 지은 것보다 더 값진 것"이라 함)

1995년: 연세대 객원교수 임용

1996년: 3월, 제6회 호암예술상 수상

1996년: 『토지』 전 16권 출간(솔출판사)

1997년: 연세대학교 석좌교수 임용

1998년: '원주 토지문화관' 개관(원주시 흥업면 매지리, 개관식 때 현직
대통령이 참석)

1999년: 5월 31일, '원주 토지문학공원' 완공(원주시 단구동, 『토지』
의 산실인 박경리 선생의 옛집은 '기념관'으로 보존)

2000년: 시집 『우리들의 시간』 간행

2001년: 제1회 토지문학제 즈음하여 평사리 방문

2002년: 1월, 『토지』 전 21권(나남출판사) 간행

2003년: 9월 30일, '원주 토지문학관' 개관(원주시 흥업면 매지리 오
봉산 아래 위치한 '원주 토지문화관' 내 후진 양성 및 작가들의 재
충전 창작 작업실)

2007년: 산문집 『가설을 위한 망상』(나남출판사) 간행

2008년: 5월 5일 오후 14시 45분, 숙환으로 별세, 향년 82세

* 결혼 후 4년 만에 남편과 사별하고 그 후 8세의 아들까지 잃는
아픔을 겪었고, 외동딸과 결혼한 사위 김지하 시인은 1974년
민청학련 사건에 연루되어 국가보안법 위반, 내란선동죄로 사
형선고까지 받았다가 감형받은 후 사면되는 등 가정적인 모진
불운 속에서 그녀의 문학적 열정이 지속된 작가였다.

박경리 묘소

박경리 묘소에서

2008년 5월 5일 사망 후 5월 8일 서울아산병원에서 출발하여 강원도 원주, 경남 진주를 거쳐 통영 묘지까지 이어진 운구의 행렬은 당시 텔레비전에 의해 거의 실시간으로 중계될 정도로 그녀의 죽음은 세인의 관심을 끌었다.

통영시 산양읍 신전리 양지농원 안에 위치한 박경리 묘소는 그 후 통영시에 의해 박경리 추모공원으로 조성되었고, 그 부근에 올해 5월 5일 사후 2주년을 맞아 박경리기념관도 완공되었다.

통영에서 태어나 이곳을 무대로 한 작품들을 남기고 간 작가는 이제 미륵산 중턱에 영면하고 있다. 작가 박경리의 유택은 왼쪽으로는 미륵산, 오른쪽으로는 장군봉이 위치하며 앞으로는 한산 앞바다가 내려다뵈는 한마디로 명당자리다.

이곳은 원래 양지농원 주인 정 씨의 개인 소유 땅이었는데 작가가 살아생전에 이곳을 방문한 적이 있었고, 주인인 정 씨가 박경리 묘지를 위해 통영시에 부지를 기증했었다. 현 양지농원 주인의 부친 정 씨는 작가 박경리보다 나이가 한두 살 위인데 전직 지검장 출신의 변호사이기도 하다. 그가 40여 년간 수집한 수석 전시도 양지농원 안에 있다.

묘지 가는 길가 바위에 새겨진 한두 편의 시들이 작가 박경리의 치열한 작가 정신을 드러내고 있다.

옛날의 그 집

박경리

빗자루병에 걸린 대추나무 수십 그루가
어느 날 일시에 죽어 자빠진 그 집
십오 년을 살았다

빈 창고같이 휑뎅그레한 큰 집에
밤이 오면 소쩍새와 쑥국새가 울었고
연못의 맹꽁이는 목이 터져라 소리지르던
이른 봄
그 집에서 나는 혼자 살았다

다행히 뜰은 넓어서
배추 심고 고추 심고 상추 심고 파 심고
고양이들과 함께 살았다
정붙이고 살았다

달빛이 스며드는 차가운 밤에는
이 세상 끝의 끝으로 온 것 같이
무섭기도 했지만
책상 하나 원고지, 펜 하나가
나를 지탱해 주었고

사마천을 생각하며 살았다

그 세월, 옛날의 그집
나를 지켜주는 것은
오로지 적막뿐이었다
그랬지 그랬었지
대문 밖에서는
늘
늑대도 있었고 여우도 있었고
까치 독사 하이에나도 있었지

모진 세월 가고
아아 편안하다 늙어서 이리 편안한 것을
버리고 갈 것만 남아서 참 홀가분하다

박경리기념관

2010년 5월 5일 작가의 사후 2주기를 맞아 박경리공원 내에 완
공 개관했다. 지하 1층, 지상 1층에 걸쳐 유품전시실, 세미나실, 영상
자료실 등으로 꾸며져 있다.

지난 2007년 12월 14일 작가의 81번째 생일을 기념해 딸과 외손
자 2명과 함께 통영을 찾았을 때 작가가 원주에 갖고 있던 물품 가

운데 일부를 통영시에 전달했는데, 이 물품들이 이곳 박경리기념관에 전시되어 있다.

유품에는 『토지』 1부 친필원고(460장), '박경리문학상 제작에 관하여' 육필원고(23장), 『김약국의 딸들』 영역본, 신문스크랩, 외손자들과 주고받은 엽서와 편지, 본명인 박금이로 된 여권, 진주여고 시절 사진, 통영시 문화상 수상패, 고인의 연필드로잉, 액세서리 주머니 등이었다.

하지만 고인이 생전에 "나의 생활이요, 나의 문학이요, 나의 예술"이라고 소개하면서 가장 아낀 유품 세 가지(재봉틀, 국어사전, 자그마한 나무 장)를 놓고 통영, 하동, 원주 세 지역에서 서로 유치를 다툰 적이 있었는데 이 유품들이 통영 박경리기념관에 전시되어 있는가는 우리가 직접 가서 확인해야 할 사항이다.

박경리의 문학

··· 박경리에 있어서 문학이란?

통영은 대하소설 『토지』의 작가 박경리의 고향이다. 본명이 박금이(朴今伊)인 작가는 통영의 명정리에서 1926년 10월 28일 박수영과 김용수의 맏딸로 태어났다. 그의 필명으로 사용되는 '경리'란 이름은 작가를 문단에 추천한 김동리 선생이 지어준 아호이다.

박경리는 집안의 맏이로서 어른들의 귀여움을 독차지한 작가였지만, 어머니를 버려두고 딴 여인과 살림을 차린 아버지로 인해 어린 시절부터 심리적 갈등을 겪어야 했고, 결혼한 뒤에도 남편과 아들을 차례로 잃는 비운을 겪어야 했는가 하면 그 결과 혼자 몸으로 어머니와 딸을 부양하는 어려움을 겪는 등 작가의 삶은 여러 가지의 가정적 불행과 20세기 후반의 시대고에서 비롯된 민족의 험난한 운명 등을 넘어서야 하는 시련의 연속이었다.

그리하여 박경리의 삶과 문학은 인생의 갖은 시련과 고통을 삭여서 승화시키는 모습이자 그 과정의 결정체라고 할 수 있다.

··· 박경리의 초기 소설

김동리는 박경리의 첫 작품 「계산」을 《현대문학》에 추천하면서 '심리소설'이란 용어를 사용하는데, 이러한 심리적 경향은 두 번째 작품 「흑흑백백」이라든가 그다음 해에 발표한 초기의 대표작 「불신시대」에서도 여전히 그 경향을 찾아볼 수 있다는 점에서 작가의 문학적 출발점을 잘 보여준다.

초기 소설의 이러한 심리적 경향과 함께 주목해야 할 것은 박경리 초기 소설이 작가의 전기적 사실과 매우 밀접한 관련이 있는 사건들을 다루고 있다는 점이다. 허구로 지어내는 소설이라고 해서 허투루 이야기를 꾸며내지 않고 자기가 가장 정확히 알고 있는 자신의 생활을 기본 자료로 해서 소설의 구성을 시험하고 인생의 여러 문제를 성찰한 것이다.

초기 소설의 대표작인 「불신시대」는 어린 아들을 잃은 여인이 제를 지내기 위해서 절을 찾았을 때 일어난 몇 가지의 사건을 그리고 있다. 아들을 떠나보낸 처참한 심경의 어머니의 눈에 제를 지내는 승려의 작태는 염불에는 생각이 없고 잿밥에만 눈독을 들이는 속악한 모습이다. 아들을 잃은 젊은 여인의 입장에서 사회의 세태를 관찰하고 있다는 점에서 작가 자신의 신변의 이야기의 문학적 변용임을 작가 자신도 직접 밝힌 바 있다.

⋯ 전작장편소설『김약국의 딸들』 –
통영을 무대로 한, 품격과 깊이를 갖춘 연애소설

이 작품은 대하소설『토지』의 씨앗이라 할 수 있는 작품으로 그리스 고전 비극의 '저주받은 가문의 이야기'와 계통을 같이 하는 특색을 지녔다.

작가의 고향인 통영을 소설의 무대로 삼은『김약국의 딸들』은 기본적으로 한 가문이 몰락하는 역사를 다루고 있다.

김약국(봉제영감)의 동생인 봉룡은 아내 숙정과의 사이에 성수를 낳는다. 하지만 아내 숙정을 처녀 때부터 좋아한 송욱이 멀리 통영까지 찾아온 일로 인해 봉룡은 의처증을 갖게 된다. 결국 송욱을 죽인 봉룡은 집을 나가 객사하고 숙정도 비상을 먹고 자살한다.

성수가 이어받은 김약국 집안에는 점차 망조가 든다. 성수는 사촌누이인 봉제영감의 딸 연순을 사모하지만 약질인 그녀가 시집가 죽은 뒤 한실댁과 결혼하여 다섯 딸을 둔다. 약국을 그만두고 어업에 손을 댄 성수는 한때 돈을 벌기도 했지만 다섯 딸의 운명과 함께 김약국의 집안은 몰락의 길을 밟는다.

첫째 딸 용숙은 과부가 되어 돈만 밝히다가 망신하고, 셋째 딸 용란은 머슴과 사통하다가 아편쟁이에게 시집가지만 끝내 그 사련이

꼬투리가 되어 어머니 한실댁을 매 맞아 죽게 하고 자신은 미쳐버린 다. 넷째 딸은 집안의 일을 보는 서기두에게 시집가 아들을 낳지만 셋째 언니인 용란만을 갈구하는 남편에게 소원한 대접을 받는 소박 데기가 된다. 결국 그녀는 자신을 겁탈하려는 시아버지의 마수를 피해 남편을 찾아가다가 풍랑으로 바다에 빠져 죽는다. 작품의 끝 에는 둘째 딸 용빈만이 막내 용해를 데리고 집안을 이어간다.

작가는 이 작품을 통해 합리적인 것과 비합리적인 것이 공존하 는 세계의 특질을 소설 속에 형상화하고 있다.

이처럼 인간 존재의 양면성에 대한 인식을 바탕으로 한 소설은 그다음의 전작장편소설인 『시장과 전장』이란 작가의 전기 내지 가 족 문제와 매우 깊이 연관되는 작품에서도 나타난다. 그리하여 이 작품의 서문에서도 작가는 "마지막 장을 끝낸 그날 밤 나는 이불을 둘러쓰고 가족들 몰래 울었다."고 쓰고 있다.

이 소설은 6.25 전쟁을 배경으로 두 인물을 중심으로 병렬구조 로 진행된다. 여교사 지영은 전쟁의 틈바구니에서 가족의 생존을 최 고의 가치로 추구하게 되며, 기훈은 이념과 전쟁의 참혹성과 사랑 속에서 갈등을 겪는다. 이와 같은 카메라의 이중노출 기법은 작가의 최후의 대작 『토지』의 창작 방법에 결정적인 역할을 한다.

··· 대하소설 『토지』 줄거리

1960년대 후반으로 접어들면서 작가는 종종 그 이전의 모든 작 품을 습작으로 하는 '마지막 한 작품'을 언급하기 시작한다. 그러한 발언이 있은 지 몇 년 후인 1969년 9월 드디어 대작 『토지』가 《현대문학》에 연재되기 시작한다. 이 대하소설은 만 25년에 걸쳐 16권 분량으로 완성되었다. 『토지』의 이야기는 1890년대부터 1945년까지 약 60년에 걸쳐 동아시아 전체를 무대로 한 공간에서 일어난 사건을 배경으로 한다.

사건의 줄거리는 경남 하동 평사리의 최참판 가와 그곳에 사는 농민들의 이야기로 되어 있지만 이 이야기가 함축하는 의미는 한민족이 일제의 식민지가 되었다가 갖은 고난을 겪은 끝에 해방을 일구어 내는 내용이다.

이야기의 구체적 전개는 최참판 가와 평사리의 농민들이란 2개의 축을 중심으로 이루어진다. 만석군 집안으로서 최참판 가는 평사리에 군림하는 존재이지만 재물을 모으느라 저주를 받은 것인지 자손이 귀하다. 남자주인들은 대대로 단명하여 여자들이 주로 집안을 이끌어 간다. 작품이 시작되는 시점에서 집안 살림을 맡고 있는 윤씨 부인도 과부이다. 그녀는 일찍이 남편을 잃고 불공을 드리러 절에 갔다가 뒷날 동학 장수가 되는 김 개주에게 겁간을 당한다. 이로 인해 최참판 가에는 씨가 다른 윤씨 부인의 두 아들이 살게 된다. 집안의 당주인 최치수는 남편과의 사이에서 얻은 아들이고 하인으로 일하고 있는 구천이는 김 개주와의 사이에서 낳은 아들이다. 아비가 다른 두 아들로 인해서 윤씨 부인은 가슴앓이를 하는데 설상가상으로 구천이가 형수인 별당 아씨와 달아나는 사건이 발생한다. 그리하여 도주자를 쫓는 추격전이 벌어지고 그사이에 최참판 가의 재산을 노린 살인의 음모가 싹튼다.

이러한 사건들이 일어나는 와중에 전염병이 돌면서 최참판 집안은 모든 사람이 죽고 오직 나이 어린 서희 하나만 살아남는다. 주인이 없는 이 틈을 비집고 외척인 조준구가 최참판 가의 재산을 가로챈다. 그는 재산을 가로챌 뿐 아니라 그 행위를 정당화하기 위하여 최참판 가의 유일한 혈육인 서희를 자신의 병신 아들인 병수와 결혼시키기 위해 농간을 부린다. 서희는 자기편에 선 농민들과 연대하여 이 음모에 대항하지만 결국 일본이란 배경세력을 등에 업은 조준구 일파를 이기지 못하고 만주로 탈출한다.

한편 평사리의 농민들은 최참판 가의 그늘에서 살지만 나름으로 자기들의 생존과 인간적 품위를 추구한다. 이 가운데 훤칠한 용모를 지닌 용이는 중심인물로서, 무당 딸인 월선이를 사랑하면서도 부모의 명령을 어찌지 못해 강청댁과 결혼한다. 월선이는 다른 남자에게 시집갔다가 용이를 잊지 못해 거기서 살지 못하고 하동으로 돌아와 주막을 낸다. 사랑하는 여인과 부모가 정해준 아내 사이에서 갈등하는 용이를 비롯한 여러 농민들은 각기 자기의 생존과 관련한 고민들을 갖고 있지만 최참판 가의 몰락 여부에 따라 크게 이해가 갈리기도 하기 때문에 농민들 사이에 편이 갈리고 서희를 지지하는 농민들은 난을 일으킨 뒤 관헌의 탄압을 피해 만주로 탈출한다.

이상이 대략적인 1부의 줄거리다.

2부의 이야기는 평사리 사람들이 고향을 탈출함으로써 이제 소설 속에 새롭게 마련된 여러 개의 공간을 무대로 하여 산만하게 진행된다. 그 산만한 이야기 속에서 중심 줄거리를 찾는다면 용정에서 크게 돈을 번 서희가 하인인 길상과 결혼하여 아이를 낳으며, 평사리로 귀환하기 위해 치밀하게 공작을 펴는 일 정도다. 물론 거기에는 일제의 앞잡이가 된 거복이의 이야기, 임이네와 결합한 용이의 이야기, 별당 아씨를 잃은 구천이의 이야기 등이 끼어든다.

3부의 이야기는 진주로 돌아온 서희의 이야기를 비롯하여 여러 곳에 중심점을 둔 이야기들이 몽타주 형식으로 전개된다. 즉 평사리 이야기와 서울의 이야기, 진주 이야기, 만주의 이야기, 용정의 이야기 등이 차례차례 서술된다.

4부의 이야기에 이르면 1930년대 후반 일제시대를 그리고 있으므로 민족담론이라고 할 만큼 한·일 문화에 대한 논의가 길게 이어진다.

5부 이야기는 태평양전쟁이 전개되던 시점을 배경으로 한다. 일제의 발악이 극도에 달한 상태에서 인물들의 유일한 관심은 생존 그 자체가 되고, 그리하여 산지사방으로 뿔뿔이 흩어져 구명도생하는 모습이 모자이크의 한 점처럼 단편적으로 묘사되고 있다.

… 대하소설 『토지』 해설

박경리의 『토지』는 25년에 걸쳐서 완성된 대하소설로서 4만 매의 원고지에 600만 자로 이룩된, 600여 명의 작중인물이 등장하는 우리 문학 최대의 작품이다.

1969년 1부가 《현대문학》에 연재된 후, 2부가 《문학사상》에, 3부가 《주부생활》에, 4부가 《마당》지에, 5부가 1994년 8월 《문화일보》에서 완결되었다.

시간적으로는 갑오 농민전쟁으로 수백 년간 유지되어 온 봉건질서가 흔들리기 시작한 구한말의 혼돈에서 시작하여 일제 식민지 시대를 거쳐 해방에 이르기까지 60여 년을 관통하고 있으며, 공간적으로는 경남 하동의 평사리라는 작은 마을에서 발원한 사건들이 지리산, 진주, 통영, 서울, 간도, 만주, 일본, 중국 등지로 활동 무대를 확대하고 있다.

『토지』는 규모 면에서 대작일 뿐만 아니라 한민족이 스스로 이루어 낸 조선 근대 역사를 장대한 스케일로 화폭에 담은 일대 민족서사시로서의 성격을 지니고 있다.

앞에서 살핀 것처럼 작가는 과거의 창작을 습작으로 여기고 본격적인 문학세계를 개척하겠다는 요지의 말을 한 뒤 4반세기 만에 『토지』라는 경이적인 작품을 완성했고 그 작품으로 우리 민족문학, 나아가서 세계문학의 새로운 지평을 열었다.

작가는 연세대 석좌교수 취임 강연에서 "사십몇 권으로 된 세계사 책을 읽고 났더니 천문학에 관심이 가더라."는 발언을 한 적이 있다. 이러한 천문학적 상상력이 작품의 구조로 환원되고 있다.

이 작품의 구조는 피라미드 형태로 되어 있다. 작품의 초두가 피라미드의 꼭짓점을 형성하고 사건이 진행될수록 점차 평면 공간이 넓은 피라미드의 밑변을 향해 가는 구조인 것이다. 그런데 이러한 피라미드 구조는 꼭짓점에서부터 나선형으로 선회하여 점차 중심 반경이 큰 원을 형성해 가는 원추형으로 파악해 볼 수 있다.

그 양상은 마치 현대과학이 설명하는 우주 생성 과정처럼 특이점에서 빅뱅이란 대폭발을 일으켜 꿈틀거리기 시작한 불꽃 덩어리의 선회가 점차 외부로 확산하면서 성운과 은하 세계를 만드는 것과 같다.

이처럼 『토지』의 전체 구조가 초반부에는 밀도가 높은 형태임에 반해서 후반부로 갈수록 유기성이 흐려지고 종반부에는 밤하늘의 별들처럼 영성(靈性)적인 사건들로 조직된다.

작품의 3부에 이르면 작품의 무대는 평사리(1부)나 용정촌(2부)에 국한되지 않고 진주, 평사리, 지리산, 서울, 간도 등지로 확대되고, 4부에 이르면 이제까지의 양적인 변화에서 질적인 변화로 바뀌게 된다. 4부의 특징적인 것은 한마디로 요약하면 한일 비교문화론이 제시된다는 점이다. 5부에서 등장인물들은 신구세대를 막론하고 대부분이 산지사방으로 흩어지고 숨어들어서 사건이라 할만한 행동을 일으키지 않는다. 일제의 탄압이 극도에 이르렀기 때문에 각자 어딘가로 숨어들어 생명을 지키는 행위 자체가 가장 적극적인 행동이 되는 상황인 것이다.

『토지』가 지닌 새로운 세계관이란 바로 이런 양상에서 유추된 '생명 사상'이다. 이때의 생명 사상이란 협소한 인간중심주의적 휴머니즘의 그것이 아니라 우주 만물의 생명이라는 인식에 기초한 범우주적 생명 사상이란 데 특징이 있다. 여기서 말하는 생명 사상이란 우주적 질서 속에서 모든 개체가 균형과 조화를 이루는 공동체적 삶의 방식을 가리킨다.

그것은 생명이 있는 것만을 생명으로 간주하는 관점이나 공해 문제에 초점을 맞추는 생태학적 관점과는 구분되는 형이상학적이자 초월적인 관점이다. 그런 점에서 이 작품은 단순히 과거 역사를 흥미로운 소재로 이용한 역사소설이라기보다는 인생에 대한 일종의 철학적 성찰을 전개한 형이상학적 소설이고 다른 말로는 관념소설의 성격을 지니기도 한 것이다.

『토지』의 씨앗(종자)이 된 이야기는 매우 간단하다.

흉년이 든 어느 해, 만석군 부잣집에 아이를 업은 한 여인이 구걸하러 온다. 그러나 그 어린것에게 먹일 것을 동냥하는 간절한 애걸에도 불구하고 여인은 아무런 보람없이 문밖으로 쫓겨난다. 그리하여 굶어 죽을 수밖에 없는 극도로 비참한 상태에 떨어진 여인의 입에서는 저절로 저주가 흘러나온다.

"오냐, 나와 내 새끼는 오늘 먹을 것이 없어 굶어 죽는다만, 너희들은 곳간에 먹을 것이 썩어나더라도 먹을 입이 없을 것이다."라는 저주다.

이 저주가 작용한 것인지 몇 년 뒤 그 지방에는 호열자가 유행하여 많은 사람이 죽었는데 만석군 집에서도 어린 여자아이 하나만 빼놓고 온 식구가 몰살을 당해 가을 들판 누렇게 익은 벼를 거두어 들이지 못하고 버려둘 수밖에 없었다는 것이다.

이에서 발원된 소설 『토지』의 주된 테마는 가족제도의 탐구라 볼 수 있다. 작가가 탐구한 가족제도는 부(아버지)-자(아들)로 이끌려지는 가족관계보다 모(어머니)-자(딸)로 이어지는 관계를 보여주고 있다. 이는 조선조 유교 사회가 지닌 남성 우위적 세계관에 대한 정면적 도전이다.

이 작품에서 남성은 단지 혈연을 잇는 수벌 구실만을 할 뿐 최참판 댁 역사에서는 멀리 떨어져 요절한다. 반면 여인네들은 한결같이 청상이거나 보통 여인네를 뛰어넘는 강인한 기질을 지니고 있다. 따라서 『토지』는 크게 보아 여왕벌의 가족사적 의미를 그리고 있다고 할 수 있다.

박경리 소설에서 유독 여성이 남성보다 혈연의 한가운데에 위치하고 있다. 이는 작가 자신의 가족사와 관련되어 있다고 할 수 있다.

즉, 작가 박경리의 아버지가 어머니를 버리고 다른 여자와 재혼한 일, 학비를 보내주지 않는 아버지에 대한 서운함, 아버지의 임종에도 가지 않을 만큼 깊었던 상흔, 여기에다 6.25 전쟁 때 박경리 남편의 죽음과 그 후 3살 된 사내아이의 죽음 등 작가의 전기적 사실들에서 가족관계의 끈이 여성을 중심으로 이루어지고 있음을 알 수 있다.

이에서 연유되어 『토지』에 나타난 가장 큰 중심구조는 남성에 의한 가문의 계승이 아닌 여성에 의한 가문의 계승이다.

『토지』에서 가장 중심 되는 인물은 윤씨 부인과 서희이다. 윤씨 부인은 평사리와 그 마을의 큰 산인 최참판 댁을 대표하고 있다. 최참판 댁에서 이루어지는 비극적인 사건 즉, 별당 아씨와 구천이의 탈주, 최치수의 살해 그리고 극심한 가뭄과 호열자의 창궐은 모두 윤씨 부인과 직접적 혹은 간접적인 관계를 맺으면서 이루어진다.

한편 최서희는 사실상 최참판 댁의 마지막 후손이지만 그녀가 결혼함으로써 최참판 댁과는 떨어져 있어야 한다. 그러나 그녀는 길상과 자신 사이에 생긴 환국과 윤국에게 최씨를 고집함으로써 윤씨 부인이 죽고 난 후의 최참판 댁을 대표하고 있다. 따라서 『토지』의 구조는 윤씨 부인에서 서희로 이어지는 최참판 댁의 가족사를 중심으로 하여 이루어지고 있다.

이런 점에서 볼 때 박경리의 작품에서 남성은 가문 유지를 위한 단순한 보조 인물(생식과 관련된)에 불과하다. 우리의 가족제도가 여성에 의해 이끌리고 있다는 사실을 밝혔다는 점은 박경리 소설이 이룩해 놓은 위대한 성과라고 할 수 있다. 박경리의 초기 단편 이래 줄곧 나타난 가장이 없는 가족관계, 여성에 의한 대물림 등은 작가가 탐구한 자신의 문제이기도 했다. 작가의 개인적인 체험의 객관화, 이는 박경리 소설에서 여인에 의한 대물림이란 문제의 탐구로 나타나고 있다. 이는 유교에 토대를 둔 전통적 가족제도에 대한 새로운 충격이라 할 수 있다.

『토지』는 농촌사회와 시대 역사를 탐구하는데, 특히 그 가운데서 한국적인 가족제도에 대한 탐구이며, 가족의 구성원들이 지닌 한에 대한 탐구가 놓여 있다. 따라서 박경리 소설은 크게 보아 가족사소설로도 볼 수 있다.

산양관광도로
– 동백으로 꾸며진 '꿈길 60리'

통영사람들이 '꿈길 60리' 또는 '동백로'라고도 부르는 산양관광도로는 통영시의 미륵도 미륵산(460m)을 중심으로 도남동, 산양읍, 미수동 등 미륵도 해안선을 따라 한 바퀴 도는 총 길이 22.2km의 일주도로로 낭만과 추억을 만끽할 수 있는 길이다.

특히 드라이브 코스로 이름난 산양일주도로 드라이브의 하이라이트는 건설교통부가 선정한 '한국의 아름다운 길'로도 소개되고 있는, 달아리 – 연화리 – 산양읍을 잇는 구불구불하면서도 탁 트인 시야를 가져다주는 바닷길이다.

달아 공원 – 산양일주도로의 백미,
황금낙조가 아름다운 연인들의 고백 장소로 인기

달아 공원은 산양일주도로에 있는 소공원으로 산양일주도로의 백미에 해당한다. '달아'라는 명칭은 본래 지형이 코끼리의 어금니를 닮았다는 데서 이름을 얻었지만 지금은 달 구경하기에 좋은 곳으로도 통한다. 전망대에 서면 다도해의 올망졸망한 섬들과 사량도로 떨어지는 황금빛 낙조가 눈물겹도록 아름다워 연인들의 사랑 고백 장소로 인기가 있다.

전망대에서 바다를 내려다보면 동백의 군락지로 유명한 오곡도, 팔손이나무의 자생지 비진도, 바다 낚시터로 널리 알려진 학림도, 저도, 가마섬 등 많은 섬들이 파노라마처럼 횡으로 늘어서 있다.

동피랑
- '한국의 몽마르트르 언덕'

동피랑 마을은 그림이 있는 골목, 역사와 문화가 살아 있는 골목으로 이름난 곳이다. '동피랑'은 동쪽에 있는 비랑 즉 동쪽에 있는 비탈마을을 말하는데, 비랑은 비탈의 사투리다. 동피랑은 통영시 정량동, 태평동 일대의 산비탈 마을로 서민들의 오랜 삶터이자 저소득층 주민들이 지금도 살고 있으며 언덕마을에서 바라보는 해안 도시 특유의 아름다운 정경을 가지고 있는 곳이다.

이 지역은 재개발 계획이 수차례 진행되어 왔는데 이 지역을 일괄 철거하기보다는 지역의 역사와 서민들의 삶이 녹아 있는 독특한 골목문화로 재창조해 보자는 데 의견이 모아지게 되어 그림이 있는 골목, 역사와 문화가 살아 있는 골목으로 통영의 또 하나의 명물로 재구성된 곳이다.

이 지역에서 시인 겸 문화평론가로 활동하고 있는 최원석 시인이 중심이 되어 '마음과 마음을 가로막고 있던 차가운 벽돌들을 곱디고운 색깔로 채색하여, 이제는 그 벽을 통해 함께 소통해 보자는 의도'에서 '동피랑 벽화 그리기 프로젝트'가 시작되었다. 그 첫 시작으로 학생들을 대상으로 한 글짓기대회와 사생대회에서 최우수상을 수상한 충무여중생의 그림을 시작으로 아름다운 벽화가 탄생하기 시작했다.

처음엔 부정적이었던 통영시도 화가인 시장이 직접 붓을 들어 이틀에 걸쳐 그림을 완성하자 태도가 달라졌고, 이 일이 하나의 기삿거리가 되어 전국의 매스컴을 타고 흘러나가자 그 후 동피랑 프로젝트는 재개발지역을 다룬 다양한 다큐멘터리의 소재로 소개되었고, 아마추어 사진작가들과 웹 블로거들 사이에 꼭 찾고 싶은 명소로 손꼽히며 '한국의 몽마르트르 언덕'으로 불리게 되었다.

여기서 앞으로 바라다보이는 작은 항구가 강구안이다. 이곳에는 서울 한강에서 서해안을 통해 통영까지 이동해온 거북선이 정박해 있으며, 이곳에서 조선 통제영의 전함들이 정박하기도 했고, 전함사열을 했던 곳이기도 하다.

청마문학관
– 청마의 생장지에 문학관이 깃들다

청마 유치환의 생애 추적

··· 청마 유치환의 출생지를 둘러싼 두 지자체 간의 다툼

거제시 둔덕면에도 '청마기념관'과 '생가'가 있고, 통영시 정량동에도 '청마문학관'과 '생가'가 있다.

그의 출생지를 둘러싸고 통영시와 거제시 사이에 법정 다툼까지 있었으나 한국 현대 연극사를 대표하는 극작가로서 드라마센터와 서울예술대학교를 창립한 유치환의 형 동랑 유치진의 구술을 정리하여 발행한 『동랑 유치진 전집 9』(서울예대출판부, 1993)에서 "나는 1905년 말(음력 11월 19일) 경상남도 거제도 둔덕이란 한촌(寒村)에서 태어났다.", "결국 한·일 합방되던 해에 아버지는 가솔을 이끌고 꿈

에 그리던 바닷가 통영읍으로 이사를 한 것이다. 나는 5살이었고, 청마는 두 살 때였다."라는 기록들을 고려할 때, 청마 유치환은 거제에서 태어났고 어릴 때 통영으로 이사해 어린 시절을 통영에서 보낸 것으로 봄이 합당할 것이다.

혹자는 고향이란 '태어나서 자란 곳'이라는 사전적 해석에 따라 유치환이 고향을 노래한 「귀고(歸故)」라는 시를 인용하면서 그의 생가가 통영이라고 주장하기도 한다.

귀고(歸故)

유치환

검정 사포를 쓰고 똑닥선을 내리면
우리 고향의 선창가는 길보다도 사람이 많았소
양지바른 뒷산 푸른 송백(松柏)을 끼고
남쪽으로 트인 하늘은 깃발처럼 다정하고
낯설은 신작로 옆대기를 들어가니
내가 크던 돌다리와 집들이
소리 높이 창가하고 돌아가던
저녁놀이 사라진 채 남아 있고
그 길을 찾아가면
우리 집은 유약국

(이하 생략)

이는 청마가 어릴 때 자란 통영의 고향 집으로 돌아가는 모습을 노래한 것은 인정되지만 이것을 확대해석하여 통영에서 그가 태어 났다는 해석은 무리임이 틀림없다.

⋯ 청마의 아호, 아명 그리고 별명

청마 유치환은 1908년 한의원인 부친 유준수와 모친 박우수 사이에 5남 3녀의 둘째로 태어났다. 청마는 그의 아호이며, 유치환은 본명이다. 아명은 돌처럼 단단하고 오래 살라는 뜻에서 '돌메'라고 불리었고, 별명으로는 평소에는 얌전하고 온순했으나 한번 직성을 부리면 누구도 감당할 수 없을 만큼 사나웠기 때문에 '땡삐(땅벌)'라고 불리었다.

⋯ 청마의 성격

청마는 아버지와 어머니의 유전적 양면성을 그대로 계승했다. 부정불의를 싫어하며, 현실의 부조리에 대한 비판을 서슴지 않았던 매운 지사적 성격, 아첨을 모르는 자존심과 의지, 그리고 두주불사의 주량은 아마도 부전자전이라 생각되며, 반면 넓고 큰 도량과 연민의 정으로 넘쳤던 인간적인 면은 어머니로부터 물려받았던 것이다.

⋯ 청마의 학력

청마는 1918년 11세 때인 4월 1일 여황산 아래에 있는 통영초등학교 1학년에 입학하여 4학년을 마치고 일본 부잔(豊山)중학교 3학년에 재학 중이던 형 유치진을 따라 일본으로 건너가 그 역시 부잔

(豊山)중학교에 다녔으나 아버지의 사업 실패라는 이유로 중퇴하여 (1925) 동래고보에 편입하게 되고, 졸업 후 1928년 연희전문(현 연세대학교 전신)에 입학했지만 1학년 때 중퇴했다.

반면 그의 형 동랑 유치진은 일본의 중학교를 졸업하고 릿교대학교 영문과를 졸업했었다. 청마가 유학한 1년 뒤 그의 아우 유치상도 이 학교에 유학했다.

청마의 부친은 큰아들 동랑에게만 매월 10원씩 보냈던 생활비에, 청마와 치상 등 3형제가 유학하자 매월 30원씩을 보내야 했는데, 한의원 수입만으로는 세 아들의 막대한 유학비를 댄다는 것이 어려워 다른 사업에도 손을 댔지만 도리어 손해를 보았던 것이다.

청마가 유학할 때는 한국에서 전국적으로 향학열이 뜨거워져 통영에서 건너간 도쿄 유학생만 해도 상당수에 이르렀다.

청마는 14살이던 초등학교 4학년 때 이성에 눈을 뜨기 시작하여 사랑했던 소녀가 아내가 된 권재순이었고 일본으로 유학을 떠난 이후에도 사랑의 연문을 계속 서로 주고받았다.

통영 출신의 저명인사들은 대개가 통영초등학교 출신이다. 시인 김춘수, 세계적인 음악가 윤이상도 이 학교 출신이다. 청마와 윤이상은 단짝이 되어 광복 직후 자기들의 모교인 통영초등학교의 교가를 작사, 작곡했다. 교가의 작사 작곡이라는 청마와 윤이상의 우정의 콤비는 이후에도 계속되었다.

이들의 교가 합작은 통영초등학교 외에도 통영충렬초등학교, 통영여자중학교, 통영여자고등학교, 부산고등학교 교가에서도 계속되었다. 부산고등학교 교가는 윤이상이 부산고등학교 음악 교사로 근무하던 때에 청마의 글을 받아 작곡한 것이다. 이 교가는 비석에 새겨져 부산고등학교 입구 정문 앞에 서 있다.

한편 동래고등학교의 교가도 유치환 작사, 김동진 작곡으로 되어 있으며, 동래고등학교 입구에는 청마의 시 「깃발」의 시비가 서 있다. 모교로서 그에 대한 존경과 현창의 표지다.

··· 다시 일본으로

연희전문을 중퇴하고 다시 일본으로 건너가 직업을 위해 도쿄에서 사진학원에 적을 두고 사진학과 그 기술을 배웠다.

그 후 그는 아버지가 경영하고 있는 통영 유약국 2층에 사진관을 차렸다. 청마의 최초의 생업이었다. 이때 권재순과 결혼했다.

··· 청마의 결혼과 자녀

청마는 21세 때(1929.4.5.) 통영 출신의 권재순과 결혼했다. 청마보다 한 살 아래인 권재순은 중앙보육학교를 마친 뒤 결혼할 당시 통영시에서 기독교 계통의 유치원(진명유치원) 보모로 근무하고 있었다.

이 유치원에 7세의 시인 김춘수가 다니고 있었고, 유치환(21세)과 권재순(20세)의 결혼식에 김춘수는 꽃다발을 들고 축하하는 화동(花童)으로 뽑혔다. 청마와 김춘수의 인연의 깊이를 말해준다. 1929년 무렵으로서는 선구적이라 할 만큼 신식결혼식이었으며, 피로연에서 형 동랑은 꼽추 춤을 추었고, 신랑과 신부는 통영시 밖의 고개 너머까지 드라이브도 했었다.

이들 사이에는 장녀 유인전, 차녀 유춘비, 3녀 유자연이 있었고 호적부에는 두 아들 장남 유일향과 차남 유문성이 있었으나 두 아들은 일찍 사망했다.

···　사진관 실패 후 다시 부산의 회사로

청마는 통영의 사진관 실패 후 26세 때 평양을 거쳐 1934년 부산 동구 초량동 1000번지로 이주했다. 지금의 중부경찰서 옆에 있던 화신 부산사무소(소장 조벽암)에서 사원으로 근무했다. 이때 아내 권재순은 초량의 한 유치원(지금의 삼일유치원) 보모로 있었다.

1935년에는 장남 일향이가 이곳에서 태어났고, 1936년에는 도일 차 초량동 집으로 찾아온 시인 이상과 부산 우체국 맞은편에 있는 어떤 '여관'에서 하룻밤을 동숙했다. 그 후 무의미시와 해체시 등 한국 모더니즘의 발원이 된 천재 이상은 1937년 3월 도쿄에서 27세로 요절했다.

···　교육이라는 본업으로 돌아선 청마와 청마의 첫 시집

회사를 그만두고 1937년(29세) 고향인 통영으로 돌아가 향교재단 소속인 통영협성상업고등학교 교사가 되었다. 이 학교 교원으로 함께 있던 시인 정진업, 시조시인 하보 장응두 등과 셋은 날마다 막걸리 세례 속에 살았다. 이해 청마는 발행·편집인이 되어 부산시 초량에서 동인지《생리(生理)》를 발행했다.

청마는 1930년 9월 3일, 고향의 문우들과 함께 통영에서 프린트판 회람지《소제부 제1시집(掃除夫 第1詩集)》을 발행했다. 자기가 주동하여 낸 최초의 동인지라는 점에서 주목된다. 이후 위에서 말한 동인

지 《생리》(1937)를 거쳐 1939년에 비로소 첫 시집 『청마시초』를 냈다.

　『청마시초』는 시 55편이 3부로 나뉘어 수록되어 있다. 프린트 판 동인지 《소제부》를 발간한 1930년 이후, 통영에서의 어둡고 답답한 명정(酩酊) 시대, 부산과 평양을 오고 간 유랑, 실업과 방황 등이 연속된 1939년까지를 배경으로 한 작품집이다.

　이 중 시 「그리움」은 부산 용두산공원 입구 산비탈에 시비로 세워져 있다. 시 「깃발」은 통영의 남망산 공원과 동래고등학교 교정 입구에 각각 시비로 서 있다.

청마 시비 「깃발」

··· 가족을 데리고 북만주로

청마는 통영협성상업고등학교 교사를 그만둔 1940년 3월에 가족을 데리고 북만주로 갔다. 그의 나이 32세로 아내 권재순(31세), 맏딸(11세), 둘째 딸(9세), 셋째 딸(8세) 등의 모든 가족과 함께였다. 자유 이주였다고 하나 '비장한 도주'나 '탈출'이었다. 일경에 의한 감시, 탄압, 수색과 원고 몰수 등으로 더 이상 문학 활동이 어려웠던 상황이었다. 한국에서 더 이상 모국어로 시 쓰기도, 생활하기도 어려워진 시대 상황의 예감 속에서 청마는 마침내 만주행을 결심했던 것으로 보인다. 그래서 선택한 것이 북만주 연수현에 있는 그의 형 동랑의 처가 소유 농장 관리 일이었다.

이 시기 북만주 체험을 배경으로 한 시집이 『생명의 서』(1947)다. 이 시집에 그의 '친일 여부' 운운하는 문제작 「수(首)」가 실려 있다.

수(首)

유치환

이 적은 가성(街城) 네거리에
비적(匪賊)의 머리 두 개 높이 내걸려 있나니
그 검푸른 얼굴은 말라 소년같이 작고
반쯤 뜬 눈은
먼 한천(寒天)에 모호히 저물은 삭북(朔北)의 산하를 바라고

있도다

너희 죽어 율(律)의 처단의 어떠함을 알았느뇨

이는 사악(四惡)이 아니라

질서를 보전하려면 인명도 계구(鷄狗)와 같을 수 있도다

혹은 너의 삶은 즉시

나의 죽음의 위협을 의미함이었으리니

힘으로써 힘을 제함은 또한

먼 원시에서 이어온 피의 법도(法度)로다

내 이 각박(刻薄)한 거리를 가며

다시금 생명의 험렬(險烈)함과 그 결의를 깨닫노니

끝내 다스릴 수 없던 무뢰한 넋이여 명목하라!

아아 이 불모(不毛)한 사변(思辨)의 풍경 위에

하늘이여 은혜하여 눈이라도 함빡 내리고 지고

– 「수(首)」의 일부

위 시에서 '비적(匪賊)'의 해석 여하에 따라 친일 여부가 판가름
날 수 있는 시이다. 가성(街城) 네거리에 효수형을 받아 그 머리가 내
걸린 '비적'을 글자 그대로 '무장을 하고 무리를 지어 살인과 약탈을
일삼는 도둑'으로 이해하는 경우와 '항일독립군'으로 이해하는 경우
가 있을 수 있는데, 후자의 경우 친일의 빌미가 될 수 있는 것이다.
장덕순 교수가 그럴 수 있는 가능성이 있음을 언급한 일이 있으나

김동리, 박목월 등은 적나라한 '생명의 참담한 현장'을 읊은 것으로 보았다.

··· 가족을 데리고 다시 고향으로

청마는 북만주에서 1945년 6월 가족을 데리고 귀국했다. 광복 후부터 정부수립(1948.8.15.) 무렵까지 제2 시집 『생명의 서』(1947), 『울릉도』(1948), 『청령일기』(1949) 등 3권의 시집을 냈다. 『생명의 서』는 북만주의 체험을 시화한 것이라면, 『울릉도』는 현실지향성을, 『청령일기』는 이상 지향성을 드러낸 시편들이다.

··· 통영의 문화유치원과 청마의 서재 영산장(暎山莊)

유치원 보모 자격증을 가지고 있고 경험도 있는 청마의 아내 권재순은 광복이 되자 통영시에서 문화유치원을 경영했다. 일본인이 경영하던 것을 광복이 되던 해에 매수하여 원장이 된 것이다. 현재 통영시 문화동 183번지, 옛 문화유치원 자리에는 입구에 '문화유치원'이란 간판이 그대로 부착되어 있다.

청마는 문화유치원 마당 옆에 자리한 사택 2층에 서재를 마련하고 영산장(暎山莊)이라고 불렀다.

한편 김춘수는 일본의 군대나 징용에 가지 않기 위해 마산 처가에 은둔해 있다가 광복이 되어 고향에 돌아와 고향의 대선배 시인에게 인사를 겸하여 청마를 찾았다. 1948년 김춘수의 첫 시집 『구름과 장미』에는 청마의 서문이 있다.

"그가 그의 앞날을 스스로 버리지 않는 한 반드시 대성할 것과 시단의 유니크한 자리를 차지할 것을 우리는 믿어 좋으리라."라는 청마의 서문도 바로 이 영산장에서 쓴 것이다.

··· 통영문화협회 발족

광복을 맞은 통영의 문화인들은 새로운 문화 계몽운동을 전개하기 위하여 '통영문화협회'를 발족시켰다. 회장은 청마였고, 간사는 음악가 윤이상, 총무에 김춘수 등이었고 회원에 화가 전혁림, 정명윤 등이 있었다.

이들은 한글 강습회, 시민들에 대한 정서교육, 상식 강좌, 농촌 계몽대 파견, 연극공연 등 다채로운 행사를 추진했다. 대부분의 행사는 윤이상이 안을 냈는데, 그는 아이디어맨이었다.

··· 시조시인 이영도와의 운명적인 만남

청마는 1945년 10월에 통영여자중학교의 교사가 되었다. 1년 뒤 이 학교에 시조시인 이영도도 1946년 10월 15일 자로 촉탁교사로 발령을 받아 함께 근무했다. 이들은 같은 직장 동료로 처음 만나게 되었다.

경북 청도에서 출생한 이영도는 시조시인 이호우의 동생으로 21세 때 밀양 박씨의 부호 박기주와 결혼하여 대구에서 신혼생활을 꾸렸다. 1944년 남편이 폐결핵을 앓게 되자 이영도의 언니가 '박애당'이라는 약국을 경영하는 통영으로 옮겨 와 통영의 도천리 도리골에 있는 '오동나무집'으로 불린 기독교 장로집에 세를 얻어 살았는데, 남편 박기주 씨는 1945년 8월 10일에 세상을 떠났다. 이때 이영도는 남편과 사별한 채 딸 하나를 기르는 아름다운 30대 초반이었다.

청마가 별세한 후에 간행된 『사랑하였으므로 행복하였네라』(1967, 1998)에는 청마가 이영도(정운)에게 보낸 편지글들만이 수록되어 있고 이영도가 청마에게 보낸 편지는 한 통도 수록하지 않았다. 엮은이 최계락의 머리말에 의하면 청마의 편지는 무려 5,000통이나 되지만 1946~1950년까지의 것은 한국전쟁 때 불태워 없애 버렸다는 것이다.

이영도와의 만남은 1946년이고, 서신 왕래도 그가 별세하기 직전(1966)까지 계속되었다. 청마와 이영도와의 관계는 그 전에 일부 알려지기도 했으나 『사랑하였으므로 행복하였네라』가 출판됨으로써 세상에 널리 알려졌다.

사람들의 반향은 두 가지로 엇갈렸다.

'지고지순한 우정사(友情史)'라고 하여 찬양의 대상이 되었는가 하면, 반면에 '20년간이나 정신적으로만 사랑하였다 하는데, 도저히 믿을 수 없는 일이다'라는 비판적 의견이 그것이다.

전자는 청마가 이영도에게 보낸 편지는 특정 개인(여성)에게만 내밀한 고백적인 내용이라기보다는 보편적인 사색이라는 성격을 띠고 있다는 점을 강조하는 것이라면, 후자는 남녀 간의 성애(性愛)의 차원을 전제로 한 발언이다.

청마가 정운(이영도)에게 보낸 1952년 7월 17일 자 편지 하나.

이때부터 이영도의 아호 '정향(丁香)'은 '정운(丁芸)'으로 바뀌었다.

사랑하는 정운

어젯저녁 일찌감치 자리에 든 탓인지 잠이 깨이기에 보니 열
두 시 반. 여러 가지 생각에 전전반측(輾轉反側)-한 시 반, 두
시 반, 세 시 반에 일어나 등을 켜고 앉아도 책조차 보기 싫어
하염없이 있노라니 종이 울립니다. 이제 먼동이 트려는 동쪽
하늘, 고목 위에 조각달과 별 하나이 걸려 있고, 미륵산은 마
치 나의 꿈결에도 걷히잖는 당신 그리운 근심처럼 엷은 구름
을 이고 있습니다. 아까 바시시 빗소리 같던 것은 나뭇잎 소
리던가 봅니다. 당신이 계시는 골짝이에서도 한창 닭 울음소
리가 잦습니다. 물론 당신도 일어나셨겠지요. 동쪽 창을 여옵
니까? 운(芸)과 마(馬)와의 하늘을 바라보옵니까? 나의 고운
이여, 애달픈 이여, 창창(蒼蒼)한 세월에서 우리의 소망이 곱게
바래져 가는 하루가 또 밝습니다.

7월 17일

당신의 마

이영도는 당시 유부남이었던 유치환의 사랑을 흔쾌히 받아주지
않았던 것 같다. 사랑의 마음은 굽이치고 그 마음이 받아들여지
는 못하니 유치환의 짝사랑은 시름이 깊고 깊었을 터. 깊은 시름의
흔적이 시 「그리움」에 묻어 있다.

그리움

유치환

파도야 어쩌란 말이냐
파도야 어쩌란 말이냐
임은 물같이 까딱 않는데
파도야 어쩌란 말이야
날 어쩌란 말이야

시름이 얼마나 깊었으면 이와 같이 한탄했을까.

⋯ 6.25 전쟁의 발발과 청마

전쟁 발발 3일 만에 북한군에 의해 서울이 함락되었고 대전을 거쳐 호남을 우회한 북한군은 진주를 함락시킨 뒤 통영마저 북한군 6사단이 점령하고 부산의 서쪽 현관인 마산을 공격하기 시작했다. 이에 미 제25사단이 급히 마산으로 이동했다.

이 무렵 청마는 가족을 데리고 급히 부산으로 피난하여 영주동에 세를 얻고는 그가 세를 든 집의 당호를 '청령장(蜻蛉莊)'이라 이름 지었다. 청마는 이때 만일의 경우를 위해 추하고 비열하게 목숨을 빼앗기지 않기 위하여 항상 청산가리를 가슴에 품고 다녔다고 한다.

청마의 이 셋집에는 병이 든 몸으로 피난 온 미당 서정주가 정양 중에 있었고, 얼마 후 조지훈이 대구에서 청마를 찾아왔다. 청마는 미당보다 7세나 위였지만 문단에서 이 둘은 한국 시단의 '쌍벽'으로 불리었고, 또 이들은 함께 항상 주정적(미당), 의지적(청마)인 '생명파 시인'으로 불리었다.

청마는 조지훈보다 나이는 12년이나 위였지만 오랫동안의 사귐에서 가까운 지기지우(知己之友)였다.

정부도 부산으로 내려갔고, 문총 본부도 부산에 자리 잡았다. 부산에서는 주로 광복동 금강(金剛)다방에 문인들이 많이 모였다. 이 무렵 부산으로 피난 왔던 전국에서 모인 문인들 가운데는 박종화, 김동리, 김윤성, 유동준, 김광섭, 김광주, 모윤숙, 박용구, 곽하신, 임긍재, 이헌구, 김송, 한무숙, 손소희, 김용호, 김구용, 조경희, 노천명, 곽종원, 조영암, 이종환, 이하윤, 유치진, 서항석, 박기원, 이봉래, 김규동 등이었다.

청마는 문총구국대의 이름으로 마침내 종군을 결심했다. 국군 제3사단 휘하 제23연대에 소속되었다. 청마가 속한 부대는 동부전선에서 수도사단이 무너진 뒤 포항 전선을 지키고 있다가 인천상륙작전 후 양양, 장전, 소동정호, 망양, 문천, 원산까지 전진했다가 중공군 개입으로 후퇴했다. 생사기로의 최전방을 따라 종군하면서 10여 일간 사병들과 생사고락을 함께했다. 그 후 청마는 종군 전쟁체험의 시집『보병과 더부러』(1951.9.)를 남겼다.

청마는 종군 시집 『보병과 더부러』(1951.9.)를 낼 무렵 고향 통영
으로 돌아갔고, 1952년 11월 10일 한국 아나키즘의 성지(聖地)라고
불리는 함양의 고읍 안의에 있는 안의중학교 교장으로 부임했다.

'안의 송장 하나가 함양 열을 당한다'라는 말이 있듯이, 안의 사
람은 예부터 기질이 세고 정의감이 굳은 것으로 알려져 있다. 이곳
에서 일제하 와세다대학교 철학과를 졸업한 하기락을 비롯한 아나
키스트들이 배출되었고, 광복 후엔 전국 아나키스트 대표자 대회
(1946)가 이곳에서 개최된 사실 등을 감안하면, 이 반골 고읍이 한
국 아나키즘의 성지라는 말이 결코 지나친 말이 아님을 알 수 있다.

청마는 안의에서 약 2년간 재직한 뒤 경북대학교 문리대 전임강
사로 부임했다. 청마를 경북대학교로 초빙한 사람은 당시 경북대학
교 문리대 교수로서 청마를 안의중학교 교장으로 초빙했던 아나키
스트 철학자 하기락이었다.

청마와 하기락의 인연은, 하기락이 광복 이듬해(1946) 부산에서
《자유민보》라는 일간신문을 창간하여 그가 창간 주필을 맡았는데,
이 무렵 청마와 처음으로 만나 알게 된 것으로 추정된다. 통영 출신
시인 김춘수도 하기락 교수의 추천으로 경북대학교 교수로 부임한
것이다.

청마는 경북대학교 전임으로 부임한 그해에 『청마시집』(1954.10.)

을 출판했는데, 이때 시집 출판기념회가 경북대학교 의대 2층 대강당에서 열렸고, 그때 의대 본과 1학년이었던 허만하 시인은 이 출판기념회를 계기로 처음 청마를 만났다. 허만하는 청마의 애독자였으며, 그 뒤에도 청마와의 교분이 두터웠다. 뒤에 청마는 경주고등학교 교장으로 있을 때 대구까지 일부러 와서 허만하의 결혼 주례를 서기도 했다. 의사이자 시인인 허만하의 저서 『청마풍경』(2001)은 청마의 시, 인간, 가정 그리고 사상 등에 관한 에세이집이다.

전후 어수선한 시절인 1955년 청마는 경북대학교 교수를 그만두고 경주고등학교 교장으로 부임했다. 그 당시 학생 중에는 재학생이었던 손봉호 서울대학교 교수(경주고등학교 6회)도 있었다. 청마와의 교분이 두터웠던 조지훈이 누이동생 조동민을 통해서 청마를 경주고등학교 교장으로 추천한 것으로 추정된다. 재단 이사장의 며느리가 조지훈의 누이동생이었다.

경주고등학교의 교가는 조지훈 작사이고, 작곡은 청마와 가까운 친구였던 윤이상이 작곡했다. 윤이상이 작곡한 것으로 보아 교장 청마가 윤이상에게 부탁한 것으로 보인다.

말주변이 없는 눌변으로 대학강단에서 시달렸을 것을 생각하면, 다시 교장직으로 돌아간 것은 다행한 일이라 할 수 있다. 청마는 학교장 관사를 자기의 처소로 삼고, 그 처소를 '요지암(遙指庵)'이라고 불렀다. 이 관사는 경주역 건너편 난잡한 홍등가 한복판에 자리 잡고 있었다.

1957년 2월에 조지훈, 박목월, 박남수 등을 중심으로 한국시인

협회가 발족되었고, 당시 경주고등학교 교장으로 있던 청마가 한국 시인협회 초대 회장으로 추대되었다. 이 무렵 시인들이 경주를 많이 찾아왔다. 찾아온 손님들과 청마가 즐겨 찾았던 곳은 속칭 '쪽샘' 술집이었다. 경주에 있는 이 '쪽샘'은 술집들 100여 호가 몰려서 하나의 마을을 형성한 곳인데, 천마총 고분과는 도로 하나를 사이에 두고 있는 월성동 제4동이다. 청마가 특히 자주 출입한 술집은 '오류구'(옥란네), '감나무집', '똥걸레집' 등이었다.

'오류구'는 그 수동식 전화번호가 '569'여서 불린 옥호였다. 그 집에 근무하는 옥란이라는 여인은 기생으로 용모가 단정하고 의젓한 중년 여인이었다. 여러 가지 전통 악기도 있는 고급 술집이었다. 외지에서 손님이라도 오면 청마는 허물없이 이 집을 찾았다.

청마가 술값을 계산하는 방법은 특이했다. 돈이 없을 때는 얼마냐고 묻지도 않은 채 그냥 눈짓을 하며 손만 들어 보이는 것이었고, 그러다가 호주머니에 돈이 있는 날에는 '돈다발'을 세지 않고 그냥 손에 잡히는 대로 내어 안방 쪽으로 던져버리고 나가는 것이었다.

청마의 경주시절은 시인으로서의 전성기였고, 비판적 지식인으로서 권력으로부터 심한 억압과 감시를 받았던 때도 이 시기였다. 또 그의 추천을 받아 많은 시인들이 등단한 것도 이 무렵이었다.

자유당 독재의 횡포와 양대 부정선거(1956년 이승만의 3선 선거와 1960년 이승만의 4선 선거)에서 드러난 반민주적 부정·비리 등에 대한 현실참여시와 시론(時論)을 통한 청마의 신랄한 비판은 마침내 1959년 9월 30일 자로 경주고등학교 교장직에서 쫓겨나게 된 원인이었다.

대구 두류공원에 세워진 '2.28 학생의거기념탑(1961.4.10. 건립)'의 비문에는 청마의 글이 새겨져 있다.

대구의 '2.28 학생의거(1960.2.28.)'는 대구 수성천 변에서 민주당 장면 부통령 후보의 강연회가 열렸는데, 경찰이 청중 동원을 방해하고, 일요일임에도 불구하고 각급 학생들을 등교하도록 조치하자 이에 분격한 대구의 고등학교 학생들이 들고일어난 '가두 집단 데모'였다.

부산의 용두산공원에 세워져 있는 '4.19 민주혁명기념탑(1961.1.7.)' 비문에도 청마의 글이 새겨져 있다.

청마는 경주고등학교 교장에서 쫓겨난 후(1959.9.30.) 1년 8개월간 고난과 실의 나날을 보낸 가운데 일시《대구매일신문》논설위원을 거쳐 팔도 여행을 나섰다.

그 후 5.16 군사혁명 하루 전날인 1961년 5월 15일 경주여자고등학교 교장으로 복직되었다. 그의 지병인 좌골 신경통으로 교장 취임식에서도 의자에 앉은 채 부임 인사말을 해야 했다. 1년도 채 못 있다가 대구여자고등학교 교장으로 전임되었다. 대구여자고등학교의 교가는 청마가 짓고, 김종환이 작곡했다.

1년이 겨우 지나 1963년 7월 3일 경남여자고등학교 교장으로 전임 발령을 받자 대구여자고등학교가 발칵 뒤집혔다. 전교생들이 청마의 전출을 반대하는 진정서를 올리고 교사들까지 가세한 집단 데모가 일어났다. 청마의 신화가 또 한 번 불기 시작했다.

청마는 1963년 7월 3일 자로 대구여자고등학교에서 경남여자고등학교 교장으로 전임 발령을 받았다.

경남여자고등학교는 1927년 4월 3일 부산미나토여자고등학교(釜山港女子高等學校)로 개교한 이래 시조시인 박옥금을 비롯하여 왕수영, 강계순, 이은경, 황량미, 윤정숙, 이순욱 등 많은 시인들이 배출되었다.

그것은 조순을 비롯하여 김태홍, 안장현 같은 시인 교사들이 재직하고 있었던 때문이리라.

청마가 1963년 7월에 부산에 오자 부산의 문인들은 그를 부산문인협회장으로 추대했고, 그를 환영하는 행사의 하나로 1964년 봄에 이주홍이 신선대 아래 용당동 송림으로 초청했는데, 이 자리에 이영도도 초대되었다.

한편 경남여자고등학교에서 1년 10개월간 재직했을 즈음 부산남여자상업고등학교로 시인 교장의 전근 발령이 나자 경남여자고등학교 재학생들은 물론 졸업생들까지 가세하여 전근 발령 저지 시위를 벌였다. 시인 교장의 전근이 큰 사건으로 발전했다. 사태를 수습하기 위하여 당시 교육감이 직접 학교로 찾아와 열변을 토하며 설득과 질책을 했다. 그의 마력적 인기가 또 한 번 폭발한 셈이다.

이런 사건은 이로써 청마의 경우 세 번째였다. 경주고등학교 교장직에서 권력에 의해 쫓겨날 때도 그러했고, 대구여자고등학교 교장에서 경남여자고등학교 교장으로 전출할 때도 그랬다. 청마의 인간적 마력 때문에 생긴 '청마신화'였다.

부산남여자상업고등학교 교장으로 있으면서 애정시집 『파도야 어쩌란 말이냐』(1965)를 상재했다. 이 시집은 당시 고등학교 여학생들에게는 베스트 셀러였다.

청마가 교장으로 있을 때, 작가 이규정(신라대학교 명예교수)과 김정자(부산대학교 명예교수)가 이 학교의 교사로 근무했으며, 시인 탁영완, 시인 장기연이 청마 재직시에 졸업했다. 교문 입구에 청마의 시「바위」의 한 대목 '꿈꾸어도 노래하지 않고/두 쪽으로 깨뜨려도 소리하지 않는/바위가 되리라'가 새겨진 '청마시비'가 서 있다.

··· 청마의 죽음

청마는 이 학교에 재직하던 1967년 2월 13일 예총관련 모임 후 귀가하던 도중 60세의 나이로 좌천동 도로상에서 버스 교통사고로 숨졌다. 김정한이 장례위원장을 맡아 합동장으로 거행된 장례 행렬은 고인의 죽음을 아끼는 시민들로 장장 광복동의 끝까지 덮었다. 장지인 부산 하단의 에텐공원 동편 산으로 가서 하오 1시경 하관 안장했다. 경찰은 부산시가 개항된 이후 일찍이 볼 수 없었던, 어떤 애국지사의 죽음보다 더욱 성대한 이 장의 행렬을 위한 경호와 교통정리에 노력했다고 했다.

이곳 청마의 산소는 1981년 경남 양산 백운고원묘지로 이장되었다가, 다시 1997년 4월 5일 거제시 둔덕면 방하리 건주봉으로 이장되는 등 두 번이나 유택이 옮겨졌다. 이때 아내 권재순의 묘소도 함께 이장되었다.

1993년 3월 3일 청마가 숨진 부산시 동구 좌천동 봉생병원 건너편 대로변에는 관할 구청에서 청마에 대한 기념을 겸하여 청마의 시 「바위」를 새긴 시비 공원을 조성했다.

유치환이 이영도에 대한 마음을 표현한 시로 전하는 애송시 한 편.

행복

유치환

사랑하는 것은
사랑을 받느니보다 행복하나니라
오늘도 나는
에메랄드빛 하늘이 환히 내다뵈는
우체국 창문 앞에 와서 너에게 편지를 쓴다

행길을 향한 문으로 숱한 사람들이
제각기 한 가지씩 생각에 족한 얼굴로 와선
총총히 우표를 사고 전보지를 받고
먼 고향으로 또는 그리운 사람께로
슬프고 즐겁고 다정한 사연들을 보내나니

세상의 고달픈 바람결에 시달리고 나부끼어

더욱 더 의지삼고 피어 흐클어진 인정의 꽃밭에서
너와 나의 애틋한 연분도
한 망울 연연한 진홍빛 양귀비꽃인지도 모른다

사랑하는 것은
사랑을 받느니보다 행복하나니라
오늘도 나는 너에게 편지를 쓰나니

그리운 이여 그러면 안녕!
설령 이것이 이 세상 마지막 인사가 될지라도
사랑하였으므로 나는 진정 행복하였네라

전주문화기행
– 작가 최명희와 『혼불』의 문학세계

최명희 작가

전동성당

삭녕 최씨 최명희는
누구인가?

남원에는 삭녕 최씨(朔寧崔氏)가 유명하다. 세종 때 훈민정음 창제에 참여한 최항(崔恒)의 후손들로서 8명의 한림학사와 5명의 옥당 벼슬(八翰林 五玉堂)을 배출한 가문이다.

최항의 6대손 가운데 미능재(未能齋) 최상중(崔尙重, 1551~1604)은 임진왜란 시 권율 장군을 도와 군량미를 책임지는 운량장(運量將)을 지냈던 인물로 그에게는 슬하에 3남 3녀가 있었는데 3명의 아들뿐만 아니라 3명의 딸들도 모두 문재(文才)가 뛰어났다. 어느 날 아버지 최상중이 딸 3명에게 글짓기를 시키면서 세 종류의 상품, 즉 당시 중국에서 수입한 최상품의 벼루 한 개, 엽전 1말, 소나무의 솔 씨 1말을 내걸었다.

시험 결과 둘째 딸이 장원했고 그녀가 고른 상품이 벼루였다. 이 둘째 딸이 시집간 곳은 풍천 노씨인 노옥계(盧玉溪 1518~1578) 집안으로 노옥계의 손자며느리가 되어 4명의 글 잘하는 아들을 낳았다. 남원 옥계서원에는 둘째 딸이 상품으로 받았던 벼루가 보존돼 있다고 한다.

큰딸이 받은 상품은 '엽전 1말'로 돈을 받은 큰딸은 전북 임실군 삼계면의 경주 김씨 집안으로 시집을 갔는데 후손들 가운데 부자가 많았다고 한다. 삼계면은 우리나라에서 박사가 가장 많이 배출된 마을로도 유명하다. 100명 이상 배출했다.

셋째 딸은 익산에 살았던 진천 송씨 송영구(宋英耉, 1555-1620)의 집안으로 시집을 갔다. 호남고속도로 익산인터체인지 부근에 빽빽하게 자라는 소나무들은 400여 년 전에 셋째 딸이 뿌린 솔 씨가 종자를 퍼뜨린 것이다.

『혼불』의 작가 최명희가 이 삭녕 최씨 집안 출신이다.

최명희(1947~1998)의 조상들은 남원시 사매면 서도리 노봉마을에서 대대로 살았으며, 최명희는 부친 최성무 씨와 모친 허묘순 씨의 2남 4녀 중 장녀로 태어났다. 부친 최성무 씨는 일본 동경교대로 유학한 당대 지식인이었고, 모친 허묘순 씨는 전남 보성군 득량면(삭녕 최씨 종부와 동향) 출신으로 한학자 허완의 장녀였다.

최명희는 전주에서 태어나 전북대학교 국문학과를 졸업하고 전주 기전여자고등학교와 서울보성여자고등학교에서 국어 교사로 재직했다.

1980년 《중앙일보》 신춘문예 소설 부문에 단편소설 「쓰러지는 빛」의 당선으로 문단에 데뷔한 후 이듬해인 1981년 《동아일보》 창간 60주년 기념 2,000만 원 고료 장편소설 공모에 『魂불』(제1부)이 당선되었다. 이후 교직을 사임하고 오로지 『혼불』 집필에만 전념하여 이후 월간 《신동아》에 1995년까지 『혼불』을 연재 후 1996년 한길사에서 『혼불』(5부 전 10권)을 완간했다.

1980년 4월부터 『혼불』을 쓰기 시작하여 1996년 12월까지 17년 동안 집중적으로 계속된 작업이었다.

사람들은 그녀가 건강을 돌보지 않고 집필에만 매달렸던 서울 청담동 성보아파트를 '성보암'이라 불렀고, 그 성보암에서 최명희는 도를 닦는 주지스님이었던 셈이다. 마지막 탈고 4개월 동안은 자리에 제대로 눕지도 않다가 결국 1998년 12월 11일 51세의 나이로 이승에서 삶에 마침표를 찍었다. 그녀는 지병인 난소암으로 서울대학교병원에서 사망, 전주시민장으로 장례 지냈다.

전주시 교동 은행나무 골목에 작가의 생가가 있고, '최명희문학관'이 있으며, 덕진동 동물원 가는 입구에 최명희 묘소가 있다.

『혼불』의 배경인 남원 사매면 노봉마을에는 '혼불문학관'이 있다.

창작에 불같이 뜨거운 열정을 태우다 의미 있는 작품을 남기고 간 작가이다.

* 생애의 중요 요소: 건강/가족의 행복/적절한 경제력/친구와 대인관계/의미 있는 유산

대하소설『혼불』의 문학세계

제목 '혼불'의 의미

작중에서는 청암부인이 임종을 앞둔 날 종가의 지붕 위로 떠오르던 푸른 불덩어리로 묘사되었다. 이는 사람이 제 수명을 다하고 죽을 때 미리 그 몸에서 빠져나간다는 것으로 목숨의 불이자 정신의 불로서 존재의 핵이 되는 불꽃이다.

따라서 대하소설『혼불』은 일제시대의 어둡고 억눌린 시대를 통

과한 사람들의 꺼진 혼불을 환하게 지펴 올리는 해원(解寃)의 과정이었다. 매안 이씨 양반가와 거멍굴 천민이 해원의 과정을 거치면서 만들어 낸 민족혼, 한국의 삶, 한국인의 의식은 혼불로 상징화되고 복원되었다.

작품『혼불』의 배경
- 크게 세 곳

첫째는 작품의 중심이자 처음 등장하는 배경으로 남원 매안마을이다.

"만일 낫을 놓고 이야기를 한다면, 날카로운 날 끝이 노적봉 기슭의 매안인데, 매안은 원뜸(호성암, 이씨 문중 대종가-청암부인과 율촌댁, 대실댁의 이기채가, 수천댁 기표가, 오류골댁 기응가 그리고 청호저수지 등이 위치), 중뜸, 아랫몰(인월댁, 동녘골댁), 매안에서 오른쪽으로 한참을 걸어와 낫의 모가지가 기역자로 구부러지는 지점이 새로 생긴 정거장(서도역-1931년 개통)이며, 그 목이 낫자루에 박히는 곳쯤이 무산 밑의 근심 바우 거멍굴(당골네 백단이, 대장장이 금생이네, 백정 택주네, 자식 없는 공배 내외, 부모 없는 춘복이, 서방 없는 옹구네, 곰배팔이 평순이네) 그리고 더 아래로 내려와 맨 꽁지 부분 손잡는 데에 이르면, 고리봉 언저리 민촌 마을 고리배미(비오리네 주막)가 된다."

쉽게 말하자면 노적봉(567m)의 발등에 해당하는 곳이 매안마을이고 매안마을에서 남원읍내까지는 30리 길이다.

매안마을은 70여 호의 집성촌인 반촌(班村)이라면, 거멍굴은 천민촌이고, 고리배미는 각바지 성이 섞여 사는 산성촌(散姓村)으로 민촌이다.

둘째는 강모가 전주고보를 다닌 후 직장을 다녔던 전주이다.

전주에는 강모가 전주고보를 다니면서 하숙을 하였던 다가정(지금의 다가동). 졸업 후 전주부청에 취직 후 만난 오유끼와 함께 생활한 한벽루, 전주역 등이 있다.

셋째는 작품 후반부에서 중요하게 등장하는 중국 만주의 봉천(옛 청나라 수도 심양), 봉천역, 조선인 거주지 서탑거리 등이 있다.

『혼불』 서두의
개략적 스토리

1930년대 말 전북 남원의 양반촌인 매안마을에서 떨어진 곳에 천민들이 사는 거명굴이 있다. 이 마을의 사람들은 이씨 문중의 땅을 부치며 살아간다. 매안마을의 실질적인 권력자는 이씨 문중의 종부(宗婦) 청암부인인데, 그는 혼인한 후 곧 청상이 되어, 남편 이준의의 동생인 이병의의 장자 이기채를 양자로 맞았다. 이기채는 청암부인을 극진히 모시건만, 이들의 가세는 점점 기울고 만다. 이기채는 장가를 가서 아들을 낳았는데, 그의 이름은 강모이다. 그런데 종가의 장손으로 태어난 강모는 사촌 여동생인 강실이를 좋아한다. 그래서 강모는 허효원과 결혼[1]을 했을지언정 강실이를 잊지 못한다. 결

---

1   작품의 서두는 15세 신랑 강모가 18세 신부 효원과 신부의 집이 있는 대실마을에서 결혼하는 장면에서 시작한다.

혼 후 허효원 역시 강모에게 마음을 열지 않아, 이들은 5년간이나 합방을 하지 않는다.

결국 강모는 강태를 따라 만주로 가게 되는 한편 청암부인은 병세의 악화로 결국 죽고 만다. 사촌 형 강태와 함께 만주에 도착한 강모는 그곳에서 전주고보의 국사 선생님이었던 심진학 선생을 만나 참담한 고국의 현실에 대해 많은 이야기를 나눈다. 심진학 선생은 일본의 억압이 극에 달하더라도 그것에 굴복해선 안 된다는 것을 강조한다.

한편 거멍굴의 사람들은 양반촌 사람들에게 억눌려 살아왔던 것에 대한 복수를 감행한다. 상민 춘복이는 이씨 문중의 강실이를 겁탈하고 이에 강실이는 자살을 기도하기도 한다.

결국 강모의 아이를 임신한 강실이는 효원의 권유에 따라 친정 부근에 있는 사찰로 피접을 떠나다 거멍굴 옹구네 집에 머무르게 된다.

『혼불』 작중인물의
존재 방식

크게 세 가지로 나눠볼 수 있다.

첫째는 종부 3대의 축이다. 청암부인, 율촌댁, 효원으로 이어지는 종부 3대를 핵심적인 줄거리로 하고, 그 중심에 청암부인이 있다.

매 마을과 거멍굴의 정신적 지도자는 이씨 문중의 종부(宗婦) 청암부인이다. 그녀는 열아홉에 청상이 되어 쓰러져 가는 집안을

3,000석지기[2]로 일으켜 세우지만 손자 강모 대에 이르러 가문의 영화는 내리막으로 치닫는다. 천성이 유약한 강모는 가문의 대를 잇는 일을 버거워하다 만주로 떠난다.

청암부인은 19세의 나이에 남편 이헌의가 죽어 신행길에 소복을 입고 시댁으로 왔었다. 청상이 되자 작은 집 장자 기채를 양자로 들였었다. 기채의 부인이 율촌댁이다. 일찍이 청암부인은 허물어져 가는 종가에 시집을 와 39세 때는 매안의 저수지인 청호를 2년간에 걸쳐 조성하는 등 억척같은 삶 속에서 3,000석의 재산을 마련했다. 율촌댁은 이기채와 결혼하여 딸 강련을 낳았고 이어 여식을 낳았으나 열병에 걸려 죽고, 세 번째 아이가 아들 강모였다.

청암부인이 68세였을 때 15세 강모를 결혼시켜 18세 효원을 아

---

2   구한말에서 1950년대까지 호남의 큰 부자 집안을 살펴보면, 전북 부안에는 10만 석 부자라고 일컫던 인촌 김성수가 있었다. 그는 전 재산을 털어 고려대학교와 《동아일보》를 세웠다. 광주에는 무송 현준호가 있었다. 그는 일제강점기에 호남은행을 창립해 일제의 자본 수탈에 대항하다가 강제해산을 당했다. 전남대학교는 의과대로 출발했는데 전남의대의 전신이 '광주의학전문학교'였다. '광주의전'을 세울 때 무송 현준호가 발 벗고 나서 거액을 내놓았다. 현대그룹의 현정은 회장이 현준호의 손녀딸이다.

순천에는 우석 김종익이 있다. 서울 혜화동에 여자 의사를 양성하기 위해 세운 '경성여의전(우석대학 전신)'이 우석의 돈으로 세워진 학교이다. 순천고등학교와 순천여자고등학교도 우석이 세웠다. 목포에는 문재철이 있다. 그는 목포와 신안 일대 섬 중심으로 염전, 면화, 물류를 통해 돈을 벌어 민족 학교를 세우기로 하고 설립한 학교가 목포의 명문 사립고인 문태고등학교이다. 여수의 부자는 김익평이 있다. 현재 여수의 진성여자중·고등학교, 한영고등학교, 한영공전이 이 집안에서 세운 학교다. 호남의 부자들은 사재를 털어 학교를 세웠다는 게 공통점이다.

참고로 300년 전통의 1만석 부자 경주 최부잣집도 도덕적, 경제적 상류층이 지녀야 할 도덕적 가치관을 가훈으로 남기고 실천했다. 1년에 약 1,000가마의 쌀을 찾아온 과객들 밥 먹이는 데 소비했으며, 평균 80~90명의 손님이 1년 365일 동안 최 부자 집에 상주했다고 한다. 사랑채 둔 쌀 뒤주는 지나가던 과객들이 이 집을 떠날 때 여행 식량으로 필요한 쌀을 퍼 갈 수 있도록 한 배려였다고 한다. 마지막 최 부자인 최준은 영남대학교의 전신인 대구대학교를 설립했다.

내로 맞이하게 한다. 청암부인 사후 효원이 대종가의 종부 역할을 담당한다. 강모가 전주에서 기차로 봉천으로 떠난 뒤 동짓날 무렵 청암부인이 73세의 나이로 임종한다.

때마침 거멍굴의 사람들도 종으로 짓눌려 왔던 지난 세월의 한을 되갚으려 한다. 억울한 일을 당한 이들이 종가마루를 쇠스랑으로 내리찍는가 하면, 무당의 무부인 홍술의 뼈를 청암부인의 묘에 밀장하기도 하며, 부모 없는 천민 춘복은 금지옥엽인 강실을 범한다. 청암부인의 별세 이후 가문을 지키는 일은 이제 3대 종부인 강모의 아내 효원의 몫으로 남겨진다.

둘째는 애정의 축이다. 강모와 강실의 비극적 근친애(相避), 강모와 효원의 어긋난 부부 애정을 중심 줄기로 하고 있다.

매안마을의 근친애로는 강모와 강실 외에도 동녘골댁 아들 강수와 진예와의 근친애가 있고, 강수의 영혼결혼식이 있는가 하면, 부모가 죽고 없는 시집간 진예가 실성한 모습으로 친정 곳인 매안에 출현한다.

밤에 진행된 강수의 영혼결혼식에 남의 이목을 피해 강모가 신부 효원을 집에 두고 사촌 누이 강실이와 같이 구경 간 사실이 옹구네 눈에 발각됨에 따라 강모와 강실이 상피 붙었다고 소문나기 시작한다.

또한 결혼 후 전주고보 3학년에 다녔던 강모는 졸업 후 전주부청에 근무 중 결산 회식자리에서 만난 전주부 고사정(高士町) 고급요리점 모찌즈끼(望月)의 젊은 여자 오유끼를 만나 동정하게 된다. 모찌즈끼의 일본인 주인에게 전주부청 공금 300원을 덜어내 건네주고는 족쇄에 묶인 오유끼를 풀어 자신의 하숙으로 데려온다. 주야로 일해도 한 달 수입 2원이 채 안 되던 시절 300원 횡령혐의로 감사에 적발된 강모는 구속 파면되나 숙부 기표의 노력으로 풀려나 집으로 돌아온다. 사촌 형 강태와 함께 만주 봉천행 기차에 오른다.

셋째는 정치의 축이다. 강호, 강태, 강모의 이념적 갈등과 거멍굴 천민과 고리배미 상민들에게서 신분상의 갈등, 이데올로기의 갈등이 나타나고 있다.

모찌즈끼에서 다시 만난 강태와 강모는 프롤레타리아 혁명을 놓고 이념논쟁을 벌인다. 강태는 전주부 직장을 두고 남만주 봉천으로 떠나 사회주의 사상을 공부하려 한다. 강모, 강태를 따라 봉천으로 동행하기로 한다.

그날 밤 강모 다가정(多佳町) 오유끼 집을 찾아 자신이 봉천을 떠남을 알리고 청암 할머니가 준 300원이 든 명주 수건을 오유끼에게 건네고는 어디든 떠나라 하자 오유끼 강모를 따르겠다고 몸부림한다. 오유끼를 봉천행 기차 안에서 다시 만난다. 봉천에서 강모도 오유끼도 차츰 가난한 조선 민족의 삶을 이해해 나간다.

대종가에도 여러 형태의 종들이 있다. 침비인 우례의 남편은 정쇠이고 성이 추가인데, 아들 봉출은 성이 추가가 아니고 이기표의 소생으로 이씨 성이었다. 거멍굴 옹구네를 비롯한 사람들의 험담거리로 오르내린다.

상피 소문으로 두문불출 강실이를 거멍굴 상놈 신세인 춘복이 노리고 있다. 물 건너 쇠여울 사는 쇠여울네가 이기채가 준 논값을 동생 수천 샌님 이기표가 배달 사고를 낸 바람에 종가인 이기채의 대청마루를 쇠스랑으로 찍는다. 피떡이 되도록 얻어맞은 쇠여울네의 원한을 거멍굴 춘복이 갚으리라 다짐한다. 강실이가 자신의 자식새끼를 낳게 하겠다는 다짐을 한다.

··· 거멍굴 사람들

공배네는 자식을 잃고 버려진 춘복이를 자식처럼 키우고 과부 옹구네는 노총각 춘복이에게 관심을 가진다. 공배네는 이를 못마땅히 생각한다. 춘복이는 강실이만을 생각한다. 춘복의 생각을 알아챈 옹구네의 생각과 계략[3]이 가관이다.

---

3   다음은 양반댁 강실이를 손에 넣을 계획을 하고 있는 천민 춘복의 생각을 알아챈 옹구네 심리묘사다.
    「어느결에 강실이가 제 손아귀에 한줌으로 잡힐 것만큼 만만하게 여겨지는 것이었다. 지께잇 거이, 매안으 구름 속으 있을 적에 작은아씨고 애기씨제, 일단 여그 거멍굴로 잽혀 오기만 허면, 그러면 그만이여. 그때부텀은 내말 들어야여. 암먼. 그렇제. 달구새끼 뼁아리도 다 텃새를 허는디? 닭장에 모여 있는 놈이 나중 들온 놈 대가리 기양 주뎅이로 콱콱 쪼사 부리고, 모시통에 모시도 못 찍어 먹게 쫓아내 부리잖이여? 사램이라고 머이 달르간디? 더 허먼 더 했제 못허들 안혀. 사람이 짐생보다 외나 더 독한 거 아니라고? 옹구네는 꼬리가 길게 패인 눈을 더욱 가느소롬하게 좁히어 뜬다.
    "생각 잘했네잉. 나도 그 심정을 백 번 알겠그만. 내가 사나라도 그만헌 변동천하쯤 한 번 맘먹어 보겄다. 기왕으 장개를 가고 각시를 얻을라면 그만침이나 된 큰애기여야 깍지가 맞제이. 근디, 생각은 존디, 생각만 갖고는 안될 일이그만. 일을 어떻게 헐라고?"
    춘복이 한테 무어 더 자세한 말을 들어 볼 것도 없이 단도직입으로 눌러 두고, 그에다가 계집이 부림직한 잔망스러운 앙탈이나 푸념은 아예 싹 걷어내 버린 그녀는, 단번에 일의 복판을 치고 들어간다.
    "궁리중이오."
    암상을 부리는 대신 뜻밖에도 씻은 듯한 목소리로 진지하게 묻는 옹구네한테 춘복이는 얼결에 뚱하니 대답한다.
    "목심이 서너 개 됭게비네잉."
    "하나라도 그렇제."
    "언감생심 그런 생각을 허는지 알면 그대로 끄집어다가 덕석몰이 투드러 패고, 종당에는 빽다구 뿐질러서 동구 밖에 패대기칠 거인디? 아, 매안 냥반들 하루 이틀 저꺼 바? 더군다나 이게 무신 과부 보쌈도 아니고 금쪽 같은 양반댁 시집도 안 간 처녀를 날도적 질해 오는 일인디, 살기를 바래?"

"그렇게 말이 새면 안되는 일 아니요? 절대로."

"쥐도 새도 몰르게?"

"몰라야제 알면 베리지요."

"앙 그리여, 이 일은 소문이 나야 되는 일이네이. 내 동네, 이우제 동네, 삼동네가 다 시끌시끌 왁자허게 소문이 나야만 제대로 되야."

"거 먼 소리다요?"

춘복이가 비로소 얼굴을 돌려 옹구네를 바라본다.

(…)

"저그 고리배미 비오리네 주막허고, 정그장에 새로 생긴 새 술막에다 일단 말을 흘리먼, 주막이란 디가 양반 상놈 헐 것 없이 아무나 오고가는 디고, 또 귓구녁 철벽하고 일부로 안들을라먼 몰라도 여그 저그서 허는 이얘기 자연히 듣게 되는 디가 주막이여. 또 들으면 욍기게 되능 거이 말이고. 그렇게 소문을 낼라먼 주막이 젤이여. 근디 암만 소문나 봤자 고리배미, 거멍굴, 이러다 말먼 쇠용이 없제. 혼인 말 오고 갈 즈그 동아리 되는 양반들이 알어야는디, 점잖으신 양반들이 발개고 앉어 책만 읽는디 그런 소문을 어디서 듣겄능가? 다 아랫것들이 조잘조잘 허는 소리 듣고 알제잉. 그렇게 주막에다 퍼치는 소문이 시작이여.

(…)

그런디 소문이 나 노먼 그게 달르제. 상피붙은 집안이다, 소문이 나먼, 본인 혼삿길은 더 말헐 것도 없고 즈그 문중 양반 가문에 개 짐생 똥칠을 허는 거이라. 즈그가 몬야 강실이를 놓고 쥑이든지 내쫓든지 헐거이라고. 그런 일은 소문 안 나게 넘모르게 허겄지맹. 쉬쉬험서. 근디, 정이 더런 거이라 쥑이든 못헐 거이네. 부모 자식 정리로 어뜨케 차마 생목심을 쥑일 수야 있것어? 쫓아내기 쉽제. 그렇게, 소문만 익으면 홍시감 꼭데기 빠지디끼 강실이는 똑 떨어지게 되야 있어. 자개 앞으로. 그러면 주워 오면 되잖여. 멋 헐라고 하나뿐인 목심 걸고 일을 에럽게 헐라고여? 그렇게 쫓아낸 자식 주워 갔다고 춘복이를 어쩔 거이여? 한번 쫓아내 놓고. 속으로야 곧 쥑이고 잪겄지만 이미 물릴 수가 없는 일이제.

(…)

이렇게 되게 즈그 집안으다 소문을 퍼칠라먼 봉출이란 놈이 젤일 거이그만. 그놈이 아배는 양반이고 어매는 종이라, 속에 불이 많어 나서 살살 달개감서 부리먼 쓸 만헐 거이여. 더군다나 즈그 종갓집에 사는 종잉게 안성맞춤이제. 가가."

옹구네 눈알이 번들번들 거렇게 타오른다.

"소문은 내가 내주께. 은근슬쩍 빈틈없이 여그 저그다가."

『혼불』의 구성 방식

… 민속적(民俗的) 박물지(博物誌) 형식의 도입

　줄거리만으로는 가족사소설 혹은 일제하의 사회 격변을 그려낸 사회사소설로 보이지만 『혼불』은 그 이상의 의의를 갖고 있다. 우선 민속학적인 가치를 지닌다. 이를 달리 박물지(博物誌)의 형식이라고도 한다. 온갖 사물에 대한 문견(聞見)이 높다는 의미다. 이러한 형식은 이전 우리 소설에서 볼 수 없었던 새로운 형식이란 점에서 그 평가가 가벼울 수는 없다. 작품에 그려진 호남지방의 양반사회의 혼례, 상례 의식과 정월 대보름 등의 세시풍습, 의복, 음식 등이 철저한 고증을 통해 생생하게 복원되고, 사람들 사이에 얽히고설킨 사랑과 증오, 가문의 번영과 몰락, 민간신앙과 풍습 등을 통해 그들 마음의 무늬를 감동적으로 그리고 있다.

　그러고 나서 옹구네는 춘복이를 향하여 반듯하게 턱을 들고, 오금박듯이 잘라 말했다.
　"그 대신, 내 말대로 되야서 강실이가 이 방으로 들오고 나먼, 그때는 내가 큰마누래 노릇을 해야겄어. 그런 중 알어 두어. 귀영머리 마주 풀고, 육리 갖촤 혼인허든 못했지만, 저보다는 내가 몬야 이 방으서 비개를 비었고, 서방님 숨소리를 들어도 저보다 내가 몬야 들었응게. 찬물에도 우아래가 있다는디 이건 꼭 다짐을 받어 두고 넘어가야겄어. 강실이보단 자개 대답을 나는 꼭 들어야겄는디, 어쩔랑가. 강실이가 나를 성님으로 뫼시고, 나를 큰마래로 대접을 해야만 우리들이 다 죄용헐 거이네. 만약에 자개가 강실이 아까워서 그렇게는 못허겄다고 그러먼, 이판사판, 나도 생각이 있응게. 만일 이 약조를 안해 준다면, 나는 딴 소문 내부릴 거이여. 아까 말헌 자리마동, 왁자허게, 춘복이가 강실이를 보쌈헐라고 그런단다아. 강실이 상피 소리는 싹 빼고. 그러먼 어뜨게 되았어?
　자, 인자 어쩔랑가, 나랑 한속이 되야서 펭상 이렇게 내우간맹이로 살랑가. 안그러먼 내 가심에 못을 박어, 너 죽고 나 죽자고 뎀베드는 나 때미 이도 저도 다 망치고, 아무 실속도 못 챙기는 건 더 말헐 것도 없고, 종당에는 끄집헤 가서 덕석물이 몰매 맞고, 피투셍이 몽달귀신이 될랑가. 어디 한번 대답 좀 해 바."
　옹구네가 덜미를 쥐고 다그치는 말에 춘복이는 눈을 떨군다.」

『혼불』에 드러난 전통문화와 풍속이 생명력을 얻는 것은 예스러운 정취와 진한 서정성을 바탕으로 우리말 고유의 리듬감과 울림을 살려낸 그의 문체[4] 덕분이다. 그의 문체는 판소리 형식의 차용을 통해 더욱 잘 드러난다.

판소리는 크게 보아 창과 아니리의 이원적 방식을 교대로 진행해 나가는 이야기 형식이다. 판소리에서의 창과 아니리, 즉 긴장과 이완의 리듬을 소설『혼불』속에 적절히 구사하고 있다.

즉, 판소리의 창에 해당되는 주인공들의 대화를 중심한 이야기 전개와 판소리의 아니리에 해당되는 민속적 박물지의 형식을 빌린 당대 사회풍속들의 세밀한 고증과 묘사가 교대로 반복되어 짜여 있다.

특히 판소리의 창에 해당되는 부분은 인물들의 대화와 서사의 요약이 주로 차지하는데 양반들의 대화에서는 유교적 가치관 특히 *『소학(小學)』의 세계가 잘 녹아들어 있는 반면, 거멍굴 천민들의 대화 그중에서도 옹구네를 통해 드러나는 전라도 남원지방 사투리 구사는 위의 각주에서 드러나듯 사건에 몰입시키는 긴장의 묘가 압권이라 할만하다.

한편, 아니리에 해당되는 민속적 박물지는 출생에서 결혼 그리고 장례에 이르는 과정의 양반사회의 다양한 풍습들에 대한 세밀한 설

---

4 예로 한 겨울 달빛의 묘사로 강실의 마음의 무늬를 그려낸다.
「이 결곡 청절한 달빛은, 그 영기(靈氣)로, 달빛 속에 선 나무와 언덕과 골짜기의 골수를, 찌르듯 비추고, 남모르는 눈물이 차 있는 응달진 폐장에까지도, 칼날처럼 꽂히어 투명하게 관통하니, 찬〔冷〕달빛이 찬〔充〕속이 그만큼 시린 탓이리라.」

명과 당대 사회 구성원 모두가 참여하는 세시풍습의 세밀한 설명들[5]
은 중심 사건의 긴장을 완화해 주는 동시에 독자들에게 사물들의 깊
은 지식에까지 유도하는 즐거움을 선사하는 부분이다.

뿐만 아니라 작품 속에는 시조, 서책(書冊), 가사(歌詞), 육필 유서
(遺書), 한시(漢詩), 베틀가, 편지글, 육갑해원경(六甲解寃經), 부정경(不
淨經), 천수경, 사주풀이, 농가월령가, 괴똥에 미전, 무가(巫歌), 상여
가, 홍타령, 계약서, 종의 이름이 명시된 매안 이씨 선대 문서, 민요,
도솔가, 축문, 만사(輓詞), 고사(告祀), 화제(畵題), 규방가사 조표자가
(弔瓢子歌), 소리, 매안향약, 서동요, 황국신민의 서사, 무경(巫經), 혼
서지(婚書紙), 비명(碑銘), 굿가락, 사돈서(査頓書), 제문(祭文), 격몽요
결, 국문 천자 노래, 자녀 훈육 12조목, 가락, 시경, 훈요십조, 용비어
천가, 우국시, 백제고기, 삼국사기, 중일간도협약전문, 백두산정계비
문, 윷점 풀이, 화전가, 창가, 열하일기, 사도신경 등 각종 시가와 글
들이 인용되어 작가의 방대한 관심을 여실히 보여준다.

---

5   며느리 율촌댁이 담옥색 명주 저고리에 물 고운 남빛 끝동을 달아 자주 고름 길게 늘인
    데다 농남색 치마를 전아하게 부풀리고 단정히 앉아 시어머니 청암부인을 가까이 모신
    좌우에 담황색 저고리, 등록색 치마, 진자주 깃·고름에 삼회장저고리, 짙고 푸른 치마
    에 담청색 은은한 저고리며 북청색 치마에 녹두 저고리, 앵두색 저고리에 은회색 치마,
    흑자주 긴 옷고름들이 이만큼 다가왔고 저만큼 물러앉은 방안은, 묵은해 벗고 새해를
    맞이한 정초의 첫나들이 세배 길이어서도 그러했고, 모처럼 일가친척 문중의 부인들이
    한자리에 모두 모인 흥겨움에 상기되어서도 그러했고, 너나없이 새 옷이면 더욱 좋겠지
    만 입던 옷이라도 새로 빨아 혹 물을 다시 들이거나 깨끗하게 손질하여 푸새와 다듬이
    질·홍두깨질, 어느 하나 소홀히 하지 않은 손끝으로 바느질 정성껏 한 설빔들을 꾸미
    고 떨쳐입었는지라, 그 어느 날보다 화사한 빛깔로 방안이 가득하였다.

창작의 고통과
미완성의 대하소설 『혼불』

　작가 최명희는 글쓰기의 작업에 대해 "쓰지 않고 사는 사람은 얼마나 좋을까."라며 글 쓰는 일의 고통을 토로하기도 했으나, 결국 '근원에 대한 그리움' 때문에 간절히 글 쓰는 일에 매달렸다고 했다.

　또한 남들로부터 컴퓨터로 글쓰기를 권유받았을 때 "돌이켜 보면 그렇게 '많이' 쓰고 '빨리' 써서 무엇을 남길 것인가 사뭇 의아해진다. 무엇보다도 나를 황홀하게 사로잡는 것은 만년필의 촉 끝"이었으며 "만년필 등에서 날렵한 촉 끝으로 쏟아지며 또 다른 불꽃을 일으킬 때, 나는 우주와 만년필의 교감에 전율하였다."고도 했다.

　작가 최명희는 5부 10권으로 『혼불』을 일단 마무리했지만 완간이란 말을 거부했다. 왜냐하면 6.25, 4.19 및 그 이후의 이야기가 남아 있기 때문이다.

　청암부인이 조선 말기의 문중가를 상징한다면 이기채의 세대는 일제시대와 해방의 굴곡이 그 시대에 담겨 있으며, 그리고 강모의 세대나 그다음 철재의 세대는 6.25를 거쳐 4.19, 그리고 나아가서는 5.18에 이르는 격동의 세월이 묻어 있어야 하기 때문이다.

　근대 100년은 근대화, 선진화의 문화 도입기로 서구화된 시기이지만 전통문화의 측면에서는 전통문화가 단절되고 그 자리에 새로운 이질 문화가 파고 들어온 시기이다. 이런 가운데 우리 사회의 양반계층의 진정한 붕괴는 6.25와 4.19를 거치면서 완성된다고 할 수 있기에 그런 의미에서 『혼불』은 미완성의 대하소설이라 할 수 있겠다.

퀴즈 '모 회사의 사훈 공모'

(전주시 하차 전까지 이해 해석 가능자 상금 5만 원)

1. 직원들의 의견: 日職集愛 可高拾多
2. 경영자 측 의견: 溢職加書 母何始愷
3. 결정된 사훈: 河己失音 官頭登可

화순문화기행
- 인문학 동양고전강좌 서장(序章),
공자와 『논어(論語)』 그리고

운주사 와불

운주사 구층석탑

인문학(人文學) – 보편적인 인간의 문제를
탐구하는 학문(文-『詩經』, 史-『書經』, 哲-『易經』=『周易』)

인문학, 특히 동양고전이
부상하는 이유

⋯ 세계사 중심축의 변화

19c(유럽, 영국) → 20c(미국) →21c(중국)

21c 중국은 사회주의와 자본주의를 지양한 새로운 문명을 가장 앞서서 실험하고 있는 현장이라 할 수 있다. 불교가 중국에 유입되면 불학(佛學)이 되고, 마르크시즘이 중국에 유입되면 마오이즘이 되는 강력한 대륙적 시스템을 가진 중국은 현재 자본주의를 소화하고 있는 중이다. 동시에 자본주의와 사회주의를 지양한 새로운 구성원리를 준비하고 있는 현장이기도 하다.

중국은 우리의 남북통일 후의 사회 진행 방향을 앞서서 실험하고 있는 중이라 할 수 있겠다.

유교적 자본주의
– 미래학자 허먼 칸 『미래의 체험』

맹자가 말한 '소득이 없으면 안정된 마음도 없다'는 무항산무항심(無恒産無恒心). 이는 '경제가 안정되지 않으면 사회적 안정도 없다'는

21세기의 경세지략과 정확히 일치한다. 이러한 맹자의 경세지략에서 파생된 신자본주의를 일컫는 용어가 유교적 자본주의다.

앨빈 토플러보다 10년이나 먼저 인류의 미래를 예측했던 미래학자 허먼 칸은 『미래의 체험』이란 저서를 통해 21세기에는 '서구적 자본주의'는 몰락하고 '유교적 자본주의'가 그 자리를 대신할 것이라고 예언한 바 있다. 전 세계가 지향해야 할 미래경제의 좌표는 '유교적 자본주의'라고 결론을 내린 것이다. '유교적 자본주의'는 21세기적 경제적 화두이다. 1970년대 초에 허먼 칸이 제시한 혁명적인 미래상품 100가지 중 이미 95가지가 적중되었다. 예를 들면, 현금자동지급기 보급, 초고속 열차 개통, 비디오 리코더(VCR) 위성항법장치(GPS) 등이 대표적인 상품들이다.

허먼 칸이 분석한 '유교적 자본주의'의 특징은 교육의 중시, 정부와 기업 간의 치밀한 관계, 가족·향토, 동문들을 중심으로 하는 대가족 개념, 도덕·윤리적 사회관계, 신뢰를 바탕으로 하는 전통사회, 집단적 국가의식, 저축습관, 강한 유교적 문화의 동질감 등을 들 수 있다.

일찍이 독일 사회과학자인 막스 베버는 마르크스에 의한 유물사관이 시대적 유행을 보이자 이를 비판하면서 『프로테스탄티즘의 윤리와 자본주의 정신』이란 명저에서 근대 유럽에서의 서구자본주의 발생을 기독교적인 금욕과 근로에 힘쓰는 종교적 생활 태도와 연관시켜 설명했는데, 결국은 경제적 패권주의를 초래해 '빈익빈 부익부' 현상을 낳았다.

또한 그는 『유교와 도교』라는 책을 통하여 중국에서 자본주의가 발전하지 못한 이유를 유교 문화에 두었으며 나아가 '유교의 도덕적 원리는 한갓 세속적인 주술(呪術)'에 불과하다고 부정적인 비판을 내렸다. 이러한 막스 베버의 이론에 역행하는 새로운 경제 현상이 1970년대 초반 서방국가의 심각한 경제난에 비해 일본에 뒤이어 한국, 싱가포르, 중국, 홍콩 등을 비롯한 4마리의 용(龍)의 등장으로 눈부신 경제성장을 이룩한 바 있다. 이럴 때 1970년대 초 허먼 칸의 『미래의 체험』이 나왔다(최인호 소설 『맹자』, 249페이지 참조).

유교 르네상스

유럽에서 중세를 뒤이어 '재생'의 의미를 지닌 르네상스 시대가 15세기 이후 고전 학문과 그 가치에 대한 관심의 확대 즉 인문주의로부터 시작되었듯이, 오늘날 21c 유교 르네상스는 동양을 중심한 유교 문화 즉 그 중심에 선 동양고전이 인문주의의 사상을 선도하고 있다.

1972년 닉슨 대통령이 중국 방문 시 마오쩌둥(모택동)은 닉슨에게 중국의 『楚辭』를 선물했으며, 미국 대통령 오바마는 미국을 방문한 중국 고위관료들에게 『孟子』(盡心 下)의 "산중의 좁은 길도 계속 다니면 길이 되지만 다니지 않으면 풀이 우거져 막힌다(山徑之蹊間 介然用之而成路 爲間不用 則茅塞之矣)."라는 말을 인용하기도 했다. 외교에 중국의 고전이 활용되는 예를 단적으로 보여주고 있다.

··· 서구 물질문명의 한계

농업사회(3,000년) → 산업사회(300년, 18~20C) → 정보사회(30년) → ?
지나친 물질문명의 발달로 정신적 지주의 상실

··· 인류문화의 위기와 비인간화 현상 심화

물질문명과 산업발달에 의한 인간소외(소외: 인간을 인간답게 만드는
보편성(보편적 가치)의 상실을 의미함)

(쉬펭글러 – 『서양의 몰락』(1919)등, 현대사회의 위기 지적)

현대사회는 각종 첨단산업(원자력, 컴퓨터, 통신 등)이 급변하고 있
는 가운데 그 지주가 되어야 할 인간의 정신은 이에 대처하지 못하
고 제자리에 머물고 있어 현대사회는 물질세계와 정신세계가 괴리
되는 위기 상황에 처했다.

이런 상황에서 인문학 특히 동양고전은 이와 같은 현대사회의 위
기를 구원할 수 있는 인간 정신의 산물로 부각되었다.

사람과 사람의 관계를 이웃과 함께 인간적인 것으로 만들어 가
는 '인성의 고양'을 궁극적 목표로 하고 있는 것이 『論語』를 중심한
동양고전들이다.

공자의 『論語』는 한마디로 세상 사람들을 괜찮게 만들어서 사람
사이를 아름답게 물들이는 품격(인성)을 이야기하고 있다.

이러한 고전 정신의 이해를 통해 과거로의 회귀가 아닌, 오늘날
우리가 당면한 과제를 재조명하고자 하는 것이 목표다.

이로써 일상적인 삶 속에서 번민하고 방황하는 인간에게 삶의 의미를 다시 생각하게 하고 인간의 인간다움이 무엇인가를 깨닫게 해줌으로써 인간적인 삶의 품격과 지혜를 얻게 되고, 각박한 현대인들에게 삶이란 무엇이며 나아가 사는 즐거움을 찾아갈 것이다.

핵심적인
동양 인문학 고전들

- 四書(南宋의 주희(朱憙)가 만든 용어):『논어』,『맹자』,『대학』,『중용』
- 三經:『詩經』,『書經』,『易經』(=周易) (五經= +『禮記』,『春秋』)

송(宋)시대
신유학(新儒學)으로의 부활

12세기경 북송의 정호·정이 형제와 남송의 주희가 고대유학을 성리학으로 다시 정리하면서 공자의 사상이 절대의 진리가 되었다.

주희(1130~1200)는 주자(朱子)로 불리는데, 자(子)는 선생님의 뜻을 지닌 존칭이다.

원래『大學』과『中庸』은『禮記』(공자가 편찬했다고 전해짐)의 49編 中 각각 42번째와 31번째로 들어 있던 것이 유교의 중요 경전으로 인식된 결과 일찍부터 단행본으로 만들어지기 시작했다.

『大學』은 북송의 程明道·程伊川이 이를 드러냄으로써 유교의 정통경전으로 위치를 굳혔다. 사마천은『史記』에서 공자의 손자인 자사가 『中庸』을 지었다고 밝히고 있다.

주자는 제가(諸家)의 설을 종합·절충하여 대학장구(『大學章句』)와 중용장구(『中庸章句』)를 짓고, 『大學』·『中庸』을 『論語』·『孟子』와 함께 사서(四書)로 명칭하여 유교경전의 대표로 삼았다. 게다가 주자는 사서집주(四書集註)를 편찬했다.

우리나라에서는 대부분의 학자들이 주자의 사서집주를 절대 신봉하였으며, 이것이 조선조 성리학의 근간을 이뤘다.

(四書 → 고등, 四書+三經 → 대학, 四書+三經+禮記·春秋 → 대학원)

『論語』와 공자 그리고 제자, 시대적 상황

공자(孔子)는 기원전 551년, 주나라 영왕(靈王) 21년 노(魯)나라 창평향 추읍에서 탄생했으며, 자(字)는 중니(仲尼)(둘째 아들), 이름은 구(丘)(尼丘山에 빌어 태어남)이다. 노나라 관리였던 부친 숙량흘의 서자(野合으로 태어남)이자 차남으로 태어났다. 덕치주의를 설파하기 위해 천하를 주유했다.

공자가 노나라를 떠나 본격적인 유세를 나선 것은 지천명의 나이도 넘은 55세 때부터다. 그 이후 68세까지 13년간 천하를 주유(周遊)하며 제후들에게 일자리(대부)를 구했으나 실패의 연속이었다.

공자는 긴 유랑생활로 만년을 보내고 노나라로 돌아와 출판과 교육에 전념하면서 제자들을 가르치는 한편 육경(詩經, 書經, 易經, 春秋, 禮記, 樂記) 등을 편찬했다.

大成(유교의 도를 집대성한 인물), 至聖(지덕을 갖추어 더없이 뛰어난 인물), 文宣王(素王=白紙의 왕)으로도 불린다.

공자가 성인이라 불렀던 요, 순, 우(夏), 탕(殷=商), 주나라 문왕과 무왕, 주공중국 고대 제왕 계보와 유교의 등이 통치권을 갖고 있었던 것과는 달리, 공자는 통치권을 갖지는 못했지만 중국문화발전에 지대한 영향을 끼쳤다는 점은 진(秦)의 암흑기를 지나 이미 한나라 초기 한 무제가 한고조 12년(기원전 196년) 곡부(노나라 수도)의 대성전에 들러 공자에게 제사 지냈다는 기록으로 보아 그의 사후 300년이 채 못 되어 거의 성인의 반열에 올랐음을 보여주는 징표다.

··· 공자시대의 시대적 상황

주나라 무왕(武王)이 주 왕조를 창건한 이래(기원전 1050년경, 11C) 수도를 풍(豊)에서 호(鎬)로 옮기고, 성왕(成王), 강왕(康王), 소왕(召王), 목왕(穆王) 등의 최전성기를 지나 혼란기에 이르자 평왕(平王)이 주나라의 수도인 호(鎬)를 버리고 기원전 770년(7세기) 천하의 중심이자 제후들이 왕래하기 편한 낙읍(洛邑)(오늘날의 洛陽)으로 옮겼는데, 이전 시대를 서주시대라 하고 평왕의 동천 이후를 동주시대라 부른다.

소도시 국가인 동주(東周)는 기원전 770년(7세기)부터 진(秦)나라에 의해 망한 기원전 256년(2세기)까지 514년간 존속했는데, 이 시기가 동주시대이다.

이 동주시대는 다시 춘추(春秋)시대와 전국(戰國)시대로 나뉘는데, '춘추'는 공자가 엮은 노(魯)나라의 역사 연대기인 『春秋』에서 나왔고, '전국'은 당시 천하를 유세하던 사(士)들의 담론을 모아놓은 책인『戰國策』에서 나온 말이다. 공자는 춘추말엽 사람이다.

춘추시대 12열국 열국 가운데 패자(覇者)였던 진(晉)이 내부 권력 다툼으로 한(韓), 위(魏)(殷의 옛 땅), 조(趙)로 갈라선 것이 춘추 전국시대를 가르는 기준이 된다. 전국시대가 되면 주 왕실의 권위는 완전히 떨어지고 살아남은 일곱 나라(전국칠웅)의 군주는 스스로 왕이라 칭하며, 천하의 패권을 놓고 싸움했다.

춘추전국시대는 중국 역사상 전무후무한 학술과 사상이 만개한 시기로 이른바 '제자백가(諸子百家)'가 등장해 '백가쟁명(百家爭鳴)'하던 시기였다. 춘추시대 백가쟁명의 선두주자가 공자(孔子)다.

공교롭게도 비슷한 시기 세계 각지에서도 이와 유사한 상황이 전개되었는데, 고대 그리스의 소크라테스, 플라톤, 아리스토텔레스, 인도의 석가모니(기원전 563~483년) 등이 활약했다. 따라서 기원전 5~6세기는 인류 역사상 자유로운 정신활동이 최초이자, 최고조로 발휘되었던 축의 시기였음을 알 수 있다.

… 주(周)의 천명사상(天命思想)

공자가 이상으로 삼던 나라는 주나라로, 주가 숭배했던 '하늘(天)'은 우주 삼라만상을 창조하고 천지자연의 법칙을 운행하고 인간사를 감시 규제하는 절대 신으로서의 의미를 지닌다.

주나라는 '하늘의 뜻(天命)'이라는 보편적 이성에 기초한 합리적이고 민주적인 원리에 따라 운영되었다고 보았다고 보고 있다.

천명에 의해 왕이 된 자는 '천자(天子)(하늘의 아들)'로서 하늘의 뜻을 받들어 천하(天下)(하늘 아래 모든 존재)'를 다스렸으며, '하늘 아래 모든 땅은 곧 천자의 것이고, 사해 안의 모든 존재는 모두 천자의 신하'라는 생각이 천명사상(天命思想)의 요체다.

'天命'은 하나라, 은나라 시대까지는 종교적 세계관에 의한 초월적 의미를 지녔으나 주나라 문·무왕 시대부터는 현실적인 인간적 의미를 띠게 되었다.

따라서 '天'은 당시 초월적 인격자에서 천지 대자연의 이법으로서의 天의 의미를 지니게 됨에 따라서 '天命' 또한 천지자연의 의미로 변화되고, 인간과 천지의 상호교섭을 나타내게 되었다.

··· 주(周)의 계보

姜嫄(化生함) − 后稷(오제의 한 인물인 堯임금에게 발탁) − 고공단보(太王)(후직의 13세 孫子, 주의 중흥시조) − (泰伯/虞仲/) 季歷(太任을 아내로 맞이함) − 文王(昌) − 武王(發) − 成王 − 康王 − 召王 − 穆王 − (−−−−−)

(*신사임당(申師任堂): 율곡의 모친으로 계력의 아내 태임(太任)을 스승 삼으려 한 작명이다)

− 주 왕실의 제후국: 연, 진(晉), 진(秦), 초, 오, 월, 제, 노, 위, 정, 조, 등, 송, 채 등

− 춘추 5패: 진(晉), 초, 제, 오, 월(주변 강국)

··· 『論語』의 성격

중국 역사에 있어서 최대의 이데올로기로 군림해 온 사상이 유가

사상이고, 그 중심이 공자이고 『論語』다.

공자와 그의 제자들 그리고 당대 인물들과의 대화록을 주축으로 한 인류의 고전로 모든 연령과 계층의 가장 먼저 손꼽히는 필독서다. 국내외 160여 종의 번역서 및 3,000여 종의 관련 저서가 있다.

『論語』는 대부분 대화체로 구성되었다. 글자 수는 약 12,000여 자로 노자의 『도덕경』(5,000여 자)의 두 배 이상 되는 분량이다.

제자들의 기억에 의존해 수십 년의 시차를 두고 후대에 발췌하고 편집한 담화집이자 공자의 어록집이다. 따라서 공자 당대엔 『論語』라는 책이 존재하지 않았다.

『한서』「예문지」에 "스승이 죽자 문인들이 그것을 모아 논의하여 편찬하였으므로 '논어(論語)'라 한 것"이라 했다.

공자가 살던 시대는 춘추 말기로 秦, 晉, 楚, 齊, 吳, 越 등 주변 강대국들이 약소국인 魯, 衛, 鄭, 蔡, 陳, 宋 등을 끊임없이 괴롭히던 시대였다. 오늘날 산둥 성에 자리 잡은 노나라는 서주(西周) 초기 주공(周公) 단(旦)(주 무왕의 아우)이 천자에게 하사받은 봉국으로, 서주 정치·문화의 중심 가운데 하나였으며, 주나라의 역사 문헌을 많이 보존하고 있었다.

원래 『論語』는 노나라 지방에서 유행하던 『魯論語』와 齊지방에서 유행하던 『齊論語』 및 공씨가에서 나온 『古論』이 있는데, 前漢 때에 張禹가 『魯論語』를 근간으로 삼고 여기에 『齊論語』를 참작하여 현재의 『論語』를 만들었다.

『論語』는 學, 政, 仁 등 공자 사유의 핵심이 전반부에 주로 배치되어 있다면, 공자와 관련 있는 인물들이 제목에 들어간 경우는 후반부에 몰려 있다.

공자가 『論語』에서 제시한 핵심적인 사상인 인(仁)은 그의 말처럼 '사람을 사랑하는(愛人)' 것이고 이는 인간과 인간의 관계를 대단히 원활하게 하는 인간관계론(인성)의 기본 축이다.

… 『論語』속의 제자와 그 외의 인물들

『論語』에 언급된 인물들은 150여 명으로 주로 공자의 제자들과 정계 인물들이다.

> "제자가 대체로 3,000명이었고, 육예(詩,書,易,禮,樂,春秋)에 능통한 사람이 72인이었다."
>
> – 사마천 『史記』, 「孔子世家」

> "내 문하에서 학업에 힘써 육예에 통달한 사람은 일흔일곱 명이다."
>
> – 사마천 『史記』, 「중니제자열전」

『論語』에 자주 등장하는 이들은 주로 초기 제자들이며, 가장 많

은 것은 중유(42회), 단목사(38회), 안회와 복상(21회), 염구(16회), 언
언(8회), 염옹(7회), 재여(5회), 민손(4회), 염경(2회) 등이며, 노년기의
제자로는 자장(18회), 증참(15회), 번수(6회), 공서적(5회), 유약(4회) 등
핵심 인물은 15명 정도이다.

공자와 같은 노나라 출신으로 몰락한 가정출신이 가장 많고 자
공이나 사마우 정도를 제외하면 돈도 거의 없는 형편이었다.

덕행: 안회·민손·염경·염옹, 정치: 염구·중유, 언어: 재여·단목사, 문
학: 언언·복상 등 이들은 사과십철(四科十哲)로 불린다.

– 정자(程子, 伊川)가 본 『論語』 독자의 네 가지 유형
    程子曰 讀論語에
    有讀了全然無事者하며
    有讀了後에 其中得一兩句喜者하며
    有讀了後에 知好之者하며
    有讀了後에 直有不知手之舞之足之蹈之者니라(싸이의 강남 스타
    일 춤)

* 『論語』의 시종(始終)

    學而 第一
    子曰 學而時習之면 不亦說乎아

有朋이 自遠方來면 不亦樂乎아

人不知而不慍이면 不亦君子乎아

공자의 일생

··· 1~14세: 야합으로 태어나 아버지 가문에 입적되다

- BC 551년 노나라 도성 곡부 근교 추읍 창평향에서 아버지 공흘(字 숙량)과 어머니 안징재 사이에서 태어났다. 이름은 구(丘)이고 자는 중니(仲尼)이다. 3살 때 부친 숙량흘이 별세한 뒤 모친 안징재를 따라 노나라 수도 곡부의 궐리로 이사했다.
- 10세 때 노양공이 서거하자 그의 아들이 즉위하여 노소공(昭公)이 되었다.

··· 15세~19세: 귀족이 되는 법을 배우다

- 15세 공부에 뜻을 둔다.
  노나라가 삼군(三軍)을 사군으로 개편해 숙손파와 맹손파가 각 1군, 계손파가 2군을 거느리며, 계손파의 전횡이 시작된다. 노나라의 귀족은 주나라 문왕의 후손으로 모두 성(姓)이 희(姬)이다.
- 17세 때 어머니마저 세상을 떠나 고애자(孤哀子)가 된다.
  계씨 가문에서 고위 귀족들을 초청하여 개최한 연회에 참석했다가 맹손 씨의 방계 가문의 사람인 양화에게 쫓겨나

는 수모를 당하다.

11월에 노나라 집정자이자 계씨 가문의 최고 가장인 계무자(季武子)가 죽다.

- 18세 때 키가 커서 '키다리(長人)'란 별명을 얻다.
- 19세 때 기관 씨 집안의 딸과 결혼하다.

··· 20세 ~ 34세: 호족가문에서 일하다

- 20세 때 아들 리(鯉) 태어나다. 자는 백어(伯魚).
  하급관리인 위리(委吏:창고관리자)가 되다. 일 잘한다는 평을 받다.
- 21세 때 목축담당자인 승전리(乘田吏)로 승진하다.
- 30세 때 예법을 익혀 세상에 바로 서게 되다.
  예악을 중심으로 평민 기초 교육에 나서다.
  초기 제자로 안로(안회의 아버지), 증점(증자의 아버지), 백우(伯牛), 자로(子路) 등이 있다.
  제나라 경공이 재상 안영과 노나라를 방문하다.
- 34세 때 맹손파의 맹희자가 임종하면서 두 아들인 맹의자와 남궁경숙에게 공자를 스승으로 모시고 배우라는 유언을 남기다.

··· 35~39세: 제나라에서 중요한 교훈을 얻다

- 35세 내전을 직접 경험하다.
  노나라 임금 소공이 계손파를 몰아내려고 공격하자 삼환

(계손, 맹손, 숙손)이 연합하여 대항하다. 소공의 군사가 패하자 소공은 제나라로 도망가다.

공자도 노나라의 난리를 피하여 제자들을 데리고 제나라로 가다.

제나라 대부 고소자의 가신이 되어 제나라 경공을 알현하다.

- 36세 때 제 경공이 정치에 대해 묻자 "임금은 임금다워야 하고 신하는 신하다워야 하고, 아비는 아비다워야 하고, 자식은 자식다우면 됩니다."라고 대답하다.

제경공이 니계(尼溪) 땅을 공자에게 분봉해 주고자 했으나 안영이 만류하는 바람에 성사되지 못하다.

제나라 태사와 음악에 대해 토론하며, 3개월 동안 고기 맛을 잊을 정도로 음악에 심취하다.

- 37세 때 경공이 계씨와 맹씨의 중간 정도로 대우해 주겠다고 하다.

그 후 경공이 등용해 줄 수 없다고 하자 제나라를 떠나 노나라로 돌아오다.

··· 40~49세: 양호로부터 권유를 받다

- 40세 불혹의 나이를 맞이하다.
- 42세 때 쫓겨난 노나라 임금 소공이 제나라를 거쳐 진(晉)나라로 도망갔다가 건후(乾侯)에서 죽고 계손파의 우두머리 계평자가 소공의 아우를 임금으로 추대하다.

- 43세 때 소공의 영구가 노나라로 돌아오자 장례를 치르고 정공(定公)이 즉위하다.
- 47세 때 계손파의 우두머리 계평자가 죽자, 그의 가신인 양호(陽虎=陽貨)가 계평자의 아들 계환자를 잡아 가두고 정권을 차지하다.
- 양호가 공자를 회유하려고 갖은 애를 쓰지만 결국 가담하지 않는다.
- 시, 서, 예, 악에 힘쓰고 제자교육에 매진하다.

··· 50~55세: 대사구가 되어 과두를 위해 일하다

- 50세 하늘이 부여해 준 운명을 안다는 지천명(知天命)의 나이를 맞이하다.

  겨울 양호가 삼환의 세력을 제거하고자 계씨를 살해하려다 미수에 그치고, 양관(陽關)지역으로 도망가서 반란을 꾀하다. 공산불류가 비읍에서 계씨를 모반하고 사람을 시켜 공자를 불렀지만 공자 응하지 않는다.

- 51세 때 6월에 노나라가 양호를 정벌하려고 양관을 공격하자 양호는 포위망을 뚫고 제나라를 거쳐 송나라로 다시 진(晉) 나라로 가서 조간자(趙簡子)에게 투항한다.

  노나라 정공이 공자를 중도(中都)의 읍재로 삼으니 1년 만에 사방에서 본받는다.

- 52세 때 중도의 읍재에서 국토를 관장하는 사공(司空)으로 승진하고, 다시 국법을 관장하는 대사구(大司寇)로 승진하다.

- 53세 때 대사구로서 나라를 크게 안정시켜 백성들의 칭송을 받다.
- 54세 때 대사구인 공자와 계씨의 가재가 된 자로 둘이 힘을 합쳐 사가(私家)의 세력을 무너뜨리고 임금의 공실(公室)을 강화하는 비책을 정공에게 건의하다. 아울러 계씨, 숙씨, 맹씨 삼가의 삼도(三都)를 무너뜨릴 계획을 세운다. 가신들의 반란으로 힘이 약해진 숙씨와 계씨의 읍성을 함락시키는 데 성공한다. 이어 맹씨의 아지트인 성읍(郕邑) 공략을 감행했으나 실패한다. 절반의 성공으로 막을 내린다.

··· 56세: 정상에서 추락하다

- 56세 때 대사구로서 잠시 승상직을 대행하여 소정묘를 죽이고 국정을 참여하여 들으니 3개월 만에 나라가 크게 다스려졌다.

  이에 제나라가 노나라의 국정을 교란시키고자 미녀 80명과 말 120필을 노나라에 바치자 실권자였던 계환자가 이를 흔쾌히 받아들여 정사를 돌보지 않게 되자 제자들과 함께 고국 노나라를 떠난다.

  이로부터 13년간 주유천하를 하게 됨. 위(衛)나라 수도 제구(帝丘)로 가서 자로의 처형 집에 머물다가 진(陳) 나라로 가는 도중 광 땅을 지나다가 양호로 오인받아 구금당하는 수난을 겪다. 다시 위나라 수도로 돌아와 대부 거백옥의 집에 유숙한다. 위나라 영공의 호색 부인 남자(南子)를 만

나본다.

- 57세 때 위나라 체류 중 노나라에서는 정공이 죽고 그의
  아들이 즉위하여 애공(哀公)이 된다.

- 59세 때 위나라 임금이 자기를 등용시켜줄 가망이 없음을
  직감하고 송나라로 간다. 송나라로 가는 도중에 큰 나무
  아래서 제자들에게 예법을 강의하는데, 송나라 사마환퇴
  가 공자를 살해하려고 그 나무를 베어버린다. 정(鄭)나라
  를 거쳐 진(陳)나라로 간다. 그해 여름 위나라 영공이 죽고
  국외로 도망간 아들 괴외 대신 손자가 즉위하여 출공(出
  公)이 된다.

- 60세 때 이순(耳順)의 나이를 맞이함.
  노나라 실권자 계환자가 아들 계강자에게 공자를 불러 등
  용하라고 한다.

- 61세 때 진(陳)나라에 체류할 때 "돌아가자! 돌아가! 이곳
  젊은이들은 뜻은 크지만 일을 함에는 소홀하다. 문물은
  빛나지만, 어떻게 마름질해야 할지 모르겠다."라는 푸념을
  늘어놓는다.

- 63세 때 오나라가 진나라를 침략한다. 진나라에 머물고 있
  던 공자 혼란한 진나라를 떠나 초나라를 향해 길을 떠난
  다. 초나라로 가는 길목인 진나라와 채나라의 국경에 당도
  했을 때 식량이 떨어져 7일 동안 큰 시련을 겪는다. 초나라

로 가는 도중 장저와 걸닉 두 은자를 만난다. 드디어 초나라 어진 대부 섭공이 주재하는 부함(負函)에 도착한다. 초나라의 접여가 미친 척하며 공자 옆을 지나면서 노래한다.

초나라 소왕(昭王)이 공자를 중용하고 융숭하게 대접한다. 서사(書社)의 땅 700리를 공자에게 봉하려 하자, 영윤 자서가 만류하여 성사되지 못한다.

- 64세 때 위나라에서 벼슬하는 공자 제자들의 요청으로 다시 위나라로 돌아온다. 자로와 정명론에 대한 문답을 주고받다.

- 65세 때 오나라가 노나라를 침범하여 크게 패하고 돌아간다. 공자 제자 유약이 참전하여 공을 세운다.

- 67세 때 부인 기관 씨가 별세한다.

- 68세 때 제나라가 노나라를 침략하여 전쟁이 벌어진다. 제자 염구가 장수로 출전하여 제나라를 격퇴시키는 큰 공을 세운다. 계강자가 위나라로 사람을 보내 패물을 전달하며, 고국으로 돌아올 것을 요청한다.

주유천하를 끝내고 14년 만에 꿈에도 그리던 고국 노나라로 돌아온다.

정권을 장악한 계강자가 각종 자문만 구할 뿐 끝내 공자를 등용하지 않는다. 공자도 더 이상 벼슬을 구하지 않고, 문헌 정리와 교육사업에 전력을 기울인다. 제자가 3,000명이나 되고, 육예를 통달한 자만 해도 72명이나 된다.

- 69세 때 노나라 악관 태사와 음악을 연주하는 과정에 대해 논한다.

  손자(伋, 子思)를 얻는 경사와 아들(鯉)을 잃는 애사가 겹친다.
- 70세 때 고희를 맞으면서 "내키는 대로 해도 사람의 도리에 벗어나지 않게 되었다."고 자평한다.
- 71세 때 수제자 안회가 사망한다(향년 41세). 제나라의 정변으로 재여가 사망한다.
- 72세 때 위나라에서 정변이 벌어진다. 국외로 도망했던 괴외(蒯聵)가 자신의 아들 출공(出公)을 축출하고 장공(莊公)으로 즉위한다. 그때 자로가 위나라 대부 공리(孔悝)의 읍재로 있다가 정변 와중에 희생되자 매우 비통해한다.
- 73세 때 애공 16년(BC 479) 공자 병환으로 누운 지 7일 만에 영면한다. 곡부 북쪽 사수(泗水) 부근에 묻힌다. 노나라 애공이 추모의 글을 통해 애도하자 제자 자공은, "살아생전에 중용하지 못하고서 죽은 후에 애도하는 것은 곧 예의에 합당하지 않는 말이다."라고 비판한다.

  제자들이 모두 3년 상을 지내고 자공만은 무덤 옆에 초막을 짓고 6년 만에 묘소를 떠난다.

  후에 공자의 제자들과 노나라 사람들이 무리를 지어 무덤가에 와서 집을 짓고 산다. 그런 사람들이 100여 가구나 됐으며, 그곳을 공자마을(孔里)이라 불렀다.

공자의 제자들

··· 공문사과와 공문십철

- 덕행: 안연(이름 顏回), 논어 등장횟수 18회, 30세 연하

    민자건(閔損), 5회, 15세 연하

    염백우(冉耕), 2회, 7세 연하

    중궁(冉雍), 6회, 29세 연하

- 언어: 재여(宰我), 5회, 36세 연하

    자공(端木賜), 39회, 44세 연하

- 정사: 염유(冉求), 15회, 29세 연하

    계로(자로)(仲由), 42회, 9세 연하

- 문학: 자유(言偃), 8회, 45세 연하

    자하(卜商), 20회, 44세 연하

··· #그 외 논어에 상당히 등장횟수가 많은 이로는

  자장(顓孫師), 21회, 48세 연하

  증자(曾參), 13회, 46세 연하

  번지(樊須), 6회, 36세 연하

  노나라 소공(昭公) 공자 10~41세

  정공(定公) 공자 42~56세

  애공(哀公) 공자 57~73세

청송문화기행

– 김주영의 대하소설 『객주』

대하소설 『객주』

버스특강

객주문학관

작가 김주영

1939년 경북 청송에서 태어나 서라벌예술대학 문예창작과 졸업. 『객주』 외에도 『활빈도』, 『천둥소리』, 『고기잡이는 갈대를 꺾지 않는다』, 『화척』, 『홍어』, 『아리리 난장』 등의 작품이 있다.

『객주』의 출판 사항

1979년부터 1984년까지 5년간 총 1,465회에 걸쳐 《서울신문》에 연재되었던 『객주』는 1984년 9권의 책으로 묶여 나온 바 있고(창작과비평사), 2002년 개정판(문이당)에서는 그동안 각부의 말미에 따로 모아두었던 낱말 풀이를 각 페이지 아래 각주로 옮겨서 읽기 쉽게 하고, 낯선 한자어나 낱말들을 오늘날의 언어 감각으로 풀어쓴 대목도 있었다. 9권으로 처음 출판된 이후 30여 년의 세월이 흐른 2013년에 10권으로 완성되어 출판되었다(문학동네).

작품 개요

소설 『객주』는 조선 후기 1878년부터 1885년까지 보부상들의 파란만장한 삶을 통해 당시 사회의 모습을 세밀하게 담아내고 있다. 특히 정의감, 의협심이 강한 보부상 행수 천봉삼을 주인공으로 한 보부상들의 유랑을 따라가며, 부패한 양반 관료들의 행태와 이에 주체적으로 대응하는 보부상들의 다양한 삶의 집적체이다.

경기도 광주 송파에서 원산포에 이르는 보부상들의 북로 개척과 울진에서 십이령을 넘어 경북 내륙지방(김천, 상주, 문경, 예천, 안동, (청송))으로 연결되는 보부상로와 경상도 내륙과 강원도 내륙 사이를 잇는 생달마을을 중심한 보부상들의 남로를 개척하고 그들의 안정된 공동체 마을 형성하는 과정을 통해 조선 후기 보부상을 통한 상업자본의 형성과정을 그리고 있다.

작품 줄거리

제1부 외장(外場)

··· 숙초행로(宿草行路)

행수 조성준, 천봉삼, 최돌이, 송파 왈짜 등 일행 5명은 3년 전 경기도 광주 송파 저잣거리에서 행수 조성준의 아내 방금(方今)과 사통하여 둘이 함께 달아나 이곳 문경새재 부근의 벽항 궁촌인 고사리 마을에 숨어들어 살고 있는 송만치를 찾아내 같이 정분을 나누고 있던 현장을 덮쳐 방금의 발뒤축을 작두로 자르고 송만치의 양물을 잘라버리다. 행하에 불만을 가진 왈짜들이 일행을 요절내고 전대 및 괴나리봇짐을 갖고 도망하다.

행수 조성준은 상주로 떠나고 상처 심한 천봉삼과 함께 남은 최돌이는 상주로 가려던 계획을 바꿔 문경 쇠전거리 주막에 다시 들다. 3년 전 아내를 잃은 최돌이는 안동 쇠전거리 들병이 주모 매월(梅月)이와 방사를 벌이다. 그때 양물까인 송만치가 누이(재종 남매간) 매월이 집을 찾아들다. 병자 천봉삼을 두고 최돌이는 도망쳐 행수 조성준이 간 상주로 향하고, 매월이 연자매 뒤 움막에 피해 있던 천봉삼을 병구완해 주며 용모가 귀골 풍인 천봉삼에 맘이 이끌리다.

최돌이가 상주 황석주 객주집을 들렀을 때 송도 임방에서 왔다는 방물장수 여인의 방물고리를 훔쳐 문경 매월이 집으로 되돌아오다. 최돌이 매월이와 다시 정분을 나누다. 그 사이 매월이는 최가가 훔쳐온 방물고리를 몰래 들고 송만치를 피해 있던 천봉삼과 함께 예천으로 도망치다. 천봉삼은 열여덟에 고향에서 쫓겨난 지 7년 동안 역마살을 끼고 북녘지방은 거의 다니다시피 했다. 예천 가는 도중에 만난 희자 선돌이 봉삼 일행에 함께하다. 천봉삼 일행은 예천을 거쳐 안동 주막에 닿다. 매월이 천봉삼을 유혹하여 걸쭉한 정사를 벌이다. 이른 새벽 천봉삼은 매월을 두고 몰래 일행이었던 행수 조성준과 최돌이를 찾으러 나서다.

선돌이를 따라 매월이 길을 나서다. 선돌이 안동 전도가를 찾았을 때 주인장은 서울 시전에서 내려와 경상 관찰사의 비호 아래 계추리(안동모시)를 도집하고 있는 물주를 만나러 문안 객사에 불려갔다고 했다. 선돌이 안동 장터 포목상인 조순득 전도가 차인 행수로부터 안동 계추리를 건네받는 찰나 조순득이 조종한 장한들에 의해 붙잡혀 곳간에 처박히다.

조순득 전도가에는 18세에 남편을 여의고 친정으로 돌아온 청상의 과부 딸(조 여사)이 있었는데 서울 시전에서 내려온 상인 신석주가 첩실로 삼기 위해 일을 꾸미고 있고, 아비 조순득은 신석주에게 딸을 재가시킨 후에 양반의 직첩을 얻고자 했다.

　천봉삼과 최돌이는 적몰당한 전대와 장방에 갇힌 선돌이를 구하기 위해 조순덕 전도가의 과부 딸(조 여사)을 동여 업어온 후 조가에게 그의 딸과 선돌을 바꾸기로 모의하고 외출한 조순득의 딸을 급습하여 아갈잡이 하여 보니 보기 드문 미색이었다. 궐녀는 천봉삼의 의표에 반하여 서울 화주 신석주의 첩으로 가기보다 천봉삼에게 자신을 맡기겠다고 하다. 천봉삼과 궐녀가 합환의 정사를 벌이다. 천봉삼에게 매달리는 궐녀에게 천봉삼은 자신이 조선 팔도를 다닐 수밖에 없는 보부상이기에 헤어질 수밖에 없다고 설득하다. 궐녀는 천봉삼에게 이틀 뒤엔 서울 신석주의 첩이 되어 안동의 이송천나루를 건너게 될 때 그곳에 꼭 나와달라는 부탁을 하다. 이틀 후 이송천나루를 건너는 신석주 일행과 함께 배에 오른 천봉삼은 가마에 탄 궐녀로부터 헝겊조각에 싼 산호비녀를 건네받다.
　한편 최돌이는 과부 딸 조 여사를 곁에서 모시던 업저지 월이를 동여 왔었다. 월이의 부친은 푸줏간을 하는 백정이었다. 최가와 월이 간단한 초례를 치르고 신방을 차리다. 천봉삼이 매월에게서 건네받은 산호비녀 2개 가운데 하나를 월이에게 잘 간직하라고 건네주다.

문경새재 부근에서 동패를 잃은 조성준은 길소개, 이용익 등을 도중에 만나 합세시키다. 이용익과 길소개는 조성준이 동패와 헤어지고 난 뒤 혼자 강경의 토반 김학준(金學準)을 치죄하려는 거사를 치르고자 함에 그를 돕기 위해 따라나선 것이다. 세 사람이 양반 행차로 가장하고 충청과 전라 사이에 있는 강경 땅 토호 김학준을 찾아가다. 김학준은 송파에서 계집질과 패악질로 군림하다 만금을 챙긴 뒤 강경으로 내려와서 여각을 열고 세력을 확장하고 있었다. 가난한 어부들은 김학준의 토색질에 분개하고 있었다. 그는 또한 되국의 아편도 들여와 등짐장수를 통하여 삼남에 풀어 먹이고 있었다. 마침 김학준의 회갑잔치를 벌이고 있는 중이었다.

조성준 일행은 잔치를 벌이고 있던 김학준을 집 밖으로 유인한 후 부담롱에 담아 나귀에 실었다. 세 사람 각자 따로 노정을 잡고 세 도나루까지 가기로 약조하다. 노속들의 추격에 쫓긴 길소개는 김학준의 집 안채 담장을 넘어 대나무숲 안에 숨어들었다가 대숲으로 소피보러 나온 김학준의 문중 사촌 제수인 운천댁 새마님을 협박하여 궐녀와 대숲에서 합환을 이루다. 송파 쇠전거리에 살던 쇠살쭈들은 김학준의 발호와 농간에 재물과 계집을 발리지 않은 자가 없었다. 김학준은 원성이 자자해지자 솔권하여 강경으로 행적을 감춘 것이었다.

길소개가 운천댁에게 김학준이 송파에서 데리고 온 비첩(婢妾) 방으로 안내하라 하다. 비첩은 천 씨였고 안방마님은 병중에 있었다. 이용익이 초주검이 되어 잡혀 오고 길가 또한 붙잡히다. 비첩 천씨가 김학준의 행방을 대라 다그치고는 결박당한 길소개의 손을 작두로 자르라 명하다. 궁지에 몰린 길소개는 김학준을 보쌈해간 이는 송파에 이름난 쇠살쭈 조성준이라 했다. 조성준이 경상도 김천 우시장에 내려갔다가 장마에 갇혀 달포 만에 돌아오니 김학준의 농간으로 속현한 젊은 계집 천 씨를 빼앗기고 찌러기 황소 20여 필을 잃었다는 말을 듣고는 길소개 자신이 조성준을 도왔다고 하다. 당당한 비첩 천씨가 바로 천봉삼의 누이인 천소례(千小禮)였다. 천소례 이들을 풀어주고는 뒤따라 미행시키다.

4년 전 천소례는 광주부 송파 쇠전거리 객주에서 반빗아치 노릇을 하고 있었는데, 그것은 그녀의 남동생 천봉삼의 소식을 보부상에게서 들었기 때문이었다. 우연히 객점에 들른 할미가 천소례의 침선이 얌전하다고 소문을 퍼뜨려 읍호인 김학준의 안사랑에서 바느질감을 맡겨온 게 계기가 되어 김학준의 집에 드난살이를 하게 되었다. 어느 날 자리끼를 대령하러 사랑에 들었다가 김학준에게 당하고 말았다. 이후 천소례는 김학준의 첩실이 되었다. 김학준이 거느리는 마름집만도 30여 호나 되어 송파는 물론 광주 인근에서 김학준의 비위를 건드릴 사람은 없었다. 조성준이 김천 우시장에 갔다가 장마에 회정이 늦어지자 그에게 대부한 돈의 환수가 미심쩍다 하여 조성준의 농우 소 20필을 임의로 팔아넘기는가 하면 조성준의 아내 방금을 겁간까지 하고 뒤탈이 염려되자 김학준의 집에서 부리던 중노미 송만치에게 행하를 주어 어거지로 합환시킨 다음 타관객지 문경으로 내쫓았던 것이다. 그리하여 문경새재 고사리에서 조성준의 일행에게 양물을 잘린 송만치나 발뒤축이 잘린 조성준의 계집도 사실은 김학준의 농간으로 화를 입은 불쌍하고 가련한 상것들의 신세였던 것이다.

이용익과 길소개는 조행수를 만나기 위해 전주로 내려가다. 전주 장터거리에서 셋이 함께 만나다. 이들을 미행한 김학준의 수하인들에 의해 포박당한 조성준은 김학준을 태우고 있는 부담롱을 탈취당하다. 자신들이 천소례의 농간에 빠진 것을 알았다.

… 반상(班常)

길소개가 혼자 강경의 김학준의 집으로 가서 김학준의 집을 나서는 김학준의 사촌 제수인 운천댁을 미행하여 안방까지 찾아가 27살의 궐녀와 다시 합환을 이루다. 며칠 전까지만 해도 젓갈을 팔러 다니던 도부장사였던 길소개가 운천댁으로 하여금 본부 몰래 변복시켜 경강의 삼개(마포)로 같이 떠나기로 모의하다.

또한 길소개 김학준의 후원 담장을 넘어 천소례의 안방으로 찾아들어 손가락 잘린 자상의 앙갚음으로 온 것이 아니고 조행수가 받아야 할 3,000냥의 빚을 받으러 왔다 하다. 길소개 되돌려 받은 궤밋돈을 들고나와 도부꾼 복장으로 변복한 운천댁을 데리고 도망치다. 길소개가 혼자 강경으로 가서 김학준을 결딴내겠다는 말을 했을 때 조성준과 이용익은 놀라워했는데, 그제야 길소개의 속셈이 무엇인가를 알아차렸다. 김학준에게 궤밋돈을 받아낸 다음 겁간했던 계집과 야반도주하려 했던 것임을. 길소개는 운천댁과 함께 군산포를 뜨는 조정의 세곡선단에 합류하여 서울로 가려 모의하다.

광주부 유수로 있는 김보현이 올해년 3월부터 선혜당상으로 있으면서 세곡선의 조졸과 조창의 아전 그리고 선상 모리배들을 끌어들여 비를 맞았다는 등 거짓 보고 후 세곡을 빼돌려 자기 집 창고에 넣거나 경강의 객주들에게 팔아넘겼다.

··· 난전(亂廛)

천봉삼, 선돌이 그리고 최돌이 내외는 안동에서 경주, 진주를 거쳐 하동에서 여각에 들렀을 때 여각 포주인으로부터 강경임방에서 사발통문을 발통하여 송파사는 쇠살쭈 조성준을 찾고 있다는 소식을 듣다. 최돌이의 갑작스런 죽음으로 보부상들이 모여 객사한 동무의 장례를 치르다. 아내 월이 흐느끼다. 월이는 백정의 소생으로 전도가집 사환비였다가 도망쳐 나온 처지였다. 천봉삼 일행은 하동 현감과 이방이 탐관오리들이어서 그들을 징치하고 남원에 당도하다.

한편 서울 시전 신석주 수하의 차인행수 맹구범이 곁꾼과 짐방들을 거느리고 전주 지물객주인 변승업의 전도가에 당도하다. 맹구범이 삼남으로 뜨기 전 탑동 신석주의 소실댁인 조 여사가 맹구범을 은밀히 불러 혹시 천봉삼을 만나거든 생업이 간구한 신세면 밑천을 만들어 주라는 당부를 하다. 맹구범은 당화(唐貨) 외에 아편을 갖고 왔었다. 맹구범과 변승업이 술집에서 밀담하는 사이 방물장수로 소복 차림한 월이 엿듣다가 잡히다.

전주 장날에 나온 매월이 다리장수 박안성과 술청 상방에서 번갯

불에 콩 구워 먹듯 정사를 나누고는 다리장수에게 해우채로 다리 다섯을 내라 하다. 그렇지 않으면 임방 객주에게 여상단을 범했다고 고발하겠다고 협박하다. 매월이 해우채로 받은 돈과 술집 안주인에게 각좃을 사다 준 대가로 받은 돈으로 전주 가근방 향시를 돌면서 다리 1백여 꼭지를 모아 전주 남문 밖 지물객주인 변승업을 만나 지물과 교환하다. 서울 시전서 온 상단이 저자의 지물을 싹쓸이하면 지물 시세가 오르리라고 판단했었다. 이때 변승업 가게에 나와 있던 맹구범이 매월의 다리를 전부 임치시키게 하고는 서울서 가져온 앵속(양귀비)을 동업하자고 하다. 하동 장터 박치구 포주인에게 넘기기만 하면 행하로 200냥을 주겠다고 하다. 맹구범은 가짜 앵속 세 근을 매월이 편으로 하동으로 보냈다. 하동 박치구 여각에 들이닥친 교졸들에게 동헌으로 끌려가 문초를 받고 옥에 갇혔으나 옥졸을 꾀어 도망치다.

제2부 경상(京商)

… 한강

조정과 벼슬아치들의 부패양상과 그들 손아귀에서 놀아나는 사람들의 횡포.

… 출신(出身)

고종 등극 이후 궁궐에선 거의 날마다 굿이 있었다. 서울 약고개에 늙은 무녀가 살았는데, 어느 날 한 계집이 요기를 청하더니 자주 찾아와 물어미 노릇과 빨래품을 거들고 돌아가곤 했다. 궐녀는 상노 아이 편에 언문편지를 늙은 무녀에게 보내 심질(마음의 병)을 얻어 누워 있는 자신의 집으로 와달라 하다. 궐녀가 말하기를 자신은 초례 치른 3년 만에 남편을 여의고 여러 가지 일로 연명하다 팔자 고치려고 서울에 올라 노들에 하룻밤을 묵게 되었는데, 꿈에 어떤 선관이 한 노인을 데리고 와서 이 노인이 박수무당으로 너와 더불어 평생 연분이 있으니 같이 해로하면 패업을 이루리라 하고는 사라졌다는 것이다. 그 길로 삼개에 내려 걷다가 늙은 무녀의 댁을 찾아들어 늙은 무녀의 모색을 보니 몽중에서 본 노인의 용모와 일호의 틀림이 없었다고 했다. 지금껏 드나들었으나 차마 토설하지 못해 심질이 되어 몸져누웠다고 했다. 늙은 무당이 궐녀의 성씨를 물은즉 매월이라 했다. 심질을 얻어 육탈된 젊은 계집을 홀대할 수 없어 조반석죽이나 같이 나누고 살자 하다. 늙은 무녀는 매월의 술수에 녹아난 것을 미처 깨닫지 못했다.

매월이가 전주에서 맹구범의 간계로 다리 짐을 몽땅 적탈당하고 객비를 겨우 구처하여 천봉삼의 뒤를 밟아 한강에 닿긴 했는데 포실하게 살아가는 늙은 무녀를 발견하고 술수를 부려 무녀를 녹여내고 만 것이다. 늙은 무녀를 만나 여러 가지 점치는 무기들을 익혀나갔다. 매월이는 늙은 무녀의 신딸이 되었다.

··· 모리(謀利)

중앙 고위 권력이 개입된 군산포에서 세곡선에 실은 세곡의 횡령 백태

(투식: 운반 곡의 일부를 착복하고 선주인과 도사공이 행방을 감추는 것/화수: 운반 곡의 일정량에 물을 먹여 곡물을 불어나게 조치하고 그만한 양의 곡식을 해상이나 객주에게 팔아 횡령하는 것/고패: 운반 곡의 일부를 장선도 하기 전에 지방 관속들과 결탁하여 미리 횡령하거나 얕은 물에 고의로 배를 침몰시켜 횡령 곡을 은폐하는 것)

… 난비(亂飛)

매월이 시전 대행수 신석주 집 행랑에 갔다가 그 집에서 계집종으로 일하는 월이를 만나다. 매월이 월이와 한방에서 밤을 보내면서 매월이 자신은 한때 시골 토반의 대물림 노비였다가 구박을 견디지 못해 대처로 도망 나와 지금은 무당행세를 하고 있다고 하다. 월이가 모시는 아씨 마님인 신석주의 측실은 경상도 안동부중에서 포목 도가를 하는 조씨 가문의 외동으로 일찍이 성례를 치른 후 망부하고 신석주의 눈에 들어 측실로 들어앉았던 것이다. 조 소사는 스물을 갓 넘긴 나이로 신석주의 묵인하에 천봉삼을 씨내리로 삼아 잉태한 상태였다.

벼슬아치들은 거상이나 객주들이 그들의 돈을 빌려 쓰지 않고는 배겨나지 못하도록 술수와 억압으로 금리놀이를 하고 있었다.

… 발군(拔群)

송파 처소는 식솔이 있는 동패 중심으로 유필호 생원이 맡고, 행수 천봉삼은 미성인 동패들을 데리고 평강 처소를 마련하는 한편, 행수 조성준을 중심으로 원산포에 처소를 마련하다.

제3부 상도(商盗)

… 포화(泡花)

보부상의 거점인 평강처소가 천봉삼 중심으로 신설 확대되다.

… 군란(軍亂)

세곡선의 세곡농간이 빌미가 되어 임오군란이 발발하다. 진행 과정이 상세히 묘사되다.

(김동인의 장편소설『젊은 그들』의 현대적 역사소설로의 재구성이다.『젊은 그들』은 활민당과 민비당의 외집단 갈등과 활민당 내의 안재영과 이인화 사이의 내집단 갈등의 이원적 갈등 구조로 되어 있다)

… 원로(遠路)

민비는 양도가 부실한 왕세손을 위해 무당에게 안위를 위탁하고 내탕전을 소비하고 벼슬도 팔았었는데, 민문(閔門)뿐만 아니라 여항의 백성들 모두가 이번 난리(임오군란)가 중전마마 민비(본명: 閔紫英) 때문에 일어난 소동으로 여겼다.

난군들이 궁궐에 들이닥치자 중전 민비는 상궁으로 변복하고 궁궐을 벗어나자 다시 난을 피해 비접 가는 반가의 마님으로 변장하여 민비의 어린 시절 고향인 여주 능촌의 향제(鄕第)를 거쳐 결국 충주목 장원촌(장호원) 민씨 집에 당도했다. 민영익과 이용익이 민비를 모시다. 이용익이 장안을 다녀와 전한 소식은 '상감마마께서 대소의 공사(公事)를 모두 대원위 대감께 품결하라 윤음을 내렸고, 대원위는 무위대장에게 명하여 중전마마의 행지를 탐지케 했으나 뜻을 이루지 못하자 망극하게도 승하하시었다고 국상도감을 설치케 했다'는 것이었다.

민비가 심사가 심란하여 무복을 찾던 차 민비의 안잠자기 신 씨가 감곡에 와 있는 무당 매월을 만나 중전을 뵙게 했다. 매월이는 들어설 때부터 중전이란 걸 눈치채고 '하늘에 맹세코 중전마마께서는 승하하지 않았다'고 하자 민비 복채 대신 옥지환을 매월에게 건네다. 며칠 후 심기를 달래고자 다시 불려온 매월은 중전 앞에서 육효를 뽑아보고는 미구에 길운이 닥칠 괘여서 곧 환궁할 것이라 하다. 민비 조정의 소식을 탐문한 결과 대원군이 청군에 잡혀 남양만으로 끌려갔다는 소식을 들었다.

이에 민비는 무당 매월에게 격을 허물고 지내자 하다. 머지않아 영접사를 내려보내 중전을 대궐로 모시겠다는 왕의 밀지를 이용익이 가져왔다. 그로부터 중전은 매월을 한시라도 곁에 두고 보자 하였고 일일이 무당 매월이의 훈수를 듣고자 고집하였다. 대원군이 청국으로 납치되자 고종은 어윤중에게 청나라 군사 중에서 민비 환궁 호위병 100명을 조발해 줄 것을 당부했다. 민비 자신이 환궁하게 된 것은 매월이의 덕분이라면서 궁궐로 같이 들어가자고 하다.

··· 재봉(再逢)

매월이의 영험에 반해버린 중궁전 민비는 창덕궁 환궁 이후 그녀를 놓아줄 줄 모르고 있다. 민비는 매월이를 화초처럼 곁에 두고 있어서 그녀의 세력이 날로 드세지고 있는 가운데 민비에게 끈을 대려는 자들이 매월이의 집 문을 몰래 두드리고 있다는 소문이 장안 북촌에 나돌고 있었다.

매월이는 편전에 나아가 진령군(眞靈君)에 봉해졌다. 매월이는 어느 때나 양전(兩殿)을 알현할 수 있었고 궐녀가 탄 가마는 궐문 안에까지 버젓이 나아가게 되었다. 화복이 매월이의 한마디에 달려 있으므로 수령, 방백, 병사, 수사가 북묘 매월이의 집에 줄을 잇고 찾아들었다. 재상의 지위를 하고서도 부끄러운 것이 무엇인지 모르는 위인들은 매월이를 찾아와서 혹은 자매라고 부르게 되기를 청하는가 하면 젊은것들은 심지어 의자(義子: 수양아들) 되기를 원하는 사람까지 있었다. 김해에 사는 이유인이 그런 자였다. 매월이 의자와 잠자리를 같이하다 보니 눈앞에 악귀들이 몰려와 괴롭혔기 때문에 이유인에게 너무나 과분한 벼슬을 주어 고을로 내려보냈다고 했다.

···　야화(野火)

천봉삼은 누이 천소례를 구하기 위해 진령군 매월을 찾았다. 누이 천소례는 매월이의 집에서 안잠 자기로 잡혀 갖은 곤욕을 당하고 있었다. 천봉삼을 만나기 위한 계략이었다. 매월이 천행수를 사모하고 있다는 표시라면서 화각함을 건네니 그 속엔 삼상(蔘商)에게 내어주는 인삼판매 허가서인 황첩(黃貼)이 들어 있었다. 황첩이란 천봉삼 같은 부상(負商)에게는 하늘의 별 따기보다 더 어려운 이권이었다. 육의전 대행수 자리에 올라야 요로에 청질하여 하나를 따낼 수 있는 것이었다. 황첩 하나만 가지면 평강과 송파 등지에 흩어진 수하 동무들 모두가 의지간을 마련하고 가게까지 낼 수 있는 재력을 쌓을 수 있는 것이었다. 우선 누이를 만나길 요구하자 매월이 이미 송파 처소로 보냈다 하고 송파까지 데리고 갔던 겸인을 불러 확인시켜 주면서 천봉삼 더러 잠자리에 같이 들기를 요구하다.

매월이 소싯적에는 문경새재 아래서 숫막을 오가는 행인들에게 잔술을 팔았고, 또한 육덕이 무던하여 표객들의 겨냥이 되기도 했지만 한 남정네를 가슴으로 연모하였던 것은 오직 천행수 한 사람뿐이었다고 하다. 천봉삼이 화각함에서 황첩을 꺼내어 촛불에 태우다. 천봉삼은 매월이를 작별하고 나오다.

혜화문 북묘의 매월이 집으로 사대부들과 벼슬아치들이 북묘의 매월이 집 문전에 붐비는 것은 문감(門鑑· 출입증) 없이도 궁궐 안팎을 무상으로 출입할 수 있는 사람이 매월이었고 곤전을 알현하는데 구애가 없는 사람이 매월이밖에 없다는 것이 알려져 있기 때문이었다. 그리하여 그들이 매월이와 한통속이 되어 직첩을 팔고 사는 일이 예사가 되어버렸다.

··· 동병상련(同病相憐)

지난 새벽 내전(內殿)의 굿청에서 물러나온 북묘의 진령군 매월이에게 단천부사 이용익이 찾아와 원산포에서 왜상을 털었던 일로 의금부에 갇힌 천봉삼을 구명할 방도를 매월에게 구하러 오자, 매월이 이용익에게 '곤전(민비)께서 차라리 내전으로 들어와 살자 하시니

이 사단을 어찌하면 좋겠소'라고 자문하다.

매월이 돈화문을 돌아 금호문을 들어서자 수문군들이 가마를 검색할 것도 없이 잽싸게 길을 열어주다. 매월이 민비에게 천봉삼을 구해달라고 부탁하다. 민비 이용익을 입궐하도록 조치하여 의견을 묻다.

이에 이용익은 '천봉삼이 갖은 신산을 겪으면서 오늘에 이르러 송파와 원산포에 이르는 북로(北路)를 개척한 사람으로 입신양명할 기회도, 황첩까지도 마다하고 오직 자력으로 장사치로서 입신한 사람이라 했으며, 또한 상리를 도모함에 있어 불의와 결탁한 일이 없는 사람'이라 하다.

매월이 의금부사 한규직과 그리고 의금부 옥사장을 매수하여 천봉삼이 참형되기 전에 시체와 바꿔치기하여 천행수를 옥에서 끌어내도록 조치하고는, 이용익에게 다음과 같이 말했다. '나는 1년에 한두 번씩 세상이 깜짝 놀랄만한 일을 저지르지 않고서는 흡사 무병을 앓을 때처럼 온 삭신이 떨리고 진땀나고 한기 들고 잡귀의 희롱에 시달리는 것입니다'라고 하다.

··· 멀고먼 십이령

정한조가 자신이 책임 맡은 '소금장수 행수 상단' 사오십 명을 이끌고 울진포구의 염전이나 흥부장에서 십이령을 넘어 내륙 내성으로 가는 길을 내왕하다. 이 길에는 울진 토박이 행수 조기출이 이끄는 십 오륙 명 내외의 건어물 상단도 내왕한다.

… 화적(火賊)

천봉삼이 이곳에 나타나다. 군란의 소동에 대원위 대감이 청국으로 끌려가는 수모를 당하는 와중에 천봉삼이 관령을 어겨 군교들에게 쫓기는 신세가 되자 송파를 떠나 남행길을 선택하여 숨어 살기로 작정한 뒤 적굴에 잡히다. 가솔하여 적굴을 빠져나오다 월이 등 식솔들은 다시 산 채로 끌려가고 혼자 포박당하여 난장당한 뒤 요행 죽지 않고 정한조 행수 일행을 만났던 것이다. 화적의 적굴을 소탕하여 갇힌 사람들과 빼앗긴 패물과 전대 등 장물을 환수하다. 천봉삼이 보부상에 동참하다.

… 정착촌(定着村)

천봉삼이 아내 월이와 일행 데리고 경상도 내륙과 강원도를 연결하는 거점인 생달마을에 객주를 열고 울진 흥부장, 내성장, 영월 태백의 장시거래를 주름잡는 객주가 되다. 적굴에 살던 농투성이들이 각자 집을 가지고 생달 일대의 묵정밭을 2년여 만에 꿀 흐르는 문전옥답으로 바꾸어 낸다.

『객주』의 문학적 의의

지금까지 문화기행을 통해 대하소설 가운데 박경리의 『토지』(12권), 최명희의 『혼불』(10권)을 다루었고, 이번에 김주영의 『객주』(10권)를 살폈다.

대하소설이란 용어는 엄격히 따지면 소설의 양식 개념은 아니다. 장편소설 가운데 구성의 완만성, 사건의 지속성, 인물의 잡다성 등을 특징으로 하여 오랜 시간에 걸친 사건의 흐름을 방대한 규모로 서술하게 된다. 김주영의 『객주』는 과거의 특정 시대를 배경으로 한 특정의 한 인물이 아니라 보부상이라는 한 집단에 주목하고 있다.

따라서 개인적인 영웅적인 주인공이 없고, 보부상단의 모든 인물들이 주인공이다. 개개의 인물들이 지니고 있는 삶에 대한 야망, 상권을 둘러싼 갈등과 투쟁, 사랑과 질투와 복수, 정치 세력과의 연결에 따른 변화 등이 보부상단이라는 거대한 집단 안에서 이루어진다. 따라서 이 작품은 보부상이란 한 집단의 삶의 양상에 대한 풍속사적 관심과 그 재현에 비중을 두고, 그들의 다양한 행동 방식과 삶의 태도를 실증과 추리를 바탕으로 당대적 풍속과 함께 다채롭게 펼쳐 보이고 있다고 할 수 있다.

또한 작가는 보부상단의 출현과 그들의 활동을 조선 후기 사회에서의 상업자본의 형성과 연결시켜 놓고 그 세력이 어떻게 정치적인 세력과 연결되고 있는가를 치밀하게 추적하고 있다.

조선 후기 양반과 서민사회를 넘나들 수 있는 보부상의 행수(천봉삼, 조성준 정한조 등)와 같은 중도적 인물군들을 내세워 조선 사회의 총체성을 효과적으로 드러낼 수 있었다(김동인의 『젊은 그들』은 상류 양반사회만을 부각한 소설이었음, 이효석의 「메밀꽃 필 무렵」은 서민사회만 서정적으로 접근함). 이러한 구성은 루카치의 역사 소설론에 부합하는 구성에 해당한다.

조선 후기 고유의 언어를 복구하려는 작가의 노력이 두드러진다. 대대로 전수된 옛말과 속담의 활용, 민간에 유통된 비유와 사설의 구사, 민중 풍속에 밀착된 재담과 걸쩍한 육담의 활용 등으로 다양한 서사 장르의 혼성물을 이룸으로써 『객주』의 문학적 가치를 더욱 돋보이게 한 점이 특징이다.

사족 하나를 붙인다면, 과거 역사 속의 진령군(眞靈君)이 지금 우리의 현실 역사 속에 재등장한 사실이다. 조선 후기 국정을 농단한 무녀 진령군은 천민 출신의 무녀다. 삼국지의 관우를 신주로 모신 강신무였다. 그녀는 임오군란 직후에 도피생활을 하면서 어려움을 겪고 있던 민비(명성황후)와의 만남을 계기로 환궁을 예언한 것이 적중하자 흥선대원군이 청나라 군인들에게 납치됨으로써 권좌에 복귀한 고종과 민비는 매월을 지극히 신임하고 진령군이라는 군호까지 하사한다. 이로부터 10여 년간 진령군의 국정농단이 이어졌다. 그녀의 힘이 빠지게 될 무렵 친일 개화파는 마침내 그녀의 재산을 환수하여 알거지로 만들어 버렸다.

확인되지는 않고 전해지는 말에 의하면, 을미사변이 일어나 민비(명성황후)가 시해되자 서울의 산속 오두막집에 칩거하고 있던 그녀는 상심하다가 민비(명성황후)를 따라 죽었다고 한다. 오늘날 우리의 현실에 죽은 줄 알았던 진령군이 120년 만에 국정을 농단하는 평범한 아녀자로 다시 나타난 것이 아닐까 하는 것이 기우이기를 바랄 뿐이다.

강진문화기행
– 영랑 김윤식을 건너뛰어
연암 박지원을 짚고 다산 정약용으로

조선 후기의 문학과
실학사상의 두 계보

① 반계 유형원, 성호 이익,

　　다산 정약용의 계보(백과전서파)

　소농 경제 사회를 중심한 중농주의 즉, 토지 제도만 잘 정비되면 백성들을 먹여 살릴 수 있는 구조가 가능하다고 봤다.

　이익을 추구하는 욕망은 마땅히 배제돼야 할 사리사욕으로 봤다.

　다산은 시(문학)란 모름지기 임금을 사랑하고 나라를 걱정하고 백성을 사랑하는 내용을 담아야 한다고 봤다. 교훈적이고 좀 답답함을 지녔다. 형식을 엄정하게 갖추는 스타일로, 노래로 비유하면 건전가요다.

② 담헌 홍대용, 연암 박지원, 청장관 이덕무,
초정 박제가의 계보(북학파)

농업은 직접 노동을 해서 작물을 생산하고, 상업을 통해 생산해 놓은 작물이나 상품을 유통하면서 이익을 추구하여 욕망을 덧붙여서 사고팔고 소비해야 하는 것으로 봤다.

문학에 있어서 아무리 사소하고 하찮다 해도 인간의 욕망을 긍정하는 태도이며 자유스럽게 글을 쓰는 스타일이다.

연암 박지원은 오직 한문밖에 못 했던 사람으로 그의 『열하일기』는 당시 한글로 번역되어 여자들과 어린아이까지 읽을 정도의 인기 작가였다.

실학의 두 개념 – 과거의 실학(유학 일반)과
현재의 실학(유학 중에서도 17세기 특정 학문 태도)

율곡은 1536년생이고 연암은 1737년생이다. 율곡이 조선 성리학의 완성자라고 하면 연암은 그 200년 후에 태어났다. 성리학은 고려 말에 들어와 200년이 지나 조선 사회에서 만개했는데, 서경덕과 이언적에 의해 이기론에 대한 이해 수준이 깊어졌고, 퇴계나 율곡에 이르러 이기론과 심성론이 결합되면서 조선 성리학은 독자적인 이론 틀을 갖추게 되었다.

퇴계나 율곡에 의해 조선 성리학이 독자적인 틀을 갖춘 때부터 200년 뒤인 17세기 초에 완전히 다른 사상이 나타나기 시작했는데,

곧 실학의 등장이었다. 이 사상은 17세기 초의 성리학에 대한 비판 의식에서 출발했다.

김정희가 활동했던 19세기 중반까지도 실학이라고 하면 노장학이나 불교[허학(虛學)]와 상대되는 의미의 유학(儒學) 일반을 가리키는 말로 쓰였다.

현재 우리가 쓰고 있는 실학이란 용어는 역사적으로 실재하는 개념이라기보다는 일제강점기에 안재홍·백남운·최익한 등에 의해 연구가 시작되어 1950년대에 이르러 북한의 최익한·정성철 등과 남한의 홍이섭·천관우·한우근 등의 현대의 연구자들에 의해 본격적으로 연구되기 시작한 개념이다.

따라서 학계에서는 실학을 유학 일반이 아닌, 유학 중에서도 17세기 이후 조선 사회에서 새롭게 대두된 학문 태도(實事求是, 利用厚生, 토지 제도의 중요성 강조, 인간 욕망에 대한 긍정, 백과전서적 지식추구 등)를 가리키는 말로 쓴다.

결국 실학은 백성들의 욕망을 충족시키는 데 실질적으로 도움이 되는 학문으로 17세기 이후 조선 사회를 대표하는 사상적 경향을 가리키는 용어다.

17세기 이후 시대적 상황
- 연암 박지원(1737~1805)과 문체반정

당시 임금이었던 정조는 다산의 임금이자 연암의 임금이기도 했다. 하지만 당시 정조는 이른바 '글 쓰는 투를 올바른 데로 돌린다'는 뜻의 문체반정(文體反正)을 일으켜 연암의 글을 지목해 비판했다.

연암이 자질구레한 소품문을 쓰면서 자기 뜻을 펼치니까 정조가 문이재도(文以載道)론을 내세워 '문(文)은 모름지기 도(道)를 실어야 한다'라고 했다.

이 말을 처음 쓴 사람은 북송의 성리학자 주돈이로, 글을 쓸 때는 쓸데없이 화려하게 꾸며서는 안 되고 마땅한 도리를 글에 실어 세상을 다스리는 데 도움이 되어야 한다는 말이다.

임금이 글을 지적한 정도라면 위험한 상황이다. 정조는 조선의 마지막 유학 군주라고 할 정도로 학문을 사랑했기에 이 정도에서 그쳤는데, 중국이었다면 목숨 부지하기 어려운 상황이었다. 사실 정조의 문체반정은 분명 자유로운 글쓰기를 탄압한 일이므로 부당한 일이었다.

연암은 반남 박씨 집안으로 이 집안은 조선시대에 판서 이상의 벼슬을 한 사람을 40여 명 배출할 정도로 영향력이 컸다. 그럼에도 그는 당시의 양반 지배층을 비판하는 글을 썼다.

연암은 이런 배경을 가지고 이덕무, 유득공, 박제가, 백동수 등 문인들, 무인들과 자유롭게 교유했다.

특히 이들은 모두 서자 출신으로 당시 조선 사회의 아웃사이드였다. 백동수는 무인으로 조선 창검의 제일인자로 꼽히던 사람이다.

이들 중 연암이 나이가 제일 많아 글을 쓰면 연암에게 서문을 부탁했다. 연암은 지주 계급 출신이라 토지를 갖고 있었지만 손수 자갈

밭을 일구어 농사짓고 혼자서 밥을 지어 먹으면서 가난하게 살았다.

연암의 글 특히 한문 소설에는 떠돌이 거지, 이름 없는 농부, 땔나무 하는 사람, 시정의 왈패 등 하층민이 주인공으로 등장한다.

전호근 교수의 설명에 의하면,

1787년 연암 51세 때 큰형 박희원이 58세의 나이로 죽고 그러고 나서 지은 시가 '연암억선형(燕巖憶先兄)'입니다.

아버지 생각이 나면 형의 얼굴을 바라보면서 그리움을 달랬는데, 이제 그 형이 세상에 없자 냇가에 가서 자신의 얼굴을 비춰보면서 자기 얼굴에 혹시 형의 그리운 모습이 보이는지 찾는 겁니다.

냇물에 비친 자신을 들여다보며 형과 아버지의 모습을 찾는 연암의 모습에서 아버지와 형, 자신을 하나로 잇는 감수성의 깊이를 드러냅니다.

이 해에 아내 이 씨가 죽자 절구 20수를 짓고 그 뒤로 죽 혼자 지냈다. 당시는 결혼한 남자가 40세가 넘으면 본부인이 직접 유순한 사람을 골라서 일부러 소실(첩: 본처 외에 데리고 사는 여자)을 들이기도 했다.

다산 정약용은 본부인이 서울에 있는데도 강진 유배 생활 도중에 소실을 들였다. 이런 점만 봐도 연암은 감수성이 굉장히 예민했다는 것을 알 수 있다.

다산 정약용(1762-1836)
삶과 학문

유배에서 일군
학문의 대해(大海)

다산 정약용 선생 초상

정약용은 75세까지 살았지만 그 중 18년을 유배지에서 보냈다.

유배 생활을 하면서 남긴 저술의 양이 무려 500만 자로 우리나라 역사상 가장 많은 저술을 남겼다. 500만 자의 분량이란 한문으로 쓴 책 한 권이 1만 자 정도라고 볼 때 요즘으로 치면 500권의 저술을 남긴 셈이다(참고로 「조선왕조실록」이 5,000만 자이고, 세계문화유산인 사마천의 「사기」가 52만 6,500자이고, 사마천의 「사기」를 포함한 중국의 전체 역사를 합친 「25사」가 3,000만 자이고, 「승정원일기」가 1억 자 정도다).

정약용은 인문, 사회, 정치, 경영, 의학, 자연 과학 등 세상의 모든 지식을 담아냈다고 할 정도다. 따라서 그를 백과전서적 지식을 추구한 학자로 분류할 수 있다. 백과전서적 경향은 다산뿐만 아니라 18세기 조선 지식인들의 특징이기도 하고, 18세기 유럽 계몽기 사상가들에게서도 찾아볼 수 있는 세계적 현상이다.

따라서 다산은 실학의 집대성자로도 손꼽힌다.

중국과 조선을 통하여 저술량이 가장 많은 사람은 명말 청초의 왕부지로 그의 저술량은 800만 자에 이른다. 다산은 중국과 조선을 통틀어 저술량에 있어서는 왕부지를 이어 제2위다.

다산이 이렇게 많은 저술을 남길 수 있었던 것은 유배라는 개인적인 불행이 한몫을 했다. 1801년부터 1818년 해배되기까지 18년간 유배 생활 동안 세상과 완전히 차단되어 유학자로서 의미 있는 일이 글 쓰는 일밖에 없었던 것이다.

한편, 조선의 건국 이념의 하나는 '민본'으로 고려 말부터 급격히 논의되었던 「서경」의 "백성이 나라의 근본이다(民惟邦本)."가 민본 사상의 출처인데, '민유방본'을 줄인 '민방'의 또 다른 압축 표현이 '민국'이다. '방'과 '국'은 같은 뜻이다.

우리 민족 내부에서 근대지향의 요소를 찾으려고 한다면 '군국(君國)'에서 '민국(民國)'의 발전 경로를 추적해야 하는데, 정조 이후 조선왕조실록이나 승정원일기 등에 급격히 증가하는 '민방' 또는 '민국' 즉 '국민국가'로 나아가는 과정이 탈신분적 근대화의 과정이라 할 수 있을 것인데, 이에 대한 관심의 확장을 가로막는 장애물로 근대지향의 온갖 긍정적 요소를 너무 많이 가진 실학이 놓여 있다.

정조와 동시대를 살았던 다산 정약용의 다음과 같은 언급은 '백성의 나라'를 지향하는 '민국'의 흐름과는 오히려 역행하는 생각을 드러내기도 했다.

"수령으로서 애민(愛民)한다는 이들이 편파적으로 강한 자를 누르고 약한 자를 돕는 것을 위주로 삼아서, 귀족을 예(禮)로 대하지 않고 오로지 소민을 두둔하고 보호하는 경우 원망이 비등할 뿐만 아니라 풍속까지 퇴폐해지니 크게 불가하다… 국가가 의지하는 바는 사족(士族)인데, 그 사족이 권세를 잃은 것이 이와 같다. 혹시 국가에 급한 일이 생겨 소민들이 무리지어 난을 일으킨다면 누가 능히 막을 것인가."

– 『목민심서』변등

여기서 '소민'은 사대부의 대민(大民)이나 준양반층을 제외한 상민·노비·천민 등을 지칭한다. 정약용의 이와 같은 발언은 영·정조시대 이래 '민국'의 표현이 확산되고 있음에도 당시 여전히 온존했던 신분 차별의 현실을 보여주고 있다.

다산, 승승장구의
벼슬길에 나아가다

다산은 22세에 초시에 합격했다. 22세에 초시에 합격한 사람으로는 율곡 이이, 서애 류성룡 등이 있다.

초시에 합격하면 대과를 준비하기 위해 성균관에 들어가는데, 다산은 성균관에서 공부할 때부터 당시의 임금이었던 정조의 총애를 받았다.

정조는 조선의 마지막 유학 군주로 경사(經史) 방면에 탁월한 업적을 남긴 대단한 학자였다. 일례로 다산이 『시경강의』라는 저술을 남겼는데, 이는 정조가 『시경』 305편을 읽고 질문 800개를 만들어 질문한 것에 대한 답변이 그 내용이다.

이처럼 다산은 정조에 인정받고 28세에 문과, 대과에 급제한 뒤 벼슬길에 나섰다. 희릉직장, 가주서, 지평, 교리, 부승지, 참의 등의 중요한 직책을 거치면서 정조의 측근이 되었다.

정조는 그의 아버지 사도세자의 묘소가 있는 수원에 자주 행차했는데, 다산은 임금의 일행이 한강을 건널 수 있도록 배다리를 건설했고, 수원 화성 축조 시 거중기를 제작하기도 했다.

수원성의 경우도 대포를 놓는 부분을 밖으로 돌출시켜 성문 쪽으로 들어오는 적을 타깃으로 포격을 할 수 있는 포대인 공심돈(空心墩)을 설치해 난공불락의 철옹성으로 만드는 등 실용적인 면의 큰 공을 세우기도 했지만, 다산의 진정한 업적은 그의 학문적 성과의 깊이와 너비가 우선된다.

다산에게 닥친
운명적 불운

다산은 23세에 이벽(李蘗)(다산의 큰형 정약현의 처남)에게서 서학(천주교)에 관하여 듣고 관련 서적들을 탐독했는데, 이 일이 결국 다산의 발목을 잡았다.

이벽이 천주교 교리를 깊이 연구하고서 양반 학자들과 인척들 및 중인 계층의 인물들에게 천주교를 전교했다. 이벽은 기독교사상과 동양 유학사상이 결합된 윤리와 규범을 제시함으로써, 후일 한국 천주교가 대박해를 이겨낼 수 있는 기반을 마련했다.

다산 나이 40세 때, 즉 정조가 세상을 떠난 이듬해인 1801년 2월 22일 금교령이 내려져 대대적인 옥사가 일어났는데 이를 신유사옥(辛酉邪獄)(1801년 신유년에 일어난 사악한 종교 박해 사건의 뜻) 또는 신유사화로 불린다.

이는 집권 보수 세력인 노론이 정치적 반대 세력인 남인을 비롯한 진보적 사상가와 정치 세력을 탄압한 사건이다.

처음엔 우리나라 최초의 크리스천인 이승훈(다산의 큰형인 정약현의 매제), 정약용의 셋째 형인 정약종 외 일부의 사람들이 처형되었고, 일부 옥사하거나 유배형에 처해졌다.

그해 6월엔 중국인 신부 주문모가 처형되자 황사영이 북경의 구베아 주교에게 비단에 기록된 구원요청서를 보내려다가 발각되자 (황사영 백서사건) 그 후 탄압은 더욱 강화되어 많은 천주교도와 진보적 사상가가 처형 또는 유배되었다(천주교도 100여 명 처형, 400여 명이 유배됨).

정약용의 형제는 4형제로 정약현, 약전, 약종, 약용이다.

첫째 정약현은 천주교를 신봉하지 않아 고향 서울 양수리 마재에서 집안을 지켰고, 그의 이복 여동생이 이승훈과 결혼했고(정약현의 매제), 그가 이벽(정약현의 처남)과 맺은 인연으로 정씨 집안에 서학의 씨가 뿌려졌다.

둘째 정약전은 흑산도로 유배가 16년간 유배 생활 중 우리나라 해양수산 연구의 선구작인『자산어보』3권 1책을 남기고 거기서 죽었고,

셋째 정약종은 처형되었고, 그의 아들 정하상 바오로는 1984년 천주교 전래 200주년을 맞아 교황 요한 바오로 2세가 직접 내한하여 시성한 한국 평신도를 대표하는 순교성인이며,

넷째 정약용은 둘째 형 정약전과 나란히 귀양길을 떠나 나주에서 헤어져 각기 배소인 해남 강진과 흑산도로 떠났다(정약용은 천주교를 믿지 않았다고 주장하기도 했으나 세례명은 세례자 요한).

한국 최초의 순교자는 전주에서 순교한 윤지충(정약용 3형제의 외육촌)인데, 그는 약전, 약종, 약용 3형제의 어머니인 해남 윤씨(윤선도의 5대손)의 조카다.

당시 정조 임금은 유교식 장례를 따르지 않고 천주교 예식으로 장례를 치른 윤지충에 대해, 천주교 탄압을 주장하는 노론 벽파의 주장에 따라 처벌 참수시켰는데, 그 참수 장소가 전주 경기전 맞은 편 자리로 지금의 전주 전동성당 자리다.

우리 동기회가 2014년 방문했던 곳이고 27동기회 밴드 대문 사진이 바로 역사적인 장소였던 전동성당 사진이다.

정약용은 처음엔 1801년 2월 지금의 포항 근처인 장기로 유배되었다가 황사영 백서사건에 연루되어 같은 해 11월 전라도 강진으로 이배되어, 1818년 57세로 해배될 때까지 18년간 유배 생활을 했다. 정약용은 18년간 유배(읍내 8년, 다산초당 10년) 동안 500권의 저술을 완성했다.

해배되어 돌아와서는 여유당(與猶堂)이란 당호를 지었는데, 여(與)와 유(猶)는 『도덕경』에서 따온 같은 의미의 글자로 '조심조심한다'라는 뜻이다.

1800년에 정조가 승하하고 순조가 즉위하자 영조 대비 정순왕후 김씨가 섭정하면서 벽파(僻派)와 손잡고 시파(時派)(천주교도와 진보적 사상가가 포함됨)를 숙청하기 시작했는데 정조가 떠난 세상은 다산을 역적으로 몰아서 다산 일가를 폐족으로 규정하고 완전히 버렸으나 다산은 세상을 버리지 않았다.

그가 해배되던 해인 1818년에도 『목민심서』를 탈고했다. 이 책은 임금의 권한을 대행하여 백성을 다스리는 지방 수령이 지켜야 할 구체적인 지침을 부임에서 해관에 이르기까지 12편으로 나누어 제시했다.

다산은 '목민심서서문(牧民心書序文)'에서 목민하고자 하는 마음은 있지만 내 몸에 시행할 수 없기 때문에 마음만이라도 백성을 다스리고자 한다. 그래서 '심서'라 이름 붙였다고 했다. 여기서 '심'은 곧 다산의 마음을 나타낸다. 행정의 궁극적 목적은 바로 백성들을 편안하게 하는 데 있다는 것을 더없이 강조했다. 이 책을 통해 볼 때 다산은 소통에서 남다른 재능을 가진 유학자였음이 드러난다.

비록 다산은 폐족 신분이어서 세상에 참여할 수 없는데도 당시의 목민관들(지방 수령)이 백성을 다스리는 자세를 세밀히 기록했다.

그의 '자찬묘지명'에서 스스로 자신의 대표 저술을 1표 2서라고 했는데, 『목민심서』(목민관 즉 지방수령들의 행정 지침서), 『경세유표』(개혁의 근본원칙 제시함), 『흠흠신서』(백성들을 자유롭게 하기 위한 형법서로, 흠흠(欽欽)은 삼가고 또 삼간다는 뜻임)를 말한다.

다산 정약용이 1762년에 태어났으니 2012년이 다산 탄생 250주년이었고, 1836년에 세상을 떠났는데 그로부터 100년 뒤인 1936년에 다산의 「여유당전서」가 정인보(홍명희와 사돈)를 비롯한 국학자들에 의해 세상의 빛을 봤으니 이른바 다산학은 이 시기에 시작된 셈이다.

다산은 생의 전반부인 20세 이후부터 40세에 이르기까지의 삶은 찬란하고 빛났다. 아버지 정재원은 진주 목사를 지낸 남인 계열의 유학자였고, 정약용의 외가는 해남 윤씨로, 정약용의 외할머니가 공재 윤두서의 손녀이고, 윤두서의 증조할아버지가 고산 윤선도로 역시 남인 계열이다. 연암 박지원의 가문도 대단했지만 정약용의 집안도 만만치 않았다.

붕당을 기준으로 말하면, 노론 계열이 배출한 실학자의 대표가 연암 박지원이라면, 남인 계열이 배출한 실학자의 대표가 다산 정약용이다.

참고로 조선시대 붕당의 과정을 잠시 살펴보면, 처음에는 동인과 서인으로 나뉘었다가, 동인이 남인, 북인으로 나뉘고, 다시 북인이 노론, 소론으로 나누어졌다.

영조 때는 시파와 벽파가 붕당을 형성하는데, 시파와 벽파는 사도세자의 폐위를 둘러싸고 의견이 대립된 붕당을 말한다.

즉 사도세자를 동정하는 입장은 대체로 남인 계열로 시파에 속했고, 세자의 폐위를 정당시하는 쪽은 대부분 노론 계열로 벽파에 속했다.

정약용은 남인 계열의 유학자였고 그 때문에 정조에 의해 중용되지만 정조가 세상을 떠난 뒤에는 완전히 버려졌다.

역적으로 몰렸으니 폐족이 되어 더는 희망이 없는 처지가 되었고 자신뿐만 아니라 두 아들도 과거 시험을 볼 수 없었다.

붕당의 역사는 곧 당쟁의 역사다.

당쟁의 내용 중에는 상복을 9개월 입느냐, 1년 입느냐를 두고 목숨을 걸고 싸우는 경우와 같은 예송 논쟁도 다 이권과 관련된다.

조선시대는 혈연 사회이므로 유교적 종법의 지배를 받는데, 이는 혈연의 친소에 따라 상속의 권리가 결정되기 때문에 겉으로는 예송 논쟁 즉 학문 논쟁으로 포장되지만 속을 들여다보면 상속이라는 이권과 연결되어 있다.

이는 오늘날 우리 시대의 정치인들이 이권을 놓고 다투는 것이나 크게 다름없다.

강진 유배지에서
네 번이나 유배처를 옮김

다산은 해배되어 돌아올 때 제자들과 함께 작성한 「다신계절목(茶信契節目)」에서 자신의 강진 생활을 이렇게 술회했다.

> 나는 가경 신유년(1801년) 겨울에 강진에 도착하여 동문 밖 주막집에 우거하였다. 을축년(1805년) 겨울에는 보은산방(고성사)에서 기식하였고, 병인년(1806년) 가을에는 이학래의 집에 이사해서 살았고, 무진년(1808년) 봄에야 다산에서 살게 되었다. 따져보니 귀양살이가 도합 18년인데, 읍내에서 산 것이 8년이고, 다산에서 살았던 것이 11년이다. 처음 왔을 때에는 백성들이 모두 겁을 먹고 문을 부수고 담을 무너뜨리고 달아나며 편안히 만나는 것을 허락하지 않았다.

유배 온 귀양객을 사람들이 마치 대독(大毒)으로 여겨 파문괴장
(破門壞墻)하고 달아날 때 그를 가련히 여겨 돌봐준 이는 술집(酒家)
이자 밥집(賣飯家)인 오두막 노파였다.

다산은 이 오두막에서 무려 4년을 지냈고 그 집 당호를 사의재(四
宜齋) 즉 '마땅히 지켜야 할 네 가지' 곧, 담백한 생각, 장중한 외모,
과묵한 말, 무거운 몸가짐을 지니겠다는 뜻을 담았다.

사의재

강진 동문 밖 주막집, 즉 동천여사(東泉旅舍) 뒷골방인 사의재에
서 시작된 그의 유배 생활은(1801년 겨울부터 1806년 여름까지), 1805
년 겨울은 아암 혜장의 배려로 유배지를 두 번째 찾아온 큰아들 정
학연과 함께 강진 읍내 뒷산인 보은산의 고성사 보은산방에서 주역
을 가르치며 지내다 다시 사의재로 내려왔다가, 1806년 가을에 제

자 이학래(이청)의 집 사랑방 묵재로 거처를 옮겨 1년 반 정도 살았고, 1808년 봄 이후 1818년 해배 시까지 귤동의 다산초당에 정착함으로써 읍내 생활이 8년, 초당 생활이 10년이었다.

다산초당과의 인연과
공간 배치

다산초당 전경

다산초당에서

백련사

강진 만덕산 한 자락의 다산초당은 다산이 18년 귀양 생활 중 10년 넘게 생활했던 공간이다. 유배 시절 다산의 그 많은 저작이 생산된 생생한 역사의 현장이다.

다산은 귤림처사(橘林處士) 윤단의 산정(山亭)이었던 이곳에 거처를 옮긴 후, 비로소 안정을 찾고 저술에 몰두하였다. 이곳에서 다산학단으로 일컬어지는 18 제자를 길러내고, 그들과의 집체 작업으로 그 엄청난 성과를 일사불란하게 수행하였다. 이 초당은 다산에게뿐만 아니라 조선 학술사에서 기억해야 할 기념비적 공간인 셈이다.

현재 다산초당을 그린 그림이 두 폭 남아 있다. 하나는 다산 선생의 분부에 따라 초의가 1812년 다산의 입회하에 다산초당에서 그린 〈다산도〉이고, 다른 하나는 1939년 조선의 차 문화 현지조사차 초당에 들렀던 일본인 이에이리 가즈오(家入一雄)가 다산 유적지를 직접 답사한 후 그린 〈다산선생거적도〉이다.

정약용이 다산초당과의 인연을 맺게 된 것은 1808년 3월 16일 다산은 문거 윤규로(귤림처사 윤단)의 다산서옥에 놀러 간 일에서 비롯된다. 역시 외가 쪽 가까운 친척이었던 윤종하가 때마침 병 치료차 이곳에 머물고 있었다. 다산의 외증조부가 윤종하의 고조부였으므로 외가로 가까운 친척이었다. 다산은 열흘이 넘게 윤종하와 함께 이곳에 묵었다.

누각과 연못도 그런대로 갖추어져 있어 머물러 살기엔 더없이 좋은 곳이었다. 다산은 마침내 윤규로에게 이곳에서 계속 머물 수 있었으면 하는 뜻을 내비치기에 이른다.

이런 인연으로 이곳에 내처 머물게 된 다산은 윤씨 집안 자제들에게 『주역』을 가르쳤다. 공부 내용을 적어 「사산문답」 한 권과 학생들에게 주는 당부를 적은 「다산제생증언」도 이때 적었다.

다산정사·다산동암·다산서각(茶山書閣)은 현재의 다산초당을 가리키는 명칭이며 이를 달리 죽각(竹閣)으로도 불렀다. 연못 반대편쪽으로 조금 떨어진 곳에 동암이 따로 있었다. 다산의 기거 공간은 동암이었고, 이 자리에 새로 두 칸짜리 작은 띠집을 지어 송풍루 또는 송풍암(松風菴)이라 이름 짓고 외가 쪽 해남 녹우당에서 가져온 2,000권의 서적을 갖춰두었다. 다산은 동암에 들어설 때면 가득 쌓인 2,000권의 서책 때문에 얼굴이 절로 환해진다고 적었다. 대부분의 글은 동암에서 쓰였다.

정리하면, 초당 정착 초기에는 동암 아닌 서각(西閣)을 서각(書閣)

이라고도 하여 이곳에 책을 두고 강학을 하였는데, 공간이 너무 옹색한 데다 해남에서 2,000여 권의 책을 실어 오면서 동암을 크게 넓혀 서재와 생활공간을 겸하고, 서각(西閣), 즉 초당은 전처럼 강학공간으로 활용했던 상황을 짐작할 수 있다.

당시 초당의 전경은 2년 뒤인 1812년 9월 22일 다산이 초의와 제자 윤동을 데리고 월출산 아래 백운동에 놀러 갔다가 돌아와 초의를 시켜 그리게 한 〈다산도〉에 선명하게 남아 있다.

현재의 다산초당은 처음엔 조그만 초당이었고 다산 해배 후 폐가로 된 것을 1958년 다산유적보존회가 1차 복원해 놓은 것에 이어, 1974년 정씨 문중의 정채균 씨가 강진 군수로 부임해 오면서 동암, 서암과 천일각, 그리고 유적비 등을 복원하여 오늘날 모습을 갖추게 되었다.

천일각은 건물 자체도 다산 당시에는 없었던 것으로, 후대에 복원하면서 새롭게 만들어 세운 것이다.

다산의 친필과 〈다산도〉가 들어 있는 「백운첩(白雲帖)」은 다산이 월출산을 등반하고, 조선 중기 처사 이담로가 백운암이란 암자터로 추정되는 암자터에 조성한 전통 원림인 백운동 별서정원에 하룻밤 머물면서 백운동 12경을 짓고 친필로 시를 써서, 앞뒤에 초의를 시켜 〈백운동도〉와 〈다산도(茶山圖)〉를 그리게 해 첨부하여 당시 백운동 4대 동주 이덕휘에게 선물한 책이다.

〈다산도〉는 다산초당의 원래 모습을 가장 충실하게 그린 것으로, 초당 복원의 기준이 될 중요한 그림이다.

연못은 지금과 달리 상하 2개가 있었고, 석가산(石假山)은 연못 중앙이 아닌, 축대 위쪽에 따로 놓여 있었다. 석가산 옆으로는 파초가 있었다.

당시엔 다산 동암과 서대(西臺) 두 채의 공간이 있었고, 서대가 바로 다산초당이었다. 마당에 놓인 너부데데한 판석도 애초에 다조(茶)와는 전혀 무관한 돌임이 밝혀졌다.

정약용은 유배에서 풀려난 지 3년 되는 1821년, 당시 육순 때 지은 자신의 「자찬묘지명(自撰墓誌銘)」에 의하면 다산초당의 모습은 이러했다.

무진년(1808) 봄에 다산으로 거처를 옮겼다. 축대를 쌓고 연못을 파기도 하고 꽃나무를 벌여 심고 물을 끌어다 폭포를 만들기도 했다. 동서로 두 암(菴: 초막 암-필자 주)을 마련하고 장서 천여 권을 쌓아두고 저서로서 스스로 즐겼다. 다산은 만덕사의 서쪽에 위치한 곳인데 처사 윤단의 산정(山亭)이다. 석벽에 '정석(丁石)' 두 자를 새겼다.

그리고 행서체로 쓰여진 '다산초당(茶山草堂)'과 예서체(진나라 때의 전서(篆書)를 간편화한 서체로 한나라 때 크게 유행함)를 변형시켜 쓴 '보정산방(寶丁山房)' 둘 다 모두 천하명필 추사 김정희 글씨다(추사는 제주 유배 시 중심으로 10개의 벼루와 1,000자루의 붓을 닳게 하여 글씨의 경지에 올랐다고 함).

이중 '茶山草堂'은 추사의 글씨를 집자해서 만든 것이어서 글씨의 크기와 획의 흐름이 어수선하여 볼품없는데, '寶丁山房' 네 글자만은 추사의 중년 명작이라 할 수 있다.

추사는 다산보다 24세 연하로 다산을 학문적으로 사모하고 존경하는 정이 있었고, 그런 추사가 '정약용을 보배롭게 모시는 산방'이란 의미의 '보정산방' 현판을 쓴 것이다.

글씨를 쓴 시점은 다산이 해배(解配)된 다음, 또는 그의 사후 정약용의 제자들이 스승을 기리는 마음에서 추사에게 부탁하여 받았을 것으로 추정된다. 추사는 자신의 호를 100여 가지로 두루 쓰는 가운데 '보담재(寶覃齋: 청나라 학자 담계 옹방강을 보배롭게 생각한다는 뜻)라고도 한 데서 연결된 글로 추정된다.

다산초당 연못 옆으로 조그만 기와집이 하나 있고 거기에는 '다산동암(茶山東巖)'이라는 정약용 글씨를 집자한 현판이 걸려 있다. 그의 대부분의 글들이 그의 유배 생활 18년 중 마지막 5년간에 집중적으로 이곳 다산 동암에서 지어졌다.

정약용은 학자로서 상당한 명필이었다.
유홍준 교수의 평에 의하면,

정약용의 글씨에서는 "해맑은 느낌이 마치 천고의 무공해 글씨체 같기도 하고, 술에 곯아떨어진 다음 날 아침 밥상에 나온 북어국 백반" 같기도 한 데 반해, 추사 김정희는 "진짜 예술가로서 명필"이었고, "글자의 구성과 획의 변화에서 능수능란하고 자유자재로워 멋대로인 듯하지만 질서가 있고, 파격을 구사했는데도 어지럽지 않다."

평양감사 박규수 대감의 표현대로 '신기가 오가는 듯하고 조수가 넘나드는 듯하다. 그러나 정약용의 글씨는 프로가 아니면서도 프로를 넘어서는 아마추어리즘의 승리를 보여주는 일면을 지니고 있는 것이었으니 우리는 여기에서 인생과 예술의 오묘한 변화를 다시금 생각해 보게 되며 다산에게 명필이라는 칭호를 아낄 이유가 없다는 생각을 갖게 된다.'

정약용이 다산동암에서 쓴 또 다른 일기체의 소폭 서첩엔 유배객의 심사처럼 느껴지지 않는 서정 어린 낭만이 고고하게 표현되어 있다.

9월 12일 밤, 나는 다산의 동암에 있었다. 우러러보니 하늘은 적막하고 드넓으며, 조각달이 외롭고 맑았다. 떠 있는 별은 여덟아홉에 지나지 않고 앞뜰엔 나무 그림자가 하늘하늘 춤을 추고 있었다. 옷을 주워입고 일어나 걸으며 동자로 하여금 퉁소를 불게 하니 그 음향이 구름 끝까지 뚫고 나갔다. 이때 더러운 세상에서 찌든 창자를 말끔히 씻어버리니 이것은 인간 세상의 광경이 아니었다.

다산의 제자 그룹과
강학 방식

다산의 강진 유배 초기 동천여사 일명 사의재 시기, 읍중 제자는 골방에 서당을 열어 황상(黃裳) 등 6명(황상, 황경, 황지초, 손병조, 이청, 김재청 등)의 아전 자식들을 개성에 따라 문학(文學)과 이학(理學)으로 나눠 가르쳤다.

이 당시 고성암에 머문 것으로 보이는 은봉도 황상과 더불어 시재가 뛰어났던 것으로 보인다. 은봉은 다산의 전등 제자다.

이 시기 제자 가운데 1802년 10월 주막집 서당에서 처음 합류한 15세 황상은 머리 나쁜 아이도 공부할 수 있느냐며 스승에게 물었을 때 만난 지 며칠 만에 황상에게 직접 써준 「삼근계(三勤誡)」의 가르침에 이어, 아플 적에는 따로 시까지 지어주며 제자를 분발시켰다.

황상은 나이 70을 넘겨서도 초서(鈔書)를 쉬지 않았다. 이후 황상은 31세 때 스승이 강진을 떠난 후에도 58세까지 농부의 삶을 살면서 스승의 가르침에 따라 초서와 독서를 게을리하지 않았다. 스승과는 오래도록 연락이 끊겼다가 스승의 회혼례에 맞춰 상경하여 서거 직전에 뵙고 영결했다.

1845년 스승의 10주기에 맞춰 두릉을 다시 찾았을 때, 그의 의리에 감격한 다산의 큰아들 정학연이 정황계(丁黃契) 맺기를 제안했고, 이후 왕복 서신이 끊이지 않았다. 황상은 추사 형제와의 교류로도 연결되어 혜성처럼 등단한 중앙 문단의 늦은 신인이었다.

황상은 다산이 황상 자신에게 수십 년에 걸쳐 보내온 편지를 하나하나 모아 만년에 다산 친필 31통을 한 권의 소책자로 묶어 『다산여황상서간첩』을 간행했다.

이 서간첩을 통해 강진 유배 초기의 교학 실상과 그간 자취가 잘 알려지지 않았던 제자들의 관련 내용을 구체적으로 확인할 수 있다. 다산은 걸핏하면 체하는 등 소화기 계통에 문제가 있었고, 학질, 두풍과 허한증 등을 자주 앓았다.

다산학단에서 학문적으로 가장 크게 인정받은 이는 이청(학래)이다. 다산은 이청의 집에서도 지내기도 했다. 읍중 제자 이청에게 사지 편찬의 실무도 맡겨 「대둔사지」와 「만덕사지」 편찬을 진두지휘했다.

이청은 어려서부터 출세에 대한 집착이 커 다산 해배 이후 그는 거처를 아예 서울로 옮긴 뒤 다산의 품을 떠나 제주 유배 후 돌아온 추사 김정희와 왕래하며, 서체까지 추사의 글씨를 닮으려 했을 만큼 추사에 경도되었다. 그는 70세까지 과거에 응시하다가 좌절하자 우물에 뛰어들어 자결함으로써 세상을 마친 것으로 보인다.

다산이 만덕산 자락 다산초당으로 거처를 옮긴 것은 1808년 봄이었는데, 이곳은 먼 외가인 윤단(尹博)의 별장이었다.

이때는 주로 해남 윤씨 가의 자제들이 배웠다. 읍중 제자들은 초당 강학에 직접 참여하지는 않았지만, 지속적으로 다산초당을 왕래하며 스승의 저술 작업을 도왔다.

읍중 제자들의 도움과 더불어, 이른바 18제생으로 일컬어지는 초

당 시절 제자들을 통해 다산은 비로소 자신이 꿈꾸었던 경학 연구
에 본격적으로 몰입할 수 있었다.

다산초당 18 제자 가운데 이강회는 근래 신안군 우이도에서 발
견된 『유암총서』 등의 필사본에서 배와 수레의 제도 및 개선 방안
에 대한 글 및 각국의 조선 기술을 분석 비교하고 서양 선박의 특징
도 잘 정리해 놓음으로써 다산학단 제자의 면모를 잘 보여준다.

다산의 두 아들(정학연, 정학유)과 해남 윤씨 가의 자제들도 다산초
당 시기 제자에 속한다.

다산초당 정착 이후로는 대둔사(대흥사) 승려들의 왕래도 빈번하
여, 아암 혜장 스님의 제자들인 수룡 색성, 기어 자공, 침교 법훈 철
경 응원 등과 완호 스님의 제자들인 초의, 호의, 하의 등이 초당에
자주 들렀으며, 「대둔사지」와 「만덕사지」 편찬에도 참여하여 나중
에 다산과 전등계를 맺어 사제의 인연을 이었다.

그리고 정약용이 강진으로 유배 올 당시 혜장 스님이 백련사에
주석하고 있었는데, 혜장은 대흥사 12 대강사(大講師)로 기록되고 있
는 큰스님이었다.

다산과 제자들은 철저한 팀제로 역할을 분담하여 마치 컨베이어
벨트가 돌아가듯 일사불란한 시스템을 구축했다. 초당 체류 세 해
째인 1810년에는 한 해 동안에만 「아방강역고」 등 모두 9종의 저술
을 마무리했을 정도다.

정리하면, 다산은 강진 체류기간 동안 거처를 네 차례 옮겼고, 제자 그룹도 셋으로 나뉜다.

첫째 그룹은 사의재 시절 읍중 제자 그룹으로 황상과 이청 등이며, 둘째 그룹은 해남 윤씨가 중심이 된 다산초당 제자 그룹 18 제자며, 셋째 그룹은 대둔사와 백련사 승려로 구성된 전등 제자 그룹이다.

다산은 이러한 제자들을 각자의 개성과 눈높이를 고려한 맞춤형 교육 방식과 토론형 교육 방식으로 가르쳤고, 초의 같은 전등 제자들을 가르칠 때는 불교의 선문답 방식을 즐겨 원용했다.

다산초당에서의
저술 과정

다산학단의 엄청난 저술 작업량의 비밀은 정약용의 현손 정규영이 1921년에 편찬한 다산 정약용의 출생부터 서거까지 가계와 행적 및 다산의 대표적 저술의 서문을 수록한 「사암(俟庵)선생 연보」에 분명히 드러난다.

> 공이 20년 가까이 고독하고 우울하게 지낼 때 다산초당에서 연구와 저술에 마음을 쏟아 여름 무더위에도 쉬지 않았고, 겨울밤에는 닭 우는 소리를 들었다. 제자 중에 경서와 사서(史書)를 부지런히 열람하고 살펴보는 사람이 두어 명, 부르는 대로 받아쓰며 붓을 나는 듯 내달리는 사람이 두어 명이었다.

손을 바꿔가며 수정한 원고를 정서하는 자가 두세 명, 옆에
서 거들어 줄을 치거나 교정·대조하거나 책을 매는 작업을 하
는 자가 서너 명이었다. 무릇 책 한 권을 저술할 때는 먼저 저
술할 책의 자료를 수집하여 서로서로 대비하고 이것저것 훑
고 찾아 마치 빗질하듯 정밀을 기했다.

제자들은 다산초당에서 자료의 수집과 검색, 초서와 정서 및 수
정 작업, 교정 대조 작업, 제본 공정 등으로 역할을 분담했다. 글씨
를 잘 쓰는 사람은 정서 작업을 전담했고, 역량이 부족한 경우 제본
이나 카드 정리 같은 단순 작업에 투입되었다.

아마 다산초당(당시는 서대(西臺)라 부름) 벽에는 작업의 범례와 역
할 분담표가 붙어 있었을 것이다.

스승이 정해준 상세한 매뉴얼과 역할 분담에 따라 일사불란하게
작업을 진행했다. 1차 작업이 끝난 뒤에는 다산이 다시 총괄 점검하
여 수정과 보완을 지시했다. 하나의 저술이 완성되기까지는 보통 다
섯 차례 이상의 반복 심정(審定)을 거쳤다.

저술 작업은 여러 가지가 동시다발적으로 진행되고 있었다. 전혀
연관 없는 주제들이 동시에 집적되고 정리되어야 했다. 현재 남아
있는 저술에 제자의 이름이 명기된 경우가 적지 않은 것을 보면 각
작업마다 책임 편집자 격의 리더가 있었던 것이 틀림없다.

다산은 일부 책에는 아예 '열수정용편(洌水丁鏞編), 문인이청집(門

人李晴輯)'이라고 밝히기도 했다.

실무 책임자의 역할을 담당한 제자의 실명을 자신의 이름과 나란히 적거나 공저자의 반열에 올려 의욕을 북돋워 준 점도 신선하다. 이러한 훈련을 바탕으로 제자들은 각자의 역량을 극대화하여 중앙에서도 통하는 명망 있는 학자로 성장했다.

이처럼 다산의 제자들은 기획에서부터 실행까지의 전 과정을 스승의 지휘 아래 집체 작업을 통해 경험함으로써 저술과 편집 역량의 전 과정을 이해하고 적용하며 실천하는 힘을 길렀다.

다산 교학의 정점에 바로 이 집체형 교육방식과 저술 과정이 자리 잡고 있었다. 다산의 교학과 저술 방식은 오늘의 관점에서 보더라도 대단히 체계적이다.

육경 전반에 걸친
경학 연구

다산은 대표적인 저술인 1표 2서 외에 「마과회통(麻科會通)」 같은 의학 서적을 편찬하기도 했다. 자식 6명이 천연두로 죽자 다산은 그 당시까지 알려진 천연두 치료법을 집성해서 『마과회통』이라는 의학서를 집필했다.

다산은 이런 상황을 돌파하기 위하여 중국에서 사용해 왔던 인두법은 물론, 당시 영국에서 개발된 최신 우두법까지 거의 모든 천연두 치료법을 망라해 『마과회통』을 저술함으로써 실학자로서의 면모를 보였다.

당시 천연두(天然痘)를 두창(痘瘡) 또는 마마라 불렀는데, 마마는 질병을 옮기는 신에게 높임말을 사용함으로써 노여움을 덜자는 주술적 사고에서 나온 것이다.

천연두 예방법인 인두법은 동양에서 시작되어 18세기 초 유럽으로 전래되었고, 우두법은 18세기 말 영국에서 제너에 의해 개발된 후 전 세계로 전파되었다.

다산이 남긴 가장 많은 분량을 차지하는 저술은 인문학이다.

『시경강의』, 『상례사전』, 『사례가식』, 『악서고존』, 『주역심전』, 『역학제언』, 『춘추고징』, 『논어고금주』, 『맹자요의』, 『아언각비』, 『매씨서평』, 『상서고훈』, 『상서지원록』 등은 다산의 학문의 깊이를 드러내는 명저들이다.

일례로 『시경강의』는 시경의 뜻을 풀이한 탁월한 주석서로, 앞에서도 말했다시피 이 책은 다산이 스스로 동기를 만들어 집필한 것이 아니라 정조가 『시경』을 읽고 나서 질문 800개를 뽑아 다산에게 두 달의 말미를 줄 테니 질문에 답하는 글을 쓰라고 요구해서 세상에 나오게 된 책이다. 다산이 두 달은 너무 짧으니 두 달을 더 달라고 해서 넉 달 만에 완성한 책이 『시경강의』다.

『상례사전』은 사상례(士喪禮)를 해설한 책인데, 고금의 수많은 예설을 비교 검토한 뒤 당시 조선의 실정에 맞게 고증한 상례 수행 절차를 기록한 책이다.

『악서고존(樂書孤存)』은 이른바 『악경』이라는 문헌이 실전되었는데, 그것을 복원하기 위하여 여러 문헌에 흩어져 있는 음악 관련 기록을 수집해서 책으로 편찬한 것이다.

『아언각비(雅言覺非)』는 당시 조선에서 쓰이던 일상어의 어원을 밝힌 매우 특이한 책으로 우리말 어원을 연구하는 데 귀중한 자료다. 예를 들어 붕어는 본래 부어(鮒魚)에서 왔고, 잉어는 이어(鯉魚)에서 왔다는 식으로 어원과 유래를 밝혀놓아서 한자어가 우리말로 전환되는 과정에서 'ㅇ' 첨가 현상이 일어난다는 사실을 확인하게 해주는 등등.

다산은 기본적으로 인문학자이자 유학의 고수다.

그는 어떻게 살아가야 할 것인가 하는 인생 최대의 과제를 성인들의 삶의 기록인 경전과 고문에서 찾았다. 다산이 생각하기에 당대 사람들이 인정했던 최고의 진리는 육경고문, 곧 유가의 경전이다(육경: 시경·서경·역경·예기·춘추·악기). 한마디로 말해 다산은 유가의 경전이나 고문을 통해 인간이 나아가야 할 궁극적인 길을 발견해 나간 유학자이자 철학자다.

다산은 육경고문이라는 유가의 고전을 재해석함으로써 세상을 바꾸려고 했다. 서구의 르네상스도 고전의 재해석으로부터 시작되었는데, 다산도 같은 길을 걸어갔다. 시대의 어려움을 해결하기 위해 고전을 재해석함으로써 돌파하는 방식은 동서양을 막론하고 보편적인 지적 노력이다.

다산의 경학에서 빼놓을 수 없는 부분이 『논어』를 새롭게 재해석한 『논어고금주(論語古今註)』다.

이 책은『논어』의 주석 중에서 고주와 금주를 망라하여 검토한 뒤 자신의 새로운 견해를 제시한 탁월한 주석서다.

한나라 이후의 경학 전통을 크게 나누면 고주(古注)와 신주(新注)의 전통이 있는데, 정현을 중심한 한당(漢唐)의 고주와 주희를 중심한 송대의 신주가 큰 줄기다.

조선시대에는 주자학에 경도된 나머지 고주를 거의 보지 않고 오직 신주만을 진리로 여겼다.

하지만 다산은 당시의 편향된 학술 풍토에서 균형을 추구한 점이 높이 평가할 만하다.

『논어고금주(論語古今註)』에서 다산은『논어』520개 장 중에서 175장에 대해 자신의 견해를 창안하여 주석함으로써 대부분 전통의 주석에서 한 걸음 더 나아간 참신한 견해를 드러냈다.

일례로 다산은『논어』의 '학이(學而)' 편 첫 구절 '학이시습지 불역열호(學而時習之 不易說乎)'에서 학(學)은 앎을 추구하는 것이고, 습(習)은 이를 실천하는 과정이며, 열(說)은 그 결과물이라는 다산의 입장을 엿볼 수 있다.

새로운
사유의 전개

다산이 유가 경전인 육경고문을 철저히 연구한 이유는 자신의 시대가 당면한 어려움을 고전의 재해석을 통해 돌파하기 위해서였다.

예를 들면 인(仁)에 관한 부분이 그렇다. 다산 이전까지의 성리학자들은 인(仁)을 심지덕(心之德)·애지리(愛之理)(주희) 또는 생지리(生之理)(정이) 등으로, 말하자면 두 사람 모두 인은 사람의 마음속에 있는 씨앗이라고 생각했다.

사람의 마음을 심지(心地)로 보고 인(仁)을 씨앗으로 본 것이다.

따라서 수양을 통해 잘 가꾸면 내 마음에 인이라는 가치가 무럭무럭 자라나서 궁극에는 성인이 된다고 본 것인데, 이것이 성리학에서 말하는 인(仁)의 개념이다.

이는 곧 인이라는 씨앗이 나에게 있기에 홀로 산속에 들어가 수양만 해도 아름답고 빛나는 존재가 될 수 있다는 생각, 즉 남이 알아주거나 말거나 내 안에 있는 인을 아름답게 가꾸기만 하면 그만이라는 사고구조다.

다산은 이와 좀 달리, 먼저 인(仁)이라는 글자가 사람 인(人) 자와 두 이(二) 자의 결합이라는 데 주목하여, 인(仁)은 두 사람을 그린 글자로서 사람과 사람 사이에 각기 그 도리를 극진히 하는 것을 인이라고 주장했다.

인은 곧 나와 타자의 관계 속에서 성립되는 도리로 봤다.

다산의 인은 전통적인 사유의 인이 내면에 있는 것과는 달리 다른 사람과 함께하지 않으면 성립되지 아니한다. 여기서 다른 사람이란 곧 백성이기에 인을 실천하기 위해서는 백성들의 삶을 윤택하게 해야 한다고 봤다. 자기 수양 못지않게 이용·후생을 중시하는 실학의 사유가 여기서 비롯됐다.

달리 말하면 세상에 쓸모가 있느냐와 상관없이 나에게 있는 가치가 아름답다는 것이 성리학적 관점이라면, 다산은 쓸모가 있어야 한다는 입장이다.

한편 다산은 인(仁)자가 두 사람을 뜻한다고 풀이했는데, 이때 두 사람은 임신한 여성과 태아를 가리킨다.

이는 현대의 고고학적 발굴 성과를 통해 밝혀졌다. 1993년 중국 호북성 곽점촌에서 전국시대 초나라 때의 공동묘지에서 발견된 죽간에 인(仁) 자가 신(身) 자 아래에 심(心) 자가 있는 모양으로 쓰여져 있다.

갑골문의 신(身) 자는 사람을 뜻하는 인(人) 자에 배가 불룩 나온 모양인데, 이는 임신한 여성의 몸을 나타낸다. 여기에 사람의 마음을 뜻하는 심(心) 자가 결합된 것이 죽간에서 출토된 글자다.

이 모양을 기준으로 보면 '인(仁)'은 임신한 여성이 자신의 몸에 깃들어 있는 또 다른 생명을 생각하는 마음으로 이해할 수 있다.

인이란 무한한 사랑의 마음이다.

연암 박지원과 다산 정약용의
세상 바꾸는 방법의 차이

연암 박지원은 하층민들, 소외된 사람들의 이야기를 글로 씀으로써 그들의 가치를 드러내는 데 주력했다면, 정약용은 박지원과 달리 보다 직접적으로 제도적인 변혁을 통해 세상을 바꾸려 했다.

일례로 연암의 경우 「열녀함양박씨전」에서 과부의 참혹한 실상에 대해 썼으면서도 열녀제도를 없애야 한다고 이야기하지는 않음에 비해, 다산은 「열부론(烈婦論)」에서, '임금이 병으로 죽었는데 신하가 따라 죽으면 충신인가? 당연히 아닙니다. 그러면 나라가 망합니다. 어버이가 병으로 죽었는데 자식이 따라 죽으면 효자인가? 역시 아닙니다. 그러면 인류가 멸망하겠죠. 그런데 남편이 병으로 죽었는데 아내가 왜 따라 죽느냐?'

열녀는 말이 안 된다고 했습니다.

다산은 열녀라는 제도를 천하의 악습으로 명백하게 판정했다.

··· 아내의 치마폭을 잘라서 그린 그림, 〈매조도〉

〈매조도(梅鳥圖)〉는 본디 딸이 시집을 갈 때 그려서 주는 그림으로 정약용은 1813년 7월 14일, 유배 13년 차에 그린 그림이다.

그림 왼쪽에 기재된 관지(款識)(낙관과 글)엔 다음과 같은 글이 쓰여 있다.

내가 강진에서 귀양살이한 지 수년 됐을 때 부인 홍씨가 헌 치마 여섯 폭을 부쳐왔는데, 이제 세월이 오래되어 붉은빛이 가셨기에 가위로 잘라서 네 첩(帖)을 만들어 두 아들에게 물려주고 그 나머지로 이 족자를 만들어 딸아이에게 준다.

이 또한 유홍준 교수의 평에 따르면,

매화가지에 앉은 새의 그림 또한 그 애절한 분위기가 여느 전문화가도 흉내 못 낼 솜씨로 되어 있다. 화면 전체에 감도는 눈물겨운 애잔함이란 누구도 흉내 못 낼 것 같다. 그래서 나는 예술은 감동과 감정에 근거할 때 제빛을 낼 수 있다고 믿는 것이다.

정약용은 9명의 자식을 두었는데 3명이 딸이었고 6명이 아들이었다. 대부분 천연두로 죽고 아들 2명, 딸 1명만 살아남았는데 〈매조도〉는 그 딸에게 준 그림이다.

… 또 다른 〈매조도〉

최근에 정약용이 그린 또 다른 〈매조도〉(1813.8.19. 作)가 발견됐다. 앞의 〈매조도〉(1813.7.14. 作)엔 새가 두 마리 있고 아들딸 많이 낳고 잘 살라는 내용의 시가 있음에 반해 새로 발견된 〈매조도〉에는 유배지에서 늙어가는 자신의 안타까운 처지를 읊은 시를 써두었다.

시의 내용을 보면 자신이 늙고 노쇠해서 꽃을 피울 수 없다고 생각했는데 꽃을 피우고, 어디선가 한 마리 새가 날아와서 하늘가를 떠도는데 그 모습이 무척 쓸쓸하고 외롭게 그려져 있다.

다산이 강진에 유배 갔을 때 소실을 들여서 그 소실에게서 딸을 하나 얻는데, 이 그림은 홍임이라는 이름을 가진 딸한테 준 〈매조도〉다.

전하는 이야기에 의하면, 다산이 해배되어 홍임과 홍임의 어머니 정 씨를 데리고 서울 본가에 갔으나 본가에서 받아들이지 않자 두 모녀가 다시 강진으로 돌아가 그곳에서 살게 되었다고 한다.

그 두 모녀의 심정을 그린 '남당사(南塘詞)'라는 노래가 전하는데, 이 노래는 다산의 소실이었던 홍임의 어머니가 서울 두릉(능내리) 본가에서 쫓겨나 강진으로 내려온 뒤의 일을 누군가가 지은 16수의 시다.

이 시는 성균관대학교 명예교수 임형택이 최근에 발굴한 시다.

훗날 정약용은 강진에서 제자가 찾아오자 '이엉은 새로 했는가? 우물 축대의 돌들은 무너지지 않았는가? 못 속의 잉어 2마리는 더 자랐는가?' 하고 세세히 물어보면서 홍임과 홍임의 어머니에 대해서는 한마디도 묻지 않았는데, '못 속의 잉어 2마리'가 두 사람의 안부를 물은 것으로 느껴지는 부분이다.

이 대목도 연암과 다산이 비교되는데,

연암은 아내가 죽자 혼자 살았음에 비해, 다산은 아내가 죽지도 않았는데 소실을 들였으니까 대조적이다. 하지만 당시는 나이가 마흔이 되면 본부인이 일부러 사람을 찾아서 소실을 들이는 풍습이 있던 시대였다. 이는 다산의 인간적인 면모이기도 하고 약점이기도 하다.

다산이 매정한 사람이었다면 그 두 사람을 본가로 데려가려고 시도하지도 않았을 것이다. 아무튼 이엉이나 축대의 돌, 잉어 2마리까지 자세히 물어본 것은 두 사람을 그리워하는 마음이 있었기 때문이라고 볼 수도 있다.

천일각에서 바라본
강진만 구강포

다산 유배 시에는 천일각 건물은 없었다. 편하게 앉아 강진만 구강포 풍광을 내려다보면서 다산을 생각하는 공간으로 활용하기에 좋게 지었다.

다산을 알기 위한 필독서에는 송재소 번역의 『다산시선』(창비), 박석무 번역의 『다산산문선』(창비), 윤사순 편의 『정약용』(고려대), 박석무 저 『다산기행』(한길사), 최익한 저 『실학파와 정다산』(청년사) 등의 책과 이이화의 '목민철학의 이론가' 등이 있다.

일찍이 위당 정인보선생은 "다산선생 한 사람에 대한 연구는 곧 조선사의 연구요, 조선근세사상의 연구요, 조선혼의 밝음과 가리움 내지 조선 성쇠존망에 대한 연구이다."라고 했고, 갑오 농민전쟁 때 동학군이 선운사 마애불 배꼽에서 꺼냈던 비기(機)는 곧 『목민심서』였다는 전설, 심지어는 월맹의 호지명이 부정과 비리의 척결을 위해서는 조선 정약용의 『목민심서』가 필독서라고 꼽은 사실 등은 그의 영향을 짐작하기에 충분하고, 좀 다른 차원의 후세 경세 실천적 면에서 볼 때, 전두환 대통령도 해외출장 때에는 그 어려운 『목민심서』를 비행기 안에서 기자들 보는 데서 열심히 읽었다는 사실도 다산의 영향력을 반증한다고나 할까?

만덕산 저편

대흥사의 말사인 백련사

다산초당 천일각에서 만덕산 허리춤을 세 굽이 가로질러 대흥사의 말사인 백련사에 이르는 산길은 늦은 걸음이라도 40여 분 안에 다다를 수 있는 쾌적한 오솔길이다. 이 길은 옛날 나무꾼이 다니던 아주 좁은 산길로 정약용이 강진 유배 시절 인간적·사상적 영향을 적지 않게 서로 주고받았던 백련사 혜장(惠藏: 1772-1811) 스님을 만나러 다니던 길이다.

산허리 한 굽이를 넘어서면 시야는 넓게 펼쳐지면서 구강포 너른 바다가 한눈에 들어오고 산자락 끝 포구 가까이로는 아직도 비탈을 일구어 밭농사를 짓고 있는 여남은 채 농가의 정경이 그렇게 안온하게 느껴질 수가 없다.

천일각에서 내려다보이는 구강포(구십포)에 대하여 「신증동국여지승람」에는 '근원은 월출산에서 나와 남쪽으로 흘러 강진현의 서쪽의 물과 합쳐 구십포가 된다. 탐라(耽羅)의 사자가 신라에 조공을 바칠 때 배를 여기에 머물렀으므로 이름을 탐진(耽津)이라 하였다'고 기록되어 있다.

또한 강진은 천년의 세월 동안에도 그 빛을 잃지 않은 고려청자와 나라 안에 이름이 높던 칠량옹기가 만들어진 곳이다.

만덕산의 봄은 남도의 원색, 조선의 원색을 가장 극명하게 보여준다. 구강포의 푸른 바다, 아랫마을 밭이랑의 검붉은 황토, 보리밭

초록 물결, 유채꽃밭, 진달래꽃, 야생 춘란 등에 이어 백련사 입구에 다다르면 울창한 대밭의 연둣빛 새순과 윤기 나는 진초록 동백잎 사이로 점점이 붉게 빛나는 탐스런 동백꽃 등이 남도 원색의 구성 요소들이다.

백련사(白蓮寺)는 크지도 작도 않은 규모로 만덕산 한쪽 기슭 남향으로 자리 잡고 있다. 바다를 훤히 내다보는 호쾌한 경관과 정갈한 분위기도 갖추고 있다.

백련사의 내력은 정약용이 제자들과 찬술한 『만덕사지』에도 남아 있다. 기록에 의하면 839년 신라 말기에 무염선사가 지방호족들의 발원에 의해 세운 작은 절집에서 역사의 전면에 부상하게 된 것은 13세기 초 고려 무신정권이 들어선 때의 얘기이다.

보조국사 지눌의 친구이기도 했던 원묘(圓妙)스님은 지방호족으로 고려 최씨 정권과 밀착되어 있던 강진 사람 최표, 최홍, 이인천 등의 후원을 받아 7년간의 대역사 끝에 80여 칸의 백련사를 중건하니 그의 제자가 된 중만도 38명, 왕공 귀족 문인 관리로 결사에 들어온 사람이 300명이었고, 이후 120년간 백련사에서 8명의 국사가 배출되었으니 백련사의 화려한 영광이었다.

세월이 흘러 왕조의 말기현상이 드러나고 왜구의 잦은 침략이 극에 달하여 급기야 해안변 40리 안쪽에는 사람이 살 수 없는 지경에 이르자 백련사도 어쩔 수 없이 폐사되고 말았다.

그 무렵 백련사에서 구강포 맞은편에 자리 잡고 있던 사당리 고려청자 가마도 문을 닫아버렸으니 강진 땅의 성대한 모습은 고려왕조의 몰락과 함께 허물어져 버렸다.

조선왕조에 들어서도 숭유억불 정책으로 기미가 없다가 임란 후 조선 불교가 민간신앙으로 크게 중흥하게 되자 백련사에 행호(行乎) 스님이 나타나 효령대군이라는 왕손의 후원으로 중창을 보게 되었다. 행호 스님은 또다시 왜구의 침입이 있을 시 자체방어를 위하여 절 앞에 토성을 쌓았는데 그것이 행호산성이라 불리게 되었고 지금은 그 자리에 해묵은 동백나무 숲을 이루고 있다.

행호 스님 이후 백련사는 명맥을 유지하다가 1760년 화재로 수백 칸을 다 태우고 2년에 걸친 역사 끝에 오늘의 모습을 갖추게 되었다. 만경루와 대웅보전은 당대의 명필 원교(圓嶠) 이광사(李匡師)의 글씨가 걸리게 되고 대웅전에는 후불탱화와 삼장탱화가 봉안된 것이 모두 그때의 일이다.

근래 749년 신라 경덕왕 때 창건된 우리나라 땅끝의 절인 미황사(대흥사의 말사)를 에워싼, 한반도 최남단 봉우리인 달마산(489m) 중턱에 옛날 스님들의 수행길을 18㎞ 트레킹 코스로 개발해 '달마고도(達摩古道)'라 이름 붙여진 명품 산책길이 2017년 11월 개통되어 성황을 이루고 있다는 희소식이다.

해남 대흥사의
위상

조선 후기 선(禪)과 강학(講學)의 종원(宗院)을 표방한 해남 대흥사(일명 대둔사)에서는 13 대종사(大宗師)와 13 대강사(大講師)를 배출한 곳이다.

즉 풍담스님으로부터 다산의 제자이기도 한 초의스님에 이르기까지 13 대종사가 배출되었고, 또한 만화스님으로부터 범해 스님에 이르기까지 13 대강사가 여기서 배출되었다.

대흥사는 서산대사 휴정이 임란 시 의승군(義僧軍) 모집에 앞장섬으로써 표충원을 국가로부터 공인받았고, 임란 시 서산대사가 거느리던 승군(僧軍)의 총본영이 있던 곳으로 근대 이전엔 대둔사 또는 대흥사로 불리다가 근대 이후엔 대흥사로 정착되었다.

조선시대 정조가 대흥사에 표충사를 세우고, 묘향산 보현사에 수충사를 지어 서산대사 휴정을 봄·가을로 제향을 봉행해 오다가 일제강점기 때 중단되었다.

대흥사는 1811년 2월 가리포 첨사가 절 창고에 보관된 군용미를 점검하면서 부주의로 횃불의 불씨를 떨어뜨리는 바람에 일어난 화재로 많은 전각들이 소실되었고, 완호 대사가 몸소 화주(化主)가 되어 중건하는 과정에서 천불전과 천불상이 조성되었다. 현재 순천 송광사 성보박물관에 소장된 풍계 현정 스님의 「일본표해록」에 그 자세한 내용이 보인다.

경주 기림사에서 불석산의 옥석을 쪼아 천불상 불사를 시작해서 석 달쯤 되는 동안 상서로운 기운이 빛을 발한 것이 세 차례였다. 성대한 점안 법회를 마친 후 강진, 완도의 장삿배인 큰 배에는 768좌의 부처님을 풍계 화사와 대둔사 승려 15명과 속인 12명이 승선하여 모셨고, 작은 배엔 너머지 232좌의 부처님을 호의 선사 등 7명이 동승하여 모셨다.

두 배에 나누어 싣고 1817년 11월 21일 해남 대흥사로 향하던 도중 울산 군령포에 이르자 풍세가 좋지 않아 배를 멈추고 하루를 자고 동래로 향하였는데,

동래 오류도에 이르러 오시쯤에 서북풍이 갑자기 일어 큰바람을 만나는 바람에 불상 232좌를 실은 작은 배는 되돌아왔으나, 768좌를 실은 큰 배는 표류하여 일본 나가사키까지 간 것이 11월 29일이었다.

1818년 6월 17일 일본에서 배를 출발하여 27일 동래 부산진 앞바다에 와서 정박한 후 동래부의 조사를 거친 다음 동래관, 통영, 장흥 향일도, 완도 원동 대진강을 통해 8개월 만에 대흥사에 이르러 봉안되었다. 일본으로 표류했던 부처님은 어깨 위에 '일(日)' 자를 써두어 일본에서 온 것임을 표시했다.

한편 묘향산 보현사는 서산대사가 주석했던 곳이고, 해남 대흥사는 서산대사 입적 후 의발이 전해진 곳으로, 보현사는 북한의 사찰 중 최대의 사찰로 한때 360개의 암자가 있었다.

최근 남북 관계의 급진전 속에 서산대사 휴정의 제향 봉행을 춘

계는 대흥사, 추계는 보현사 봉행을 추진 중이다.

현재 해남 대흥사는 20개 시군에 말사 50여 곳을 거느린 종찰로 승탑이 많은 절로 유명하며, 기도의 효험이 좋은 곳으로 알려져 있고, 문 대통령이 고시 공부를 하던 곳이다.

묘향산 보현사의 '석가여래사리부도비'에는 사리 봉안 내력이 기록되어 있는데, 원래 통도사에 봉안돼 있던 석가모니 진신사리가 왜병의 침입으로 해를 입게 되자 서산대사 휴정의 제자 사명대사 유정이 금강산으로 봉안했고, 서산대사 휴정은 금강산이 바다에 인접해 적국과 가까워 위험하다며 그중 1함(函)은 묘향산에 봉안하고, 1함은 통도사로 되돌려 보내면서 적이 노리는 것은 사리보다는 금은보화에 있고, 이 땅에 사리를 들여온 자장의 뜻이 통도사에 있었기 때문이라는 내용이 적혀 있다.

현재 두 곳에 다 사리가 현존하고 묘향산 보현사의 비문은 서산대사가 직접 쓴 것이다.

일찍이 서산대사는 묘향산을 칭송해 말하기를 금강산은 빼어나지만 장엄하지 않고, 지리산은 장엄하지만 빼어나지 않고, 구월산은 빼어나지도 장엄하지도 않고, 묘향산은 장엄하고도 빼어나다고 칭송했다. 금강산의 빼어남과 지리산의 장엄함을 갖춘 산이 묘향산이라는 얘기다.

예향 해남,
해남 윤씨 부귀의 내력

강진 백련사에서 해남까지는 50리 길, 버스로 30분이면 국토의 끄트머리에 있는 마지막 읍내에 도착한다.

해남의 인물은 우선 예술인이 두드러진다.

타계한 여류시인 고정희, 건강한 시의 모범을 보여주고 있는 김준태, 혁명가적·지사적 오롯함의 김남주, 80년대식 감성주의 황지우 등 이들의 고향이 해남이다.

게다가 시인 김지하, 소설가 황석영이 80년대 초 이곳으로 낙향하여 자랑스런 문학적 성과물을 생산해 낸 곳이기도 하다.

세월을 거슬러 올라가 보면 국문학사에서 빛나는 한 장을 차지하는 고산 윤선도와 조선 후기 민속화(民俗畫) 양식을 제시한 선비화가 공재 윤두서가 이곳 해남이 배출한 인물들이다.

해남읍에서 대흥사(일명 대둔사) 쪽으로 꺾어지면 자못 넓은 들판을 달리게 되는데 여기를 삼산벌이라 부른다.

임란 이전에 삼산벌의 주인은 해남 정씨였다. 그러나 선대의 예에 따라 자손 균분의 상속으로 이 땅은 해남 윤씨에게 시집간 딸에게 떼어주게 되었다.

처가 덕분에 큰 부자가 된 어초은(漁樵隱) 윤효정은 일찍이 장자 상속을 시행하고 이것을 윤씨 집안 만대의 유언으로 남기어 해남 윤씨의 자산은 눈덩이처럼 불어나게 되었다.

이리하여 신흥갑부가 된 해남 윤씨 집안에는 이 재력을 바탕으로 인물을 배출하기 시작하니 어초은의 4대손에 이르면 고산 윤선도라는 걸출한 인물이 나오고 그의 증손자 대에는 공재 윤두서가 배출되었다.

고산 윤선도가 정치적으로 남인이었기 때문에 그의 후손들이 노론이 주도하는 18, 19세기 정국에서 소외되어 정치적으로 큰 인물이 나오지 못했지만 장자 상속의 해남 윤씨 재산만은 유지되었다.

다산초당도 다산의 외가인 해남 윤씨 집안의 별장이었기에 다산이 유배 살 때 옮겨 와 학문의 산실이 되었고, 외가인 해남 윤씨가의 녹우당에 남아 있던 서적들도 다산초당으로 가져와 다산 학문의 밑바탕이 되었던 것이다.

그 대신 해남 윤씨가의 자제들은 다산초당으로 와서 공부했으며 다산의 제자가 되었다.

다산 전등 제자의 저술 및
다산의 일시(佚詩) 발굴

다산은 강진 유배 시절 아암 혜장과 은본 등 만덕사 및 대둔사의 승려들과 교분을 나누었다.

다산과 아암 혜장과
2개의 「견월첩」

혜장은 다산이 강진 유배 초기 다산의 든든한 후원자였다. 다산은 1805년 4월 17일 백련사로 놀러 갔다가 행동에 거침이 없고 속내를 감추는 법도 없는 혜장을 만난 이후 두 사람은 의기투합하여 혜장이 40세의 젊은 나이로 세상을 뜰 때까지 때로는 사제간처럼 때로는 가까운 벗처럼 지냈다.

이후 혜장은 다산의 거처를 한동안 고성암으로 옮기게 해서 승려의 수발을 받으며 공부에 더 몰두할 수 있도록 배려해 주기도 했다. 다산은 혜장의 교만한 기운을 누그러뜨리려고 뒤에 호를 아이처럼 좀 고분고분해지라는 뜻에서 아암(兒菴)으로 지어주었다. 아암 혜장의 문집이 『아암집』이다.

첫 만남 당시 혜장이 34세, 다산은 51세였다. 주로 혜장이 다산을 찾았다. 혜장은 다산의 열악한 처소를 보고 두 사람이 주고받은 시문과 서한을 엮은 다산의 친필 서첩인 「견월첩」이 따로 전한다.

육조 혜능이 말한 달을 가리키면 달을 봐야지 손가락을 왜 보느냐의 유명한 화두에서 따온 제목이다. 현상에 가려 본질을 가리는 중생의 어리석은 미망을 일깨운 말씀이다.

「다산시문집」에 실린 시는 대부분 혜장과 관련된 작품들이다.

다산은 혜장과의 만남을 계기로 은봉 두운과 침교 법훈, 수룡 색성과 초의 의순 등 여러 승려들과 교유를 열었다. 이 만남이 후에 전등계로 이어져 『만덕사지』와 『대둔사지』 편찬으로 확장된 것이다.

초의 선사의
「동다송(東茶頌)」과 「다신전(茶神傳)」

다산과 초의스님은 사제간이다. 초의는 1809년에 다산초당을 처음 찾아갔다. 당시 다산이 48세, 초의가 24세였다. 초의는 다산으로부터 「주역」 공부를 시작했고, 시작(詩作)도 병행했다.

이후 초의 선사는 한국 전통차를 융성시킨 중흥조이자 다성(茶聖)으로까지 추앙받는 인물로 1828년 지리산 칠불암 아자방에서 청나라 모문환의 「다경채요」를 참고하여 「다신전(茶神傳)」을 지었고, 1837년에는 '우리나라 차에 대한 칭송'이란 뜻을 지닌 「동다송(東茶頌)」을 지었다.

이 책은 우리나라의 다경으로 알려졌으며, 초의선사의 다선일미 사상(茶禪一味思想)과 차의 기원과 효능, 제다법, 우리나라 차의 우월성 등을 게송 형태의 시로 읊은 것이다.

차를 딸 때 그 묘(妙)를 다하고 차를 만들 때 정성을 다하고 좋은 물을 얻어서 중정(中正)을 잃지 않을 때 체(體)와 신(神)이 조화를 이루어 비로소 다도(茶道)가 완성된다고 했다.

이는 정조의 사위인 해거도인 홍현주가 진도 부사 변지화로 하여금 초의선사에게 다도(茶道)에 관해 물어 오므로 청을 받아들여 이루어진 것으로, 세계 최초의 다서인 당나라 육우의 「다경」과 청나라 모문환의 「다경채요」를 참고한 것이다.

호의(縞衣) 스님 과
편지첩 「매옥서궤」

「매옥서궤」는 다산의 친필 서간첩으로 다산의 편지 13통, 큰아들 정학연의 편지가 2통 등 모두 15통의 편지를 합첩하여 책으로 만든 것이다. 수신자는 완호에게 보낸 1통을 제외하고는 모두 호의 스님이다.

호의는 초의, 하의와 함께 완호의 법맥을 이는 이른바 삼의(三衣)의 한 사람이다. 호의는 세속의 성씨가 다산과 같은 정씨(丁氏)여서 다산은 그를 유난히 아꼈다.

다산의 편지는 1813년부터 1815년까지 다산초당에서 대둔사로 보낸 것이다. 완호에게 보낸 한 통만 해배되어 마재로 돌아간 뒤인 1818년에 썼고, 정학연의 편지 2통은 모두 1819년 마제에서 대둔사로 발송한 것이다.

여기에 실린 편지는 「다산시문집」에는 빠져 있어, 알 수 없었던 다산초당 후반의 생활을 구체적으로 살펴볼 수 있는 자료다.

내용 중에는 은봉 스님이 수룡 스님을 시켜 잉어 2마리를 다산에게 보낸 일, 다산이 더운 여름 문 열고 자다가 풍증이 생겨 마비증세가 있다는 것, 호의에게 술 때문에 제 명대로 못 살고 말실수까지 있었던 아암 혜장의 전철을 따르지 말라는 부탁, 다산 동암(東菴)의 건너편인 서대(西臺)(지금의 다산초당) 앞 연못에 샘물을 끌어와 그것을 보며 기뻐한다는 것, 당시 호의가 주역을 공부한다는 말을 듣고 공부 요령을 일러주면서 주역의 설괘전은 천수경의 절반도 안 되니

작심하고 외우라고 충고하는 일, 1817년 11월 대둔사 천불전에 봉안하기 위해 경주 기림사에서 깎은 천불을 두 배에 나눠 싣고 해남으로 오다가 768좌의 부처를 실은 배가 동래 앞바다에서 풍랑을 만나 표류한 일이 있었을 때, 완호 스님은 애가 탄 나머지 행여 무슨 소식이라도 있을까 하여 아예 바닷가에 머물고 있다는 사실(당시 표류의 일은 배에 함께 탑승했던 풍계 현정 스님이 쓴 「일본표해록」에 상세히 전한다).

그 외에도 당시 다산의 제자 중 상당수가 과거에 합격하지 못하자 초당으로 돌아오지 않고 스승을 원망하면서 등을 돌렸던 일이 있었으나 1813년부터 815년까지 풍증으로 마비가 와서 운신이 어려웠던 시기 제자 이청과 김종(제불) 두 사람만이 병들어 자리를 보전하고 누워 있는 다산 곁을 지킬 때도 있었으니 다산초당이 순탄하게 운영된 것만은 아니었음을 알 수 있다.

다산의 일시(佚詩) 「산거잡영」 24수
- 순천 송광사 성보박물관에 소장된 「백열록」에서 발견하다

「다산시문집」에는 다산초당 시절 시의 대부분이 사라지고 없다. 그러던 것이 2007년 송광사 성보박물관에 소장된 근세 송광사 대강백으로 이름 높은 금명 보정 스님이 자신이 읽은 여러 글을 초록해서 묶은 책인 「백열록」에 실린 다산이 지은 「산거잡영」 24수가 다산초당 생활을 소묘한 것이어서, 초당 시절 주변의 공간 배치와 생활상을 새롭게 알려준 귀한 자료임이 한양대 국문과 정민 교수에 의해 밝혀졌다.

「백열록」에는 초의의 「동다송」, 범해 각안의 「다약설(茶藥說)」 등 다양한 글들과 함께 다산이 지은 「산거잡영」 시 24수가 수록되어 있다. 이 시들은 1817년 가을 이후 1818년 정초 사이에 다산이 지은 시들이다.

여기에 묘사된 다산초당의 모습과 일상을 정리해 보면,

백련사 서쪽에 자리 잡은 죽각(竹閣)은 가파른 산언덕에 위치하여 마당이 좁았고, 집 아래쪽에서 늘 짠 기운을 머금은 바닷바람이 불어오는 곳이었다. 동산에는 돌구유를 설치해서 땅속으로 물을 끌어오고, 섬돌 위에는 나막신 한 켤레가 놓여 있었다.

당시 다산은 계속된 강행군으로 건강을 많이 상해 저서를 물려두고 섭생에 신경 쓰고 있을 때였다.

초당에 살면서 다산은 비로소 티끌세상과 거리를 둘 수 있게 되었다. 경전의 쟁점을 쫀쫀이 분석하여 일찍이 선유들이 해결하지 못했던 난제들을 차례차례 공략해 나갔다.

마당에는 바닷가에서 가져온 흰 모래를 깔고, 낮은 처마에는 지붕을 타고 내려온 송라(松蘿) 덩굴이 드리워 호젓한 운치를 자아냈다.

꽃밭엔 꿀벌이 잉잉대고, 풀밭엔 노루가 지나간 발자국이 이

따금 남아 있었다. 집 뒤란에는 대숲에 죽순이 여기저기서 돋아나고, 냇가 화단에선 갖은 꽃이 절로 피었다 지곤 했다.

바위를 기둥 삼아 엮은 사립이 있었고, 이따금 차맷돌을 돌려 떡차를 갈아 차를 끓여 마셨다.

평생 마음에 품었던 지대(池臺)를 직접 가꾸며, 낮잠을 혼곤히 자고 일어나면 마당엔 꽃비가 쌓이고, 석 잔의 술을 마시면 댓바람이 불콰해진 얼굴 위로 건 듯 불어왔다.

여름에는 오얏과 참외를 길러 더위를 잊고, 들깨와 콩을 몇 이랑 따비 밭에 심어 층층이 푸른빛이 운치로웠다. 비 갠 뒤 지붕에는 버섯이 피어나고, 숲속 나무에는 붉은 등꽃이 걸려 있었다.

새벽엔 이웃 아낙이 밭 갈러 오고, 백련사에서는 글공부하는 스님들이 이따금씩 찾아오곤 했다. 작은 연못엔 연꽃을 길러, 그 열매를 거둬 위장을 기르는 약재로 삼았다.

볕 좋은 저물녘에는 아이를 시켜 책을 마당에 늘어놓고 포쇄한다.

진흙 판에 주역의 괘상을 찍어 이리저리 궁리하다가, 피곤해지면 고송에 기대어 지는 노을을 바라본다.

일없는 스님들과 서로의 경계를 인정하며 왕래하며 노닌다. 한가한 늙은이는 육경의 기이한 맛에 깊이 빠져 그 기쁨이 끝없다.

부엌 가까이에 돌샘물을 새로 파서, 멀리 물 길러 갈 필요도 없어졌다. 마당엔 아무 물건이 없는데, 담장 밑에 화로만 덩그러니 꽂혀 있다. 땅이 꽁꽁 얼어도 이따금씩 솔방울을 따서 찻물을 끓인다

봄 들어 바다엔 생선회가 풍부해서 술자리 안주가 넉넉하다. 산 집은 워낙 좁아 사립문을 달아낼 공간도 없다. 잡목을 뽑아 밭을 일군다. 뽑은 잡목을 태우면 연기가 솟고, 그 재를 모아 채마밭에 줄 거름으로 쓴다. 비록 나그네 삶이나 채마밭은 집에 있을 때와 한가지로 정성을 쏟아 일군다.

굽은 난간에 앉아 가을 풀벌레 소리를 듣는다. 동백나무 잎사귀에 달빛이 반짝인다. 대사립을 닫아걸고 『장자』를 꺼내 「마제(馬蹄)」편을 읽는다.

눈 구경을 하자고 지팡이 짚고 나선다. 못 모퉁이에 서니 칼바람이 백발을 빗질한다. 내년에 이곳을 떠날지 몰라도, 백련사로 건너가 꽃모종을 구해 옮겨 심을 궁리를 한다. 문득 고개를 들어 북녘을 바라보면 임금 계신 대궐이 떠오른다.

다산은 이 시들을 짓고 나서 채 1년도 못 되어 서울로 돌아왔다. 말하자면 이 시는 다산초당 생활을 총결산하는 의미를 지니는 셈이다. 다산초당은 제자인 황상의 「일속산방(一粟山房)」과 초의 선사의 「일지암(一枝菴)」으로 확산되어, 조선 후기 호남 원림의 한 이상적 모델로까지 승화되었다.

거제 문중 문화기행
- 선조들의 얼을 찾아서

의성과 의성 김씨의 유래

의성 지역의
유래와 현황

의성(義城)은 경상북도에 속한 군(郡)의 이름이다. 현재 1읍 17면을 가진 하나의 행정단위인 군으로 남한 전 국토의 1.19%에 해당되며 의성의 인구는 2017년 현재 51,001명으로 남한 전체 인구의 0.1%에 해당된다.

의성 지역이 역사 기록에 처음 나타나는 시기는 신라 초기로 공식적으로 확인되는 것은 『삼국사기(三國史記)』에 '소문국(召文國)'이란 기록이 최초이다.

신라가 통일한 뒤 673년에 소문성(召文城, 금성산성)이 축조되었으며 757년에 지방행정기관 명칭을 한자로 개명하면서 문소군(聞韶郡)이 설치되었다.

고려 때는 개국 초기부터 의성이 중요하게 기록되었다. 고려 태조의 통일전쟁 시기인 923년 호족 홍술(洪術, 또는 김홍술 金洪術)이 태조에게 귀의하여 견훤과 싸우다가 929년 전사하자 태조가 이에 감동하여 문소군을 의성부(義城府)로 바꾸었다.

현재 의성을 본관으로 가진 성씨 중에서는 의성 김씨, 문소 김씨, 의성 정(丁)씨 등이 1,000명 이상의 규모를 유지하고 있는데, 이 중에서도 문소 김씨를 포함한 의성 김씨가 295,793명으로 가장 많다. 따라서 의성 김씨는 의성을 본관으로 하는 대표 성씨이며 의성에 대해 본향 의식을 가진 가장 큰 성씨 집단이다.

김씨의 현황과
의성 김씨

남한에서 인구 5명 이상으로 통계에 잡히는 성씨는 532성인데, 남한의 성씨 중 1,000만 명 이상의 인구를 가진 성씨는 김(金)씨 1성이며, 김씨는 10,689,959명으로 전 국민의 21.51%로 남한 전체 인구의 5분의 1이 넘는 비중을 차지하고 있다.

2015년 인구조사에 의하면 김씨는 1,000개가 넘는 많은 본관을 가지고 있으며 현재 5명 이상의 인구를 가지고 있는 김씨의 본관만도 1,011관이다. 이 가운데는 별도의 본관을 청설하기도 하여 8명의 월남 김씨와 6명의 일본 김씨가 통계에 잡혀 있다.

김씨의 각 본관 중에서 인구가 가장 많은 것은 4,456,700명의 김해 김씨이다. 의성과 문소의 경우 문소는 의성의 옛 이름이며 오랫동안 혼용해 오던 것인데, 근간에는 거의 의성으로 일치하여 287,469명이 의성 김씨로 신고했지만, 아직도 8,324명이 문소를 본관으로 쓰고 있다.

문소 김씨를 포함하면 현재 통계상 의성 김씨는 295,793명으로 거의 300,000명에 이르고 있다.

전체적으로 볼 때 인구 1,000,000명 이상이 김(金)씨, 이(李)씨, 박(朴)씨, 최(崔)씨, 정(鄭)씨, 강(姜)씨, 조(趙)씨, 윤(尹)씨 등 8성이며, 인구 100,000명 이상이 54성, 인구 10,000명 이상이 112성이다. 인구가 희소한 성씨로 1,000명 미만이 378성이며 그중에서 100명 미만이 299성, 10명 미만도 129성이 있다.

의성 김씨의
유래와 현황

의성 김씨는 신라 왕성(王性)인 김씨의 일파로 경순왕의 4자(혹은 5자) 김석(金錫)이 의성군(義城君)으로 봉군되고부터 시작된 성씨이다. 김석은 경순왕이 고려에 귀의한 뒤에 고려 왕녀와 혼인하여 태어났다. 현재의 의성 김씨는 모두 김석(金錫)의 후손으로 간주된다.

1992년 대동보를 기준으로 하면 김석(金錫)으로부터 김용비(金龍庇)까지 석(錫)-일(逸)-홍술(洪術)-국(國)-경진(景珍)-언미(彦美)-습광(襲光)-공우(公瑀)-용비(龍庇)로 되어 있으나 제2세부터 제8세까지의 사적이 분명하지 않으므로 경우에 따라 다르게 기록되어 있기도 하고 또는 첨사공 김용비 이전의 기록은 신뢰하지 않고 첨사공을 실질적인 시조로 기록한 경우도 있다.

가장 신뢰할 만한 첨사공 김용비의 공덕은 1231년부터 30여 년 간 계속되었던 몽골 침략 시 의성 지역을 효과적으로 방어하여 읍민의 생존을 지켰던 것으로 보인다. 첨사공의 후손 의성 김씨들은 전국에 분포하면서 많은 인재를 낳고 중요한 가문으로 성장하였다.

일제강점기에 각지의 의성 김씨들은 독립운동을 주도했다. 특히 만주의 서간도 지방에 많은 일족이 이주하여 독립운동에 참여하였다. 그중에서 안동 내앞 일족의 이주가 두드러졌다. 많은 수가 중국에 잔류하여 현재 재중 의성 김씨로 중국의 국적을 가지고 있는 이들도 많다.

1992년 대동보에는 전국에 분포한 의성 김씨 집성지들이 모두 기록되었는데, 의성, 군위, 청하, 안동, 영천, 진보, 성주, 칠곡, 선산, 대구 등 경상북도 지방을 중심으로 하여 부여 광주(廣州), 은진, 창원, 논산, 청주, 공주, 청양, 예산, 부안, 고부, 태인, 고창, 전주, 정읍, 장성, 해남 등 호서 호남지방에도 집거하고 있는 것으로 정리되었다.

거제 의성 김씨의
유래

의성 김문 1세 시조이신 의성군 김석 공 이래 고려 말엽 고려금자광록대부(高麗金紫光祿大夫)이자 태자첨사(太子詹事)(첨사: 고려세자궁인 동궁의 종3품 벼슬)를 지낸 중시조 9세 첨사공(詹事公) 김용비(金龍庇)가 제후의 영지(領地)를 수여받았으며, 의성군 진민사(鎭民祠)에 향사되어 있다. 이후 12세 고려 봉익대부(奉翊大夫) 김태권(金台權)의 두 아들 13세 장남 김거두(金巨斗)와 차남 김거익(金巨翼) 가운데 13세 장남 김거두는 봉익대부(奉翊大夫)·공조전서(工曹典書)를 지냈으며 김부식이 지은 『삼국사기(三國史記』의 발문(跋文)을 쓴 분으로 고려말 고려의 국운이 기울어져 감을 보고 안동(安東) 풍산현(豐山縣)으로 옮겨가 살게 됨으로써 안동지역 의성 김문으로 자리를 잡게 되었다.

반면 고려시대 광정대부(匡靖大夫)·정당문학(政堂文學) 겸 성균악정(成均樂正)을 지낸 13세 차남 문학공(文學公) 김거익(金巨翼) 공[6]은 호(號)가 퇴암(退庵)이고 고려 말 충신으로 진심갈력(盡心竭力)하여 고려 왕실을 도왔으나 역성혁명(易姓革命)으로 고려가 망하고 조선이 들어서자 신생 조선 조정에서 우의정(右議政)으로 여러 번 불렀으나 '두 임금을 섬기지 않는다'는 망복지의(罔僕之義)의 의리를 지켜 나아가지 않고[7] 부여로 내려가 정착함으로써 부여지역 의성 김문으로 이어졌다. 거제의 의성 김문(金門)은 중시조 13세 차남 문학공 또는

---

6   문학공 김거익(흔히 호인 퇴암 선생으로 불림)의 묘소는 부여군 부여읍 중정리에 안치되어 지방 문화재로 등록되어 있고, 재실인 부양재(扶陽齋)에 위패가 봉안되어 있다(『퇴암김선생망복지의(退庵金先生罔僕之義)』, 한국 충남대학교 유학연구소·중국 광서사범대학 한국연구소·일본 구주 퇴계학연구회 공동, 2008. 참조).

7   『퇴암김선생망복지의(退庵金先生罔僕之義)』, 한국 충남대학교 유학연구소·중국 광서사범대학 한국연구소·일본 구주 퇴계학연구회 공동, 2008.
     『부양지(扶陽誌)』, 퇴암선생기념사업위원회, 2012.
     『의리의 향기(義理의 香氣)』, 퇴암선생기념사업위원회, 2016.
     『의성김씨파보세적(義城金氏派譜世籍)』, 의성김씨파보세적편찬위원회, 2018. 등 참조.
     이러한 상기 책들의 출판에는 의성 김씨 경남종친회장을 22년간 헌신적으로 이끌어오다가 지난 2018. 7. 1. 자로 후임에게 자리를 넘겨준 김주백 종친의 노력이 있었다.

퇴암공 김거익의 후손이다.

문학공 김거익 셋째 아들인 14세 천호공(千戶公) 김담(金澹) 이후, 천호공의 셋째 아들 15세 홍문교리(弘文校理) 김항(金港)[8] 이후, 김항의 아들 16세 홍문정자(弘文正字) 겸 천문교수(天文敎授) 김세문(金世文) 이후, 김세문의 셋째 아들 17세 통덕랑(通德郎) 김철(金轍) 이후, 18세 아들 장사랑(將仕郎) 김국영(金國寧) 이후, 김국영의 19세 장남 김영(金瑛) 이후, 김영의 20세 넷째 아들 성균진사(成均進士) 김사준(金士俊)은 당시 임진왜란 때 고제봉(高霽峯) 경명(敬命)을 따라 의병을 일으켰다. 이후, 김사준의 21세 장남 종사랑(從仕郎) 김몽여(金夢輿) 이후, 김몽여의 22세 셋째 아들 가선대부(嘉善大夫) 거제현령(巨濟縣令) 김대기(金大器) 공이 거제 의성 김씨 부사공파의 중시조이다.

22세 김대기 공 이후, 김대기 공 23세 차남 도사공(都事公) 김경원(金慶源) 공[9]은 호가 남위(南爲) 또는 망치(望峙)이고 일휘(一諱)는 응용(應龍)이며 자(字)는 응서(應瑞)이다.[10] 김경원 공은 공주(公州) 방축

---

8 김항(金港)의 묘(墓)는 1982년 청주에서 공주 방축동으로 이봉(移奉)했다.

9 노년에 공주에서 가화(家禍)를 피하여 고성 등지에서 강장(講長)을 지내다가 거제 망치 글방(양지마을 경양재(景陽齋))에서 우숙(寓塾)하다(번역본 p.512 참조) 고종(考終)했다.
   망치 선영에는 김경원 공의 모친 성산 이씨와 아들 김경원 공 그리고 김경원 공의 배(配) 밀양 손씨 이후 선조들의 묘가 안치되었으나 훗날 김경원 공의 모친 성산 이씨 묘소를 2001. 6. 20.(음력 4.29.) 공주(公州) 우성면(牛城面) 방축동(防築洞) 김대기 공의 묘소에 이봉(移奉) 합장했으며, 이전에 김경원 공의 망치 선영 묘소를 망치 선산에서 연초면 명동리로 이봉(移奉)했고, 김경원 공의 배(配) 밀양 손씨(1658~1733) 묘소도 2001. 6. 17.(음력 4.26.) 연초면 명동으로 이봉(移奉)했다.
   현재 망치에는 23세 김경원 공의 24세 장남 김이봉 공과 배(配) 전주 추씨의 묘소가 망치 적삼포에 안치되어 있으며, 망치 선영(先營)에는 25세 김기선(金起善) 공 이후 선조의 묘가 안치되어 있다.

10 『의성김씨부사공파계보(義城金氏府使公派系譜)』, 의성김씨부사공파종친회, 1987.

동(防築洞)에서 태어났고 집안에 일어난 재앙(災殃)으로 인하여 고성 등에서 향학강장(鄕學講長)을 지내다가 거제로 입도(入島)하여 망치 양지마을의 가숙(家塾)인 경양재(景陽齋)에서 우숙(寓塾)하며 강학하다가 고종(考終)함으로써 망치에 선산이 형성되었고[11] 그의 사후 가숙에 난 불로 인한 재난으로 생졸 연월을 찾을 수가 없다. 이곳이 후에는 망치 문중[12]으로 이어졌으며, 23세 김경원 이후, 24세 두 아들은 장남이 김이봉(金以琫)[13]이고 차남이 김기봉(金其琫)이다.

이후 거제의 의성 김씨 문중은 명동 문중(밀양 문중, 김해 문중), 덕포 문중(포항 문중, 부산 문중), 망치문중(와현 문중, 부춘 문중, 둔덕 문중, 삼화 문중)으로 크게는 3개 문중, 작게는 11개 문중으로 분화되어 있다.

---

p.129 참조.

11 훗날 김경원 공의 모친 성산 이씨 묘소를 2001. 6. 20.(음력 4.29.) 공주(公州) 우성면(牛城面) 방축동(防築洞) 김대기 공의 묘소에 이봉(移奉) 합장했고, 김경원 공의 망치 선산 묘소를 망치 선산에서 연초면 명동리로 이봉(移奉)했으며, 김경원 공의 배(配) 밀양 손씨(1658~1733) 묘소도 2001. 6. 17.(음력 4.26.) 연초면 명동으로 이봉(移奉)했다(33세 김영은 증언).

12 망치문중;『의성김씨부사공파계보(義城金氏府使公派系譜)』, p.129~130, 149~160, 286~304. 참조.

13 묘는 망치에서 연초면 천곡리로 이봉(移奉)했다가, 2001.6.17.(음력 4.26.) 망치 적삼포 자 좌에 배(配) 전주 추씨와 합장(合葬)했다.

오토산 묘소,
오토재 및 진민사 사적

오토산 묘소

오토산의 묘소는 경북 의성군 사곡면 토현리에 있는 고려 태자 첨사 김용비(金龍庇)의 묘소로 고려시대에 조성된 것이다. 조선 중기에 이르기까지 묘소에 비석이 없고 오래 수호해 오는 동안에 묘소가 퇴락하기도 했기 때문에 청계 김진(青溪 金璡 1500~1580)이 비석을 세우자고 발의했는데, 이에 전 문중이 호응하고 그 아들 학봉 김성일(鶴峯 金誠一, 1538~1593)이 주관하여 동강 김우옹(東岡 金宇顒, 1540~1603)이 지은 글로 묘비를 세웠다.

현재 묘제는 추전(秋奠)으로만 거행되고 있다. 원래 춘추로 거행되던 묘제를 추전으로만 거행하는 것은, 같은 구역으로 옮겨 온 진민사 제향이 봄에 있기 때문이다. 이에 따라 춘향(春享), 추전(秋奠)으로 명칭과 제향을 구분하여 거행하면서 묘소 추전의 집사는 의성 김씨 자손들이 모두 맡아서 시행하고 있다. 묘소에는 묘전비 귀부, 비신, 동자석(童子石) 한 쌍, 문관석(文官石) 한 쌍, 상석(床石), 향로석, 관세대, 팔각대, 망주석 두 기가 있으며, 첨사공 묘소의 뒤쪽에는 첨사공 부인 강씨(姜氏)의 묘소가 있고, 첨사공 묘소 앞에는 첨사공의 6대손인 호군공 김자중(金自中)의 묘소가 있다.

오토재 사적

오토재(五土齋)는 오토산 묘소를 수호하기 위해 건립한 재사의 이름이다.

재사 건립에 관한 기록 중 가장 오래된 것은 1656년경에 의성현령 안응창이 지었다는 기록이고 1770년경에 25칸 규모로 중수하고서 이름을 오토재라고 했다. 1915년 대화재를 만나 25칸 전체가 소실되었고 1916년 후손들이 성금을 모아 전 건물을 복원하였다. 1988년에 중건이 되면서 진민사를 확장하고 신도 삼문(神道 三門)을 건설하였으며, 재사를 오토재라 하고 진입 삼문을 숭덕문(崇德門)이라고 하였다.

진민사 사적

진민사(鎭民祠)는 고려태자첨사(高麗太子詹事) 의성군(義城君) 김용비(金龍庇)가 의성 읍민에게 큰 공덕이 있었으므로 읍민들이 그의 사후에 설립하여 제사를 지내온 사당이다. 1577년경 청계 김진이 묘전비를 세우자고 제안하였는데, 이 제안에 호응하여 동강 김우옹이 묘비명을 짓고 총계공의 아들 학봉 김성일이 주선하여 입석하였다. 1868년 대원군의 서원철폐령으로 진민사가 훼철되었다가 1959년 오토산 묘소 아래 재사 경내에 진민사를 복원하였다. 1987년부터 2년간 전 구역을 재건축하는 대공사를 수행 중건하면서 진민사 아래 오토재를 중건하고 그 아래에 사경당(思敬堂)을 중건하였다.

현재 중건된 오토재는 묘소에 대한 재사 기능과 진민사에 대한 재사 기능을 겸하고 있고, 사경당은 진민사를 포함한 오토산 일원의 전사청(典祀廳)으로 활용되고 있다. 의성 김씨들은 매년 봄(진민사)과 가을(오토재)에 수백 명에서 1,000여 명이 모여서 다 함께 첨사공에게 제향하고, 전국적 또는 전 세계적으로 흩어져 살고 있으면서도 의성에 대한 긍정적 기여를 할 수 있는 심리적 친근감을 가지고 있다.

의성 김씨 학봉종택

학봉 김성일

고려 말엽 고려금자광록대부(高麗金紫光祿大夫)이자 태자첨사(太子詹事)(첨사: 고려세자궁인 동궁의 종3품 벼슬)를 지낸 중시조 9세 첨사공(詹事公) 김용비(金龍庇)[14]의 후손인 12세 고려 봉익대부(奉翊大夫) 김

---

14 김용비 공의 묘(墓)는 의성군(義城郡) 사곡면 토현동 오토산(五土山) 유좌(酉坐)이고, 읍인들이 공덕을 기려 세운 진민사(鎭民祠)가 그를 모신 사당(祠堂)이다. 고려 태자 첨사 김용비의 오토산 묘소는 조선 중기에 이르기까지 비석이 없고 퇴락하여 청계 김진 공이 비석을 세우자고 발의하자 이에 전 문중이 호응하고 그 아들 학봉 김성일(1538~1593)이 주관하여 동강 김우옹(東岡 金宇顒, 1540~1603)이 지은 글로 묘비를 세웠다(김윤규, 의성김씨의 유래와 오토산(五土山) 진민사(鎭民祠) 사적의 문화적 가치, 『의성 진민사(鎭民祠)의 재발견』, 의성군·경북대학교 영남문화연구원, 경북대학교출판부, 2017.) p.011~060 참조).
   학봉 김성일과 동강 김우옹은 조선 중기 동시대에 활동한 의성 김문의 대표적 유학자들이다. 학봉 김성일은 안동 내앞 의성 김문 출신으로 퇴계 이황의 수제자이고, 동강은 성주 의성 김문 출신으로 남명 조식의 제자인 동시에 퇴계 이황의 제자이지만 남명의 학풍이 우세하다. 경북 성주를 기점으로 동쪽은 퇴계 선생의 제자가 우세하고, 서남쪽은 남명의 제자가 우세하다(포항 한동대학교 김윤규 교수 전언).

태권(金台權)의 두 아들 13세 장남 김거두(金巨斗)와 차남 김거익(金巨翼) 가운데 13세 장남 김거두는 봉익대부(奉翊大夫)·공조전서(工曹典書)를 지냈으며 김부식이 지은 『삼국사기(三國史記)』의 발문(跋文)을 쓴 분으로 고려말 고려의 국운이 기울어져 감을 보고 안동(安東) 풍산현(豊山縣)으로 옮겨 가 살게 됨으로써 안동지역 의성 김문으로 자리를 잡게 되었다. 후손 김만근이 임하현의 오씨에게 장가들게 되면서 처가가 있는 내앞마을로 옮겨 온 뒤로 내앞은 점차 의성 김씨 동족마을을 이루게 되었다. 안동 내앞의 의성 김문 대종가는 김만근의 손자인 청계(靑溪) 김진(金璡)(1500~1580) 공을 불천위로 모시는 의성 김씨 청계공파 종택인 내앞(川前) 마을의 5자등과댁(五子登科宅)[15]에서 학봉(鶴峯) 김성일(金誠一) 등 집안의 많은 인재들을 배출했다.[16] 내 앞 문중에서는 나라를 위해 목숨을 바친 사람들이 많았는데, 모두 36명이 독립유공자로 포상을 받았다.

선생의 성은 김(金), 휘는 성일(誠一), 자(字)는 사순(士純), 호는 학봉(鶴峯)이고 본관은 의성(義城)이며 시호는 문충공(文忠公)이다. 문자 시호에다가 충성 충 자를 받았다. 중종 33년(1538년) 안동군 임

---

15 청계 김진 공이 한양에서 내려와 내앞에 터를 잡고 다섯 아들 약봉 김극일, 구봉(龜峰) 수일(守一), 운암(雲巖) 명일(明一), 학봉(鶴峯) 성일(誠一), 남악(南嶽) 복일(復一)을 낳았는데, 이들 오부자(五子) 모두 과거에 등과했다고 하여 '오자등과댁'이라 불렀다 (이순형, 『한국의 명문종가』, 서울대학교출판부, 2000. 참조).

16 내앞의 의성 김씨 가운데 문과에 급제한 사람이 24명, 생원이나 진사에 나간 사람이 64명에 이른 것을 큰 자랑으로 삼는다. 그러나 학문하여 스스로 닦는 것을 급제나 벼슬보다도 더 중히 여기는 전통을 지니고 있다. 의성 김씨는 퇴계학의 맥을 가학으로 받아들여 성리학자 집안을 이루었다. 옳은 일에는 굽히지 않는 반골기질로 말미암아 '금부도사가 세 번 찾아왔다'는 것을 집안의 자랑으로 삼는다. 이런 가풍 때문에 독립운동과 조국광복에 일생을 바친 많은 애국지사들이 배출되었다.

하면 천전(내앞) 본제(本第)에서 청계공 김진의 넷째 아들로 태어나 9세에 어머님을 여의고 18세에 안동 권씨 댁에 장가든 뒤 소수서원에 가서 글을 읽었다. '옳은 학문'에 뜻을 두고 도산으로 가 퇴계 선생 문하에 들었다. 이후 문과에 급제하였다. 이조정랑, 홍문관교리, 사헌부 장령을 역임하며 불의와 부정을 탄핵하니 '전상호(殿上虎)(대궐 안의 호랑이)'로 불렸다. 42세 때 부친 청계공의 상을 당하여 3년 후 안동 금계리로 분가하였다. 49세 무렵 귀향하여 석문정사(石門精舍)를 열고 경학을 강론하고 내 앞의 종가를 복원했으며 퇴계 선생 문집을 편집 교정했다.

1590년(53세) 4월, 선생은 부사(副使)로사 상사(上使) 황윤길, 서장관 허성과 함께 일본통신사로 가서 대마도를 거쳐 일본의 풍신수길을 만나는 과정에서 일본의 무례함을 시정시켰고, 귀국 시 학봉 선생의 주장은 외면한 채 정사와 서장관은 굴욕적인 일본 국서를 그대로 갖고 돌아온 것이다.

상사 황준길은 부산에 이르자 왜군이 뒤따라올 듯 장계를 내고 민심을 뒤흔들자 그들의 무성의한 태도를 용납할 수도 없었지만 들끓는 민심을 먼저 진정시켜야 할 일이라고 여겨 황상사의 말과 같은 정형(情形)은 보지 못했다고 선생이 본 대로 복명한 것이다.

임진년(1592년)에 경상우병사(慶尙右兵使)가 되어 임지로 가던 중 왜적의 침입 소식을 들었다. 초유사(招諭使)의 교지를 받고, 이에 거창의 김면(金沔), 합천의 정인홍(鄭仁弘)을 의병대장으로 삼아 향병을 통솔케 하고, 먼저 연락과 지휘체계를 세우고서 의병장 곽재우를 단성에서 만나 격려 지원하고 관군과의 충돌을 해결해 주었으며, 김

시민(金時敏) 장군으로 하여금 텅 비었던 진주성을 죽음을 맹세하고 지켜야 한다고 말했다. 7월의 1차 진주성 승첩에 이어 10월의 진주성 대첩은 경상우도는 물론 멀리 호남 의병까지 와서 적극 지원하는 가운데 진주 민중이 얻어낸 임란 초기의 빛나는 대승리였다.

그러나 병화와 기근에다가 역질까지 창궐하여 백성들의 울부짖는 소리가 참혹한 가운데 선생은 차마 조석의 수저마저 들지 못한 채 이듬해 선조 26년(1593년) 4월 29일 의병과 관군을 지휘하던 진주공관(晋州公館)에서 향년 56세로 순국(殉國)했다(김시업, 「학봉 김성일 선생의 생애」, 1987). 사후 이조판서로 추증되었고 안동의 여강서원(후에 호계서원)과 임천서원 등 여러 곳에 배향되었다. 학봉 선생은 퇴계 이황의 수제자로 문집 10책이 남아 있다. 후에 『鶴峯先生文集』(4책)(학봉김선생기념사업회, 1993)으로 재간행되었다.

한편 학봉 김성일(1538~1593)의 종가는 청계공 상고(喪故) 후 분가하여 터전을 이룬 북후면 금계리에 있으며, 여기에 운장각(雲章閣)을 지어 각종 보물을 보관, 전시하고 있다.

학봉종택에는 국가문화재들을 보관한 운장각(雲章閣)이 있는데, 여기서 '운장(雲章)'은 『시경』에 나오는 "倬彼雲漢 爲章于天"에서 한 자씩 딴 것으로 "저 높은 은하수처럼 하늘 가운데서 맑게 빛난다."라는 뜻으로 성균관대학교 교수였던 여주 이우성 선생이 작명한 것이다.

운장각에는 보물로 지정된 학봉 선생의 『경연일기』, 『해사록』과 선생의 친필 유고와 사기, 고려사절요 조선 초기에 간행된 전적 56

종 261점과 교지, 편지 등 고문서 17종 242점 등 총 73종 503점이 보관되어 있다.

그 밖에 학봉 선생의 유물인 안경(우리나라 최고의 안경), 벼루(1577년 서장관으로 중국에 갔을 때 구입한 것), 말안장, 신발 등이 보관되어 있다.

한편 학봉과 동시대인으로 조선 중기 문신이자 학자인 동강 김우옹(1540~1603) 공은 김용비 공 이후 분리된 학봉과 같은 의성 김문 김용비의 후손으로 시호는 문정공(文貞公)이다. 오랫동안 경연관(經筵官)으로 있으면서 대사성, 안동부사를 지낸 뒤 기축옥사를 야기한 정여립과 교분이 두텁다는 이유로 회령으로 유배되어 그곳에서 유배 살면서 『속강목(續綱目)』 15권을 찬(撰)하였다. 1592년 임진왜란이 일어나자 풀려나와 병조참판, 한성부좌윤, 대사성, 대사헌 등을 역임하였고, 모함에 빠진 류성룡을 위해 상소하여 그 억울함을 풀어주었다. 성주 청천서원, 청주 봉계서원 등에 배향되었다. 민족운동가이자 성균관대학교 설립자인 심산 김창숙(1879~1962)이 그 후손이다.

참
고
문
헌

- 정민,『다산의 재발견』, (주)휴머니스트출판그룹, 2011.
- 혼불기념사업회,『혼불, 그 천의 얼굴』, 태학사, 2011.
- 문덕수,『청마유치환평전』, 시문학사, 2004.
- 김주영,『객주』, 문학동네, 2016.
- 김윤규,『의성 진민사(鎭民祠)의 재발견』, 경북대학교출판부, 2017.
- 최인호,『소설 맹자』, 열림원, 2012.
- 정호웅,『한국의 역사소설』, 도서출판 역락, 2006.
- 권영민,『한국현대작가연구』, 문학사상사, 1998.

이런
마당극을

보셨나요

초판 1쇄 발행 2024. 6. 12.

지은이 김강호
펴낸이 김병호
펴낸곳 주식회사 바른북스

편집진행 황금주
디자인 양헌경

등록 2019년 4월 3일 제2019-000040호
주소 서울시 성동구 연무장5길 9-16, 301호 (성수동2가, 블루스톤타워)
대표전화 070-7857-9719 | **경영지원** 02-3409-9719 | **팩스** 070-7610-9820

•바른북스는 여러분의 다양한 아이디어와 원고 투고를 설레는 마음으로 기다리고 있습니다.

이메일 barunbooks21@naver.com | **원고투고** barunbooks21@naver.com
홈페이지 www.barunbooks.com | **공식 블로그** blog.naver.com/barunbooks7
공식 포스트 post.naver.com/barunbooks7 | **페이스북** facebook.com/barunbooks7

ⓒ 김강호, 2024
ISBN 979-11-7263-022-5 03810